彩峰舞人
Maito Ayamine
シエラ
illust Cierra
JN105972
VII〈下〉
死神に育てられた少女は漆黒の剣を胸に抱く
The Little Girl Raised by Death Hold the Sword of Death Tight

「わたしはずっとずっとずーっと前から、
クラウディアを友だち――ううん、
親友だと思っていたから」
「親友……？」

「――わたしは生きて帰ってくる。
だからクラウディアも
生きて私を出迎えて」

「あなたを滅ぼすために戻ってきた」

「ココニ招待シタ覚エハナイガ」

登場人物
Characters

ファーネスト王国

クラウディア・ユング

オリビアを敬愛する誇り高き騎士。天授眼の使い手。

アシュトン・ゼーネフィルダー

パウルに稀代の軍師と称され、名声を高めていく。

オリビア・ヴァレッドストーム

死神に育てられた少女。深淵人の末裔。

リーゼ・プロイセ

ブラッドの副官。仕官学校を首席で卒業した才女で、クラウディアとは同級生。

ブラッド・エンフィールド

第二軍を率いる将軍。粗野な言動が目立つが、戦略戦術に長け、剣の腕も一流。

エリス・クロフォード

オリビアを「お姉さま」と呼び慕う女性兵士。

ランベルト・フォン・ガルシア

猛将の異名を持つ、第一軍の副総司令官。

コルネリアス・ウィム・グリューニング

常勝将軍として名を馳せる、第一軍の総司令官。

アルフォンス・セム・ガルムンド

ファーネスト王国を統べる王。

オットー・シュタイナー

パウルの副官。オリビアに振り回され気味。

パウル・フォン・バルツァ

第七軍を率いる老将。鬼神の異名を持つ一方、オリビアには甘い。

ナインハルト・ブランシュ

第一軍の副官。冷静沈着で深謀遠慮。クラウディアの従兄でもある。

アースベルト帝国

フェリックス・フォン・ズィーガー

蒼の騎士団を率いる帝国三将。
深淵人と双璧をなす
阿修羅の末裔。

ローゼンマリー・フォン・ベルリエッタ

紅の騎士団を率いる帝国三将。
オリビアに復讐を誓う。

ダルメス・グスキ

帝国宰相。
死神の力を利用し、
皇帝を操っている。

神国メキア

ソフィティーア・ヘル・メキア

第七代聖天使。
圧倒的カリスマで
神国メキアを統べる。

ラーラ・ミラ・クリスタル

聖翔軍総督。ソフィティーアに
絶対の忠誠心を捧げる。

ヨハン・ストライダー

聖翔軍上級千人翔。
軽薄で大胆な言動が目立つ。

アメリア・ストラスト

聖翔軍所属の千人翔。
酷薄にして残酷。

その他

ゼット

オリビアを拾い、育てた死神。
ある日突然姿をくらます。

ゼーニア

第二の死神。ある目的のため
ダルメスに力を授け利用している。

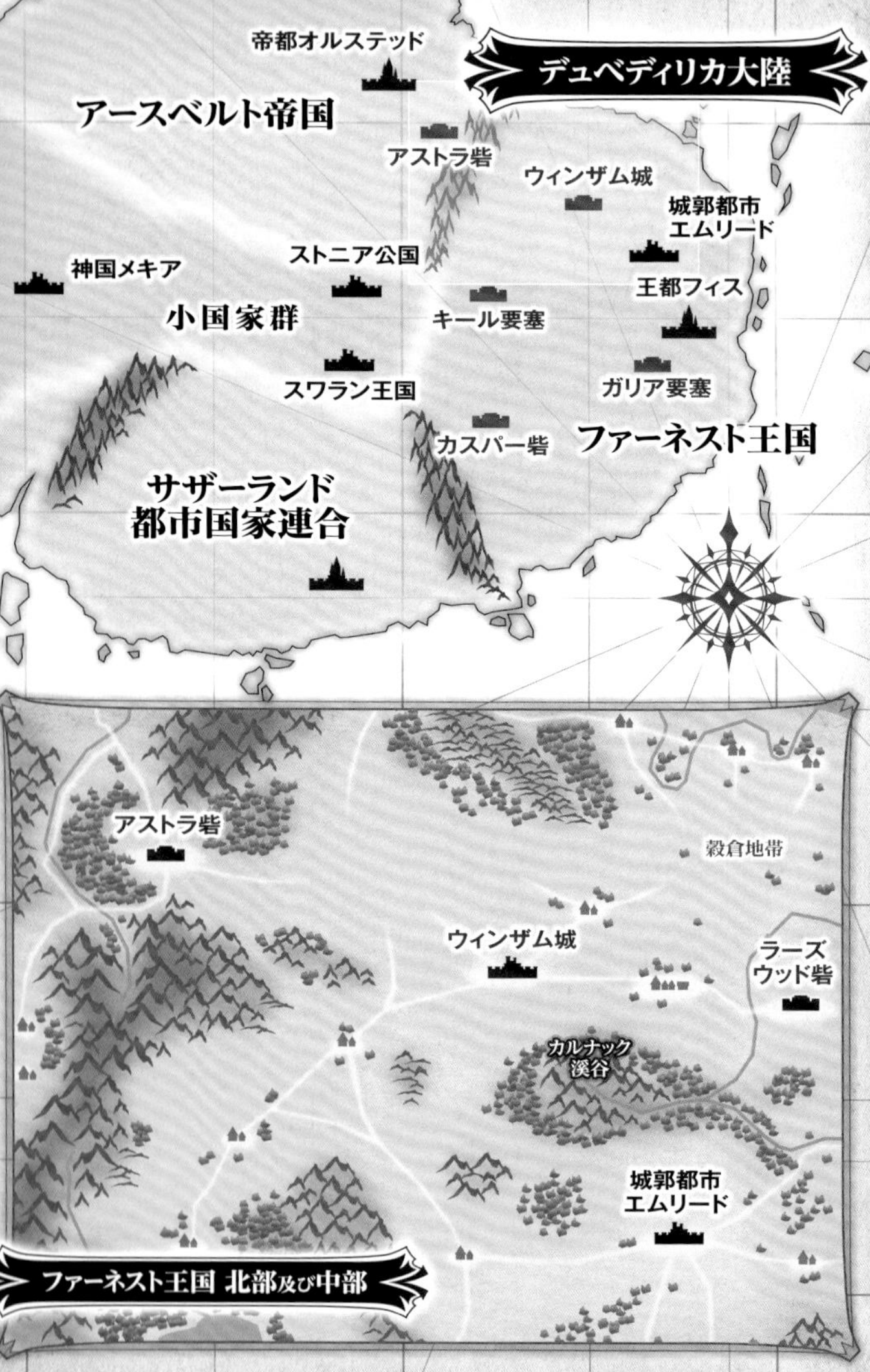
デュベディリカ大陸
帝都オルステッド
アースベルト帝国
アストラ砦
ウィンザム城
城郭都市
エムリード
ストニア公国
神国メキア
王都フィス
小国家群
キール要塞
スワラン王国
ガリア要塞
カスパー砦
ファーネスト王国
サザーランド
都市国家連合
アストラ砦
穀倉地帯
ウィンザム城
ラーズ
ウッド砦
カルナック
渓谷
城郭都市
エムリード
ファーネスト王国 北部及び中部

死神に育てられた少女は漆黒の剣を胸に抱く Ⅶ〈下〉

彩峰舞人

The Little Girl Raised by Death
Hold the Sword of Death Tight

Ⅶ〈下〉

CONTENTS

イラスト／シエラ

第六章◆雨けぶる

I

地面を穿つような激しい雨に、時が錆びついた廃村が白いけぶりで満たされていく。

廃村の片隅、半壊した礼拝堂の地下室には、古の時代から闇と共に生を紡いできた稀代の暗殺者集団——阿修羅の面々が古びた円卓を囲んでいた。

「——以上が事の顛末。あの深淵人の力は異常そのもの。誰もあの化け物を殺ることはできないわ」

クリシュナ・セイレーンの言葉が決して大袈裟でないことは、杖なしでは歩くこともままならなくなった彼女の身体が否応なく証明している。

咄嗟に口を開く者は誰もおらず、円卓に置かれた蠟燭の炎が揺らぐのみ。

(心地よい雨音だ)

クリシュナの対角線上に座るネフェル・クワンは、天井に広がる黒い染みをぼんやりと眺めながら、響く雨音に耳を澄ます。

口火を切ったのは、古参のバラシオ・ジンだった。

「二人では駄目だった。なら倍の四人でかかれば問題なかろう。深淵人最強と謳われたガラシャは、当時の阿修羅が四人がかりで仕留めたと聞く。無論ガラシャほどの強さを持ち合わせてはいないだろうが、生き恥を晒すクリシュナに敬意を込める意味でも、な」

皮肉と嘲笑が存分に含まれた言葉をぶつけられ、クリシュナは小さく肩を揺らした。

「己の憐れさがそんなに可笑しいか」

「勘違いさせてごめんなさいね。あんまり的外れなことを言うから笑っていただけよ。それとも耄碌しすぎて私の話を理解できなかったのかしら？　人では決して抗えない存在を人は化け物と呼ぶの。それは阿修羅とて例外ではない。二人が四人になったところで、熱した石に一滴の水を落とすようなもの。見たこともないガラシャとの比較なんて何の意味もなさないわ」

「随分と件の深淵人を評価しているようだが、とどのつまり貴様らの力が及ばなかっただけのことではないか」

クリシュナは唇の形を弧に変えて、

「そう思うならこんなところでうだうだ言ってないで、さっさと殺りに行けばぁ？」

「……半死人の分際で舐めくさりおって。深淵人よりも先に引導を渡してやろうか」

「バラシオおじいちゃんがこのわたしをー？　えー。ころせるのかしらぁ？」

あくまでも挑発的な態度を取り続けるクリシュナに、バラシオは隠すことなく殺気を滾らせていく。

「ちょっといいかな？」

一触即発な二人を朗らかな声で遮ったのは、白蛇が描かれた黒仮面をつけた青年――カムイ・トロアだった。

阿修羅の中でもっとも若く、そして場の空気を一切読まないことに定評がある。

「仕込みそのものに不手際はなかったの？」

クリシュナはカムイに白い視線を浴びせながら、

「全ての段取りはミラージュがした。それでも坊やはまだ同じことが言えて？」

「でも仕留め損ねたんでしょう？　クリシュナもミラージュも弱いねー。僕の師匠と一緒だ」

カムイは腹を抱えてケタケタと笑った。

（師に似ず弟子は酷いものだな。いい具合に壊れてやがる）

弱いかどうかは別として、ミラージュが優れた用兵家の側面を持ち合わせていたことは誰もが知るところ。ましてや慎重を旨とするミラージュである。

深淵人相手に不手際を起こすはずもなく、それでも敗れたという事実は、そのままクリシュナの言葉が真実であることの裏付けとなっている。

「そうそう。確かあの化け物はこうも言っていたわね。次に襲ってきたら躊躇なく殺すと。

ちなみに私は二度とあの化け物に関わるつもりはない。速やかに手を引かせてもらうわ」

「さっきから黙って聞いてれば、負け犬風情が随分と吠えるじゃない。死を恐れる阿修羅なんて聞いたこともないわ」

黒仮面に四本の触肢を持つ蠍が描かれた女——ロザリナ・バスチェが呆れた口調で言えば、クリシュナはロザリナをひたと見つめる。

「死を恐れたわけじゃない。あの化け物の手で、あの笑顔で嬲られるが心底怖いの」

「ッ。……結局は同じことじゃない」

ロザリナはクリシュナから逃げるように視線を逸らした。

「どのみちこんな体にされた以上、使命もへったくれもないでしょう。脅威は伝えたし忠告もした。それでも崇高なる使命を果たしたいというのであれば止めはしない。どうぞお好きになさって」

地下室は束の間静寂で満たされるも、次第にクリシュナを非難する言葉で埋め尽くされていく。会合が始まって早々伏せられた長老の瞳が開かれたのは、蠟燭が半分の長さになったときだった。

「これよりは総掛かりの陣をもって深淵人をこの地上から滅する。これまでの経緯とクリシュナの話から、それだけの価値があるとわしは踏んだ」

「総掛かりというからには長老も出張るので？」

ネフェルがすかさず問えば、

「無論」

力強く頷く長老の姿を見て、勇ましい声が次々に上がった。

「長老自ら出張るのであればなにも憂う必要などない！」

「我ら阿修羅の教示にかけて必ずや深淵人を屠ってみせましょうぞ！」

黙って耳を傾けていた長老は、やがて炯炯たる眼光をネフェルへ向けた。

「ネフェルは不満か？」

「爺様の決定に不満など。ですが事態はまぁ色々と複雑になっているようで」

「どういうことか？」

ネフェルは子飼いの部下を蒼の騎士団に潜入させていた。その部下から送られてきた情報の一部を開示すると、概ね予想した通りの反応が返ってきた。

「フェリックスと深淵人が交戦しただと!?」

「なにかと我らに批判的だったフェリックスにも、誇り高き阿修羅の血が流れていたということか」

腕を組みながら訳知り顔で頷くのは、これまで一言も発することがなかった盲目のシュウ・ハインツ。寡黙で何を考えているか読めない男だ。

「そもそもそんな大事な話をなぜ先に伝えないのだ！」

声を荒らげるバラシオに、

「物事には順序というものがあるでしょう」

ネフェルは目を見張るクリシュナに視線を流しながら言った。

「——して勝敗は？」

長老が落ち着いた声音で問う。勝負が引き分けに終わったことをネフェルが告げると、地下室内の空気が大きく揺らいだ。各々が興奮した様子で思い思いの言葉を口にしていく中で、唯一長老だけは微動だにしなかった。

「絶対の勝利も絶対の敗北もこの世に存在しない。しかしフェリックスに限って引き分けだけは絶対にあり得ぬ」

温厚な性格で知られるフェリックスではあるが、戦う相手に対して中途半端な対応はしない。長老の言はフェリックスの性格を十分承知の上だと推察された。

「正確に言うと横槍が入って決着がうやむやになったようです」

ここでネフェルは円卓に集う面々を見回し、

「アースベルト帝国の新たな皇帝に即位した、ダルメス・グスキが使役する死の軍団によって」

「ダルメス・グスキといえば帝国の宰相ではないか。それが皇帝になったというのか？」

「死の軍団？　それは何かの比喩か？」

反応は様々だが、一貫して困惑しているのは明らかだった。

報告書に初めて目を通したとき、ネフェルも同じ反応を示したものだが、信頼する部下から送られてきたものだけに、事実であると受け止めるのにそれほどの時間は要しなかった。

ネフェルはあえて伏せていた残りの内容をつまびらかにし、最後にフェリックスと深淵人が手を結んだことを伝えて話を締めくくった。

「屍を操るってダルメスは魔法士なの？」

カムイが当然の疑問を口にすると、バラシオが拳を円卓に叩きつけた。

「そんなことはこの際どうでもいいっ！　フェリックスが我らを裏切って深淵人と手を結んだなど断じて看過できぬぞッ!!」

「手を結んだのは屍に抗するための一時的なものだとも聞いている。状況から推し量れば一概に裏切りとは言えんでしょう」

「ネフェルはフェリックスを庇うのか！」

ネフェルはバラシオの殺意を受け流して言った。

「そんなつもりはさらさらないさ」

「たとえどんな状況下にあったとしても、阿修羅と深淵人が一時的でも手を結ぶなど許容できるはずもない。長老はこれまでフェリックスを何かと庇ってきたが、事ここに至った以上は粛清するべきだッ！」

「まぁフェリックスが長老になっても誰もついていかないことは確かかね」

「僕は僕より強ければ誰が長老でも構わないけど」

「…………」

「長老！」

一同の視線が自然と決定権を有する長老に集まる。長老はしきりに豊かな白髯を撫でると、最後は重苦しい息を吐き出した。

「直にこの目で見て判断する。全てはそれからだ」

椅子から立ち上がった長老は、有無を言わさぬ態度で階段を上っていく。

意味ありげな視線を交わした後、長老に続く形で退出していく彼らの多くは、黒仮面越しにも憤っていることがよくわかる。それでも長老が決めたことである以上、異議を唱える者は出てこなかった。

（さてさて。これから阿修羅はどうなることやら）

他人事のように心の中でそう呟くネフェルは、今もひとり座り続けているクリシュナへ視線を移した。

「立ち上がれないのなら手伝うぞ」

「余計なお世話よ。それよりも一つ教えて。フェリックスとあの化け物が最後まで戦っていたら、どちらが勝っていたと思う？」

「俺がその場に居合わせたわけじゃない。答えようがない質問だな。――ただ」

「ただ？」

「報告書の最後にはこう書かれていたな。フェリックスと深淵人（しんえんびと）の戦いはあまりに常軌を逸していて、まるで長い悪夢でも見せられているようだった、と」

黒仮面越しにニタリと笑んでみせると、クリシュナから大きく息を吞（の）む音が聞こえてきた。

「あなた……もしかして今の状況を愉（たの）しんでいるの？」

ネフェルはクリシュナに背を向け、

「さぁな。俺は俺自身のこともよくわかっていないところがある」

曖昧に告げ、階段に足を掛けた直後、大地を切り裂くような咆哮（ほうこう）が地下室に轟（とどろ）く。

雨はさらに激しさを増していた。

Ⅱ

（身に染みつく血の匂いにでも誘われたか……）

礼拝堂から出た長老のゼブラは、大地に根を張るような足取りで近づいてくる危険害獣二種、大地の覇者と呼ばれている一角獣をけぶる視界の中に捉える。

すぐ傍らには子供であろう一角獣の姿も確認できた。

ゼブラに続いて外へ出た部下たちは、一角獣の親子を見て一様にギョッとする。だがそれも一瞬のことだった。

「我らなら問題なくやり過ごすことが可能です」

「そうだな。――だが」

武衣を肌脱ぎし、筋肉の鎧ともいえる上半身を晒したゼブラは、迫りくる一角獣に向けて力強い一歩を踏み出す。部下たちが途端に慌てた表情を見せる中、背後から呆れたような声が聞こえてきた。

「あれと殺り合うおつもりですか!?」

「お主が殺りたいのか？」

「ご冗談を。あえて危険を冒してまで相手をする必要があるのかと、まぁ当然の疑問を口にしたまでのことです」

ゼブラはネフェルを見やる。彼は阿修羅の中でも危険を好む性質があり、どの口がそれを言うのかと呆れるその一方で、自身の唇は反発するように自然と笑んでいた。

「体中にこびりついた錆をこそぎ落とすにはちょうどよい獲物だ。これよりはなにがあろうと一切の手出しを禁ずる。よいな？」

「そんな酔狂な者がこの場にいるとはとてもとても……」

軽口を叩きながら礼拝堂の屋根に飛び乗るネフェルを筆頭に、ほかの部下たちもそれぞれが高い場所へと飛び移り、静観の構えを見せる。

先に仕掛けたのは親の一角獣だった。ゼブラとの距離を徐々に縮めると、今度は体格差を見せつけるように立ち上がる。

並外れた巨軀の持ち主であるゼブラだが、それでも一角獣とは比較にならない。自然と見上げる形になった。

「狩りの手本を子供に見せようとでもいうのか？　それにしても……それで威嚇のつもりかね？」

呆れを零すゼブラに対し、これが返答だと言わんばかりに凶悪な爪の一撃が振り下ろされる。並の強者であれば回避など不可能と思えるこの攻撃も、淀みなく一角獣を見据えるゼブラの双眸は、はっきりとその全容を映し出していた。

風圧を伴いながら迫る初撃を、右足で半円を描く所作のみで回避する。しかし、一角獣に驚いた様子は微塵もなく、想定内であるかのように続けて薙ぎ放たれる二撃目を、ゼブラは弓なりに身体を反らすことで回避し、勢いそのまま大地に両手をつく。さらに肘を曲げて跳躍し、大きな弧を空中に描きながら着地した。

（驕りも油断もない。あるのはただ喰らうことのみ。だからこそよい鍛錬となる）

とはいうものの、所詮は獣の域を出てはいない。

「故に行動を先読みすることは容易い」

己を鼓舞するように咆哮したのち、前足を地面に下ろした一角獣は、爆ぜるように大地を蹴りつけながら再びゼブラとの距離を縮めてくる。

名前の由来となった一本角が胴体に突き刺さる寸前、ゼブラは大地に深く身を沈めることで攻撃を掻い潜り、地面を削り上げるようにして放った渾身の一撃は、一角獣の顎下を的確に捉えていた。

「ギィギャアアアッッ！」

大地を切り裂くような悲鳴が轟き、折れた双牙が宙へと舞う。

その身をふらつかせる一角獣の背にひらりと飛び乗ったゼブラは、一角獣の首に自身の両足を巻き付けると、力の赴くままに締め上げていく。

骨の砕ける感触がゼブラの全身を駆け巡る頃には、首が異様な角度に曲がった一角獣がそこにいた。

大地に身を横たえる一角獣に合わせて、トンと身も軽やかに降り立つ。

ゼブラは全身の毛を逆立てながら臨戦態勢をとる一角獣の子に目を向けた。

「親の仇を討ちたければかかってくるがよい」

互いの視線が交錯する。が、それも長くは続かなかった。鋭利な歯を剝き出したまま一歩、また一歩と後ずさりを始めた一角獣の子は、ゼブラとの間に十分な距離を確保すると、踵を返して走り去っていく。

間もなく子の姿はけぶりの中に消えていった。

「賢明な判断だ」

独り言ちるゼブラの耳がネフェルの声を拾う。

「で、錆とやらは取れましたか？」

ゼブラは武衣の襟を整え、鼻息を落とした。

「こんなものでは準備運動にもならん。確実に深淵人を屠るためこれよりしばし山へ籠る」

困惑する部下たちの視線を置き去りに、ゼブラはひとり廃村を後にした。

第七章 ◆ 城壁にて

I

ファーネスト王国の命運を賭けた暁の連獅子作戦は、アースベルト帝国の新たな皇帝に即位したダルメス・グスキが使役する亡者の介入により失敗に終わった。

軍は箝口令を敷いたが、常勝将軍コルネリアスや鬼神パウルの死をいつまでも隠し通せる道理はなく、やがて民衆に知れ渡ることとなる。

英雄という支柱を失った民衆が絶望を抱くのは必然のことだった。それだけでは収まらず、自暴自棄になった一部の民衆たちが王都で暴徒化。警備隊だけでは手に負えず、王都に駐留していた第六軍が数日をかけて暴徒を鎮圧するも、その頃にはファーネスト王国の各地で暴力という名の嵐が吹き荒れていた。

混迷の途にある王国軍に全てを鎮圧する余裕などあるはずもなく、いくつかの町や村が暴徒の手に落ちていく。

民衆の誰もが新たなる英雄の登場を切望していた。

城郭都市エムリード　軍事区画　司令官室

日々多忙を極めるブラッド・エンフィールドの下に珍客が訪れたのは、昼時を少し過ぎた頃だった。

「なんでもろくに共を連れずに参られたとか」

「今は落ち着いていますが火種は至るところに転がっています。私のために兵を割くわけにはいきませんから」

執務机からソファへと身の置き場所を変えたブラッドは、第六軍を統べる将であり、ファーネスト王国の第四王女でもあるサーラ・スン・リヴィエに同じく座るよう促す。

優雅な所作で腰を下ろしたサーラは、執務机の様子を眺めて呆れたような声を漏らした。

「まるでどこまで書類が積み上がるのか試しているみたい」

「ええ、どこかの副官が本人の能力以上の仕事をたんまりと押し付けてくるので。おかげさまで俺の死因は窒息死で決まりのようです」

ここぞとばかりに嫌味を口にすれば、背後に立つリーゼから控えめな咳払いが聞こえてくる。その後に待っていたのは、背中越しでもわかるほどの圧だった。

「このようにどこかの副官はとてもおっかない」

「閣下」

足元から這い上がってくるような冷え冷えとした声に、ブラッドが大いに首を竦めていると、サーラがくすりと微笑んだ。

「ブラッド大将の尽力のおかげでエムリードは平穏だと聞いています。さすがですね」

「出来の悪いおとぎ話でも聞かないような脅威が間近に迫っています。身内で争っている余裕など小生にはありませんので」

おどけた調子で言うブラッドへ、サーラは神妙な頷きをもって返した。

「それで姫様はわざわざこんなところまで何をしに？」

サーラが第六軍の将として自分に会いに来たわけでないことは、リーゼから来訪を聞かされた時点で察していた。軍事に関することであれば、伝令兵を送ればそれで事足りる。わざわざ本人が直接出向く必要はなく、また予断を許さない現在の状況下で勝手を許される立場でもない。サーラ自身が口にした通りだ。

（それだけに面倒ごとなのは間違いなさそうなんだよなー）

紅茶をテーブルに置き、周囲に視線を走らせると、サーラは声を落として言う。

「この話はまだ一部の者たちしか知りえません。それを踏まえてお聞きください」

ほうら早速来なすったと、ブラッドは内心で舌を出す。

「私は席を外します」

すかさず退席しようとするリーゼに対し、ブラッドは一緒に話を聞くよう命じた。

「俺はどうにも物覚えが悪い。構いませんね？」

小さく頷いたサーラは語り始める。

コルネリアスの死を知ったアルフォンス王が正気を失くしてしまったこと。そのため当面の間はセルヴィア王子が王の代わりを務めること。そして、サーラが最後に口にしたことは、コルネリアスが戦死したことによって宙に浮いていた統帥権をブラッドに委譲するというものだった。

「了承してくださいますね？」

サーラは懇願するような瞳を向けてくる。面倒ごとは嫌いだというブラッドの性格をそれなりに知っているからこその態度だろう。

ソファに深く背中を預けたブラッドは、あからさまな溜息を吐いて告げた。

「ランベルト大将では駄目なのですか？」

コルネリアスのみならず戦場で死ぬことはないと、心のどこかでたかを括っていたパウルまでが討死したことで、現時点における軍の最高位は大将、つまりブラッドもしくはパウルの盟友であったランベルトである。

だが、階級は同じであっても長きに渡って第一軍の副司令官を務めるランベルトとは、戦歴・実績・名声のどれを取ってもブラッドが到底及ぶところではない。

それはサーラも重々わかった上で打診していることは明白で、ブラッドとしても承知の上でなお尋ねたわけだが……。

「ランベルト大将の傷は思いのほか深く、陣頭指揮が執れる状態ではありません。ちなみにランベルト大将もブラッド大将が指揮を執ることを強く望んでおられます」

概ね予想通りの回答は、すなわち退路が完全に断たれてしまったことを意味していた。

（人生は往々にしてままならないもの。昔パウルのじっさまにそんなことを言われたっけ。だからこそ人生は面白いとも言っていたが、今の状況は面白くもなんともない）

学生時代の記憶がふと呼び起こされる。無駄だと知りつつも、ブラッドは最後の抵抗を試みることにした。

「一応確認しますがそれは命令ですか？」

「副王陛下の勅命です」

即答するサーラに確固たる意志を感じたブラッドは、後頭部をガリガリとかいた。

「俺も軍人の端くれ。勅命とあれば従うよりほかありません。――ですがその王子様とやらは信用に足りますか？」

「閣下！」

慌てて口を挟むリーゼを、ブラッドは手を上げることで制する。

「この国の未来がかかっている。無礼はこの際承知の上だ」

統帥権が委譲されたからといって、はいそうですかと鵜呑みになどできない。アルフォンスにしてもコルネリアスだからこそ、暴発を抑えることができたとブラッドは思っている。仮に万難を排して事を進めたとして、最終的にセルヴィア王子の余計な横槍が入ってしまえば、全てが水泡に帰すことだってあり得るのだ。

セルヴィア王子に関しては公の場に姿を見せたことがないだけに、病気で伏せがちという程度の知識しかブラッドは持っていない。

アルフォンス王のことはまるで信用に値しない人物だと評価しているが、政に一切関わってこなかった息子に関しては評価以前の話だ。

ファーネスト王国の行く末を憂えて自ら立つことを決めたのか。それとも周りに流されて渋々なのかは知る由もないが、突然権力を手にしたことで勘違いする輩は少なくない。

それが未熟な若者であればなおさらだろう。

サーラはブラッドの心中を全て見透かしたような苦笑を落とし、

「副王陛下はブラッド大将との会見を強く望んでおられます」

「ほう……」

「ブラッド大将の懸念は副王陛下も十分承知しています。だからこそ直接会って話をしたいのだと思います」

「会見ねぇ……」

なんとなく口さみしさを覚えたブラッドは、懐から取り出した煙草に火をつける。程よく馴染んだ香りを楽しみながら、セルヴィア王子の人物像に思いを馳せる。

（代理とはいえ国の頂点に立つ者。今さらこちらの顔色を窺う必要はないはずだ。話を聞く限り父親よりかは幾分ましなようだが、彼女の話だけで判断することはできない）

開け放たれた窓から見える二羽の鳥に、ブラッドの目が自然と吸い寄せられていく。大きさからいって親子らしいその鳥は、互いの口ばしをつつきながら、時折心地よい鳴き声を奏でていた。

「ちなみに副王陛下はオリビア中将との会見も望んでいます」

「オリビア中将も？」

「はい。副王陛下はオリビア中将に多大な関心を寄せています……」

ばつが悪そうに言うサーラに、ブラッドは内心で首を傾げた。オリビアがこれまで打ち立ててきた武功は枚挙にいとまがなく、セルヴィア王子が関心を持ってもおかしくはない。なんにせよ、差し迫った事情がない限りは会見を断る術もない。この難局を乗り切れるだけの資質を病弱な王子様は持ち合わせているのか否か。見極めるにはまたとない機会だと好意的に捉えることとし、ブラッドは諸々了承の意をサーラに伝えた。

「お引き受け下さりありがとうございます」

ホッとしたように肩の力を抜くサーラを見て、ブラッドは苦笑を交えながら労いの言葉をかけた。

「我が国の王女様は存外苦労が多いらしい。俺にはとても真似できませんな」

ブラッドの軽口をサーラは涼やかに受け流し、

「この程度のこと苦労のうちには入りません」

きっぱりと否定の言葉を口にするサーラに、謙遜している様子は微塵もなかった。

一人の王女としては称賛に値するが、一軍人としてのサーラをブラッドは評価していない。士官学校を出たわけでもなければ、討死したエルマン・ハック中将のような叩き上げの軍人でもない。王家も参陣していることをアピールするためだけの、単なるお飾りであることは本人を含めて誰もが知るところ。王女だてらに剣の覚えが多少あったところで、ブラッドからすればどこまでも行っても遊びの延長でしかないのだ。

それでも己が分をわきまえ、与えられた役目を果たそうと必死だったのは知っている。連敗を重ねる第六軍の士気が今もってそれほど落ちていないのは、ひとえにサーラの人徳がなせる業だろう。

アルフォンス王のこともあって王族に良い印象を持ってはいないブラッドではあるが、その中にあってサーラは例外中の例外だと言える。

どのみち命令であろうがなかろうが、彼女から懇願されれば断る術などないのだ。

「ところでオリビアさんはお元気かしら？」

堅い話はここまでとばかりに、サーラはオリビアの近況を尋ねてきた。軍称を省いたことや口調の柔らかさも手伝って、彼女に対し好意的な印象を抱いていることがわかる。

「嬢ちゃんのことをよく知ってるようですね」

「もちろん。オリビアさんは友人ですから」

言って誇らしげな表情を浮かべるサーラ。思ってもみなかった友人発言に、ブラッドとリーゼは思わず顔を見合わせてしまう。

「オリビアさんと友人であることがそんなに不思議ですか？　王女に友人がいてはいけないのですか？」

前のめりでまくし立ててくるサーラへ、ブラッドは両手を上げて早々に降参を示した。

「気に障ったのなら謝るが、まぁ考えてみればそれほど意外でもないか」

階級や身分の垣根を越えて人を惹きつける魅力がオリビアにはある。オリビア自身が誰に対しても色眼鏡を使わないことも大きな要因だろう。

ブラッドにとっては怖いだけの存在でしかなかったパウルが、オリビアに対しては甘々な態度であったことからもそれは証明されているし、なによりブラッド自身もオリビアのことは一人の人間として好ましく思っている。サーラもオリビアの魅力に惹かれた一人で間違いないだろう。

そのサーラは力強く何度も頷き、

「そうです。驚くことではありません。それでオリビアさんはお元気かしら？」

「嬢ちゃんは……まぁ元気と言えば元気だ。しかしそうでもないと言えばそうでもない」

なんとも歯切れの悪い言葉に終始すると、サーラは長く厚みのある睫毛を瞬かせた。

「つまりどういうことですか？」

「つまり……つまりだ……」

話していいものか迷った挙句、隠したところでどのみち追及されるのがおちだと、彼女の現状を包み隠すことなく語って聞かせることにした。

「――そうですか。あの青年が亡くなったのですか……」

「アシュトン中佐のことも知っていたので？」

「ええ。実際にお会いしたことはありませんが」

「ではどうしてあいつのことを？」

「オリビアさんの話に度々彼の名が出ていましたので……すみませんが急用を思い出しました。一旦失礼させて頂きます」

勢いよく立ち上がったサーラは足早に部屋を後にする。扉が閉まったのを確認して、ブラッドは早速リーゼに声をかけた。

「放っておいて問題ないか？」

「サーラ王女殿下は聡明なお方です。オリビア中将の心に土足で踏み込むような真似はしないでしょう。どこかの閣下よりよほど安心できます」

淡々と辛辣な言葉を吐くリーゼを、ブラッドはまじまじと見つめた。

「それって俺のことだよな？」

「どこかの閣下です」

「……もしかして、さっきのこと根に持っているのか？」

「なんのことでしょう？」

可愛く小首を傾げたリーゼは、実に白々しい口調で「本当に窒息死しそう」と、大袈裟に両手で唇を塞ぎながら書類の束を見つめる。

王都に行くのなら、溜まった書類をさっさと片づけろと言わんばかりに。

（本当に窒息死してやろうか）

重い足取りで執務机に座り、目の前にそびえ立つ書類に深い溜息を落とす。副官の厳しい監視の下、嫌々ペンに手を伸ばすブラッドであった。

Ⅱ

「ブラッド大将閣下は承知なさいましたか？」

「…………」

「サーラ様？」

「これからオリビア中将のところに参ります」

「は？——ではお供させていただきます」

数歩遅れて後に続く副官のローラント准将に対し、サーラは歩みを止めることなく無用だと告げた。

「そういうわけにはまいりません。御身を守ることが今の私の務めです」

たとえ軍事区画内といえども、易々と承知できないのだろう。彼の忠臣ぶりには感謝の念しかないが、それでも今は邪魔をしないでほしかった。

「私はオリビア中将と二人だけで話したいのです」

ローラントはなおも追いすがりながら、

「わかりました。お二人の邪魔はいたしません。ただ私の目の届く範囲で待機することはお許しください」

「駄目」

「駄目って……」

呆れたような溜息が耳朶を打つ。立ち止まり勢いをつけて振り返ったサーラは、慌てて足を止めるローラントの胸に向かって、人差し指を何度も押し付けて言った。

「駄目なものは駄目なの。これは命令です」

しばらく睨みつけていると、ローラントの首がカクンと落ちた。

「一度決めたら頑として譲らない姫様の性格を忘れていました。部屋で姫様のお帰りをお待ちしています」

表情厳しく敬礼し、ローラントはサーラとは逆の方向へ歩いていく。その背中はなんだかとても寂しそうにみえた。

（ごめんね）

すぐに歩みを再開させたサーラであったが、廊下を何度か曲がったところで再び歩みを止めてしまった。

（どこにいるのか聞かなかった……）

慌てて司令官室に戻るべく一歩踏み出し、すぐに思いとどまる。

（心当たりがありそうな人に聞けばいいじゃない）

本来なら広い軍事区画で人ひとりを探すのは至難だが、オリビアの容姿はとにかく人目を引く。手始めに廊下を歩いていた士官に声をかけると、士官は酷く緊張しながらも外で彼女を見かけたことを教えてくれた。

（さすがはオリビアさんです）

外に出てからオリビアの所在を尋ね歩いた結果、聡明な顔立ちをした若い士官がこの時間であればと教えてくれたのは、使われなくなって久しいという野外の練兵場だった。

教えられた近道は人気がなく、しかも複雑に入り組んでいるので、一度通った道を戻るという無駄な行為を何度か繰り返してしまう。

目印である南の城壁が間近に見える頃には、軍服が適度な汗を含んでいた。

（ようやく見つけた）

ところどころ苔むした石造りの練兵場に立つオリビアは、軍服ではなく漆黒の鎧を身に付けて、静かに佇んでいた。そこにサーラがよく知る太陽のような明るい彼女の姿はどこにもなく、見ているだけで身体がひりつくような気配を全身から漂わせている。

尋常でない雰囲気に声をかけるのをためらっていると、

（えっ……!?）

オリビアの身体が徐々に銀色の光に包まれていく。目を凝らすも状況は変わらず、太陽の光の加減を疑って立ち位置を変えてはみるも、やはり現状に変化はない。

（夢でも見ているのかしら。それにしても……）

かつて見た地上に降臨する女神シトレシアの絵画とオリビアが自然と頭の中で重なる。

あり得ない光景を前にして茫然と立ち尽くすサーラを現実に引き戻したのは、オリビアを中心に発せられる耳をつんざく音と、地の底から突き上げてくる衝撃だった。

「きゃッ!!」

立っていることができず、サーラは派手に尻餅をついてしまう。

「――サーラ?」

呼ばれて顔を上げれば、そこには不思議そうな顔でこちらを覗き見るオリビアの姿。

サーラは常になく早口でまくしたてた。

「え、ええとね。これは隠れて覗いていたわけではないの。これはたまたま。そう！　たまたまで！」

自分でも意味不明な言い訳に顔を赤く染めるサーラへ、オリビアは小首を傾げながらも手を差し伸べてくる。

「あ、ありがとう」

立ち上がらせてもらったサーラは、改めて自分の手が汚れていることに気づいた。

「ごめんなさい。手を汚してしまって」

「え？　こんなの汚れたうちに入らないよ。それよりどうしてここへ？」

「ブラッド大将にお伝えすることがあって。それとオリビアさんの顔を見たくなって……でもお取り込み中だったみたいですね。邪魔をして本当にすみません」

「あはは。久しぶりに会ったのになんだか謝ってばかりだね。わたしに会いに来てくれたのに邪魔だなんて思わないよ。ところでお昼はもう食べた？」

「え？　お昼ですか？　そういえばまだ食べていませんでした」

「じゃあさ、お弁当があるから一緒に食べようよ」

そう言ってオリビアが視線を流した先には、バスケットが古い切り株の上に置かれている。一人分として考えれば破格の大きさだ。

「でもそれはオリビアさんのお弁当でしょう？　さすがに私が頂くわけには……」

「そんなこと気にしなくていいから」

バスケットを手にしたオリビアは、空いているもう一方の手をなぜかサーラの腰に回してくる。

「あのー？」

オリビアが微笑むのとサーラから本日二回目の悲鳴が轟いたのはほぼ同時だった。

そして――――。

「これってどういうこと……？」

なぜかサーラは城壁の上に立っていた。恐る恐る下を覗き込み、口の中に溜まった唾をゴクリと飲み込む。

「やっぱり夢でも見ているのかしら？」

試しに自分の頬をつねってみれば、確かな痛みが返ってきた。そんなサーラの手を取ったオリビアは、有無を言わさず強引に歩き始める。

不思議な出来事を問う暇もなく連れてこられた場所は、城壁から張り出すようにして造られた円錐形の見張り塔。

手を引かれるがまま螺旋階段を上り切ると、サーラの瞳に広大なエムリードの街並みが映し出された。

「とても素敵な景色……」

「気に入ってくれた？　最近はここでお昼を食べるのが日課なんだ」

オリビアはバスケットから取り出した真っ白なパンに、手慣れた様子でジャムを塗っていく。甘く爽やかな香りがサーラの鼻をくすぐった。

「はいどうぞ」

差し出されたパンに躊躇（ちゅうちょ）を覚えるも、こういう機会もそうそうないかと思い直し、素直にオリビアの好意を受けることにした。

「ではありがたく頂きます」

「うん、頂いちゃって」

オリビアは両腕を壁際に置いて上半身を預けると、口を大きく開けてパンを頬張る。サーラもオリビアに倣（なら）い、同じ姿勢でパンにかじりつく。

王宮にいるサーラ付きの女官たちが、今の自分の姿を目にしたらと想像すると、自然と笑みが湧き出てきた。

「よかった」

「え？」

「なんだか元気がなかったから」

サーラを見ることなく、オリビアは髪をかきあげながら言う。なぜ彼女が半（なか）ば強引に自

分を食事に誘ったのか、サーラはその意味するところを悟った。

（情けない。元気づけなきゃいけない立場なのに。逆に気を遣わせてしまった）

サーラは残り半分ほどのパンをジッと見つめ、そして一気に頬張った。咀嚼を繰り返しながら喉の奥へと強引に流し込み、ふぅと一息つく。

「だ、大丈夫かな？」

オリビアが水筒を差し出しながら心配そうな目を向けてくる。そんな彼女の両肩を思い切り摑んだサーラは、見ているだけで吸い込まれてしまいそうな漆黒の瞳を、これ以上ないほど真っ直ぐ見つめた。

「オリビア」

「な、なに？」

「オリビアと私の関係はたった今、友人から親友に格上げされました」

「そ、そうなの？」

「そうなの。そして親友というものは腹を割って話すことが義務付けられているの」

オリビアは瞬きを数度繰り返し、

「よくわからないけど腹を割ったら痛いと思うよ？」

斜め上すぎる発言を華麗に無視。間髪を容れずに話を続けた。

「と・に・か・く！　私たちの間で隠し事は一切なし。まずは私の話をとことん聞いてもらうから覚悟しなさい」

「わ、わかった」

オリビアは首振り人形のように忙しなく頷く。

その後二人は日が落ちるまで本当に色々なことを語り合った。

二人の間でどのような会話が交わされたのか。——それは二人だけの秘密である。

第八章 ◆ 光る咆哮

I

どうやら私には不思議な力がある。

ヘヴン・マーキュリーがそのことに気づいたのは九歳のときだった。新しい玩具(おもちゃ)を手に入れた子供というのは、とかく友達に自慢したいもの。まして誰も持っていない玩具であればなおさらだ。

ヘヴンは嬉々(きき)として集めた友達に不思議な力を披露(ひろう)すると、賞賛と喝采を一身に浴びて一躍人気者となった。

だが、その力を玩具と呼ぶにはあまりにも危険な代物だった。

不思議な力を披露してから数日後には、ヘヴンと遊ぶ友達は一人もいなくなり、今まで優しかった村の人たちや、果ては両親までもがヘヴンをあからさまに遠ざけるようになる。

普通であれば絶望を抱いてもおかしくない状況であるにもかかわらず、ヘヴンは自分の力が大人を恐れさせることに感動を覚えてしまう少々風変わりな性格をしていた。そしてそのことが、幸か不幸か彼女の運命を決定づける。

自分の力が魔法と呼ばれる超常の力だと知った十三歳の頃には、すでに村人たちから魔女と畏怖される存在になっていた。

村の外れに建つ一軒家で一日中魔法の研究に没頭しつつ、たまに絵本に出てくる魔女よろしく、水を張った大鍋に適当な草を振りかけながらイヒヒと笑い、怖いもの見たさでやってくる子供や大人たちを脅かすことで、ささやかな憂さを晴らしながら日々を送る。

それからさらに数年の月日が流れたが、魔法に対する興味は加速度的に増すばかりで、睡眠はもちろん食事すらも数日摂らないことが常態化していた。

息を吐くのと同じように魔法の研究に埋没していたある日のこと。見たこともない豪奢な馬車が家の前で止まるのを、ヘヴンは埃に塗れた窓越しに見る。

御者が恭しく扉を開けると、中から現れたのは馬車に負けず劣らずの荘厳な衣装を身に纏い、稲穂のような黄金の髪を風にたなびかせるひとりの青年。

普段から魔法以外のことには興味を示さないヘヴンをして、どこのお伽噺から抜け出た王子様だ!!　と、思わずツッコミを入れてしまうほどの美貌を有していた。

Ⅱ

「――きろ」

頬に違和感を覚えて重い瞼を開くと、ぼやけた視界に真剣な表情で自分の頬を引っ張っているリオンが映し出された。

「……あにひへぇんほ？」

「いや、どこまで伸びるのか少しだけ興味をそそられてな」

「は、にゃ、へっ！」

勢いよく振り払った手はむなしく空を切る。次にヘヴンが目にしたのは、リオンの背後に控えて困ったように笑んでいるジュリアスだった。

毎度のことながらどうやら知らぬ間に寝ていたらしい。

「リオンちゃん、いくら私の寝顔が超絶魅力的だからって、許可なく頬を伸ばすのはよくないと思う今日この頃なの」

白衣の袖で口元の涎をズビリと拭き取ると、リオンは物の怪でも見たような表情を見せながらスッと身体を後ろに引いた。

「ヘヴンさん、お疲れのところを無理に起こしてすみません」

「ジュリアス様、私は全然怒っていませんのでご安心を。子供が悪戯をするのはつまり仕事みたいなものですから」

「そう言って頂けると助かります」

「二人して勝手なことばかり言うんじゃない。そんなことよりもあれは完成したのか？」

不機嫌を顔に張り付けたリオンの視線は、背後にある巨大な容器に注がれていた。小気味よく椅子を回転させたヘヴンは、なみなみと注がれた黄緑色の液体を前にして、我ながらよくやったと頷く。

人生の集大成というにはまだ若すぎるが、それでも魔法の深淵を覗くという研究の一つの成果であることに違いなかった。

「その様子だと完成したようだな」

そう言うリオンの声には、ヘヴンでもわかるくらい安堵の色が見て取れた。

「そっちこそ器はちゃんと完成したんでしょうね」

「不安なら自分の目で確かめてみるか？」

誘いを断る理由はなかった。リオンに促されるまま地下の研究室から地上に出たヘヴンは、久しく忘れていた感覚を思い出し、キッとリオンを睨みつけた。

「眩しいッ!!　謀ったなリオンちゃんッ!!」

「何も謀ってなどいない。たまには太陽を浴びて体に染みついたカビ臭さを取るのも悪くないだろう」

「なッ……!?　こんなに可愛くてピチピチしていてどうしようもなく美人な私に向かってカビ臭いって言いやがった！　ジュリアス様、こんな無礼者をこのまま放っておいていいんですか？　ええ、もちろんよくないですとも。叱ってください！　なんなら泣くまで叱ってやってください！」

リオンに指を突きつけながら訴えれば、ジュリアスはとても真面目な顔で口を開く。

「本当に無礼極まりないです。後ほど泣くまで叱っておきますので今はこれでしのいでください」

ジュリアスは太陽から遠ざけるように、ヘヴンを広げたマントの内に引き入れる。ヘヴンはリオンに向けてふふんと鼻を鳴らした。

「リオンちゃんも少しは女の扱いの何たるかをジュリアス様から学ぶべき」

リオンはジュリアスに白い視線を流し、

「お前がそうやって甘やかすからその女は図に乗るんだぞ」

言われたジュリアスは困ったように微笑んだ。

「女は甘やかしてなんぼって金言知らないの？」

「知らん。――着いたぞ」

話している間に目的地に到着したようで、警備兵たちによって巨大な扉が開かれていく。人ひとりが通れるくらいに扉が開いたところで足を踏み入れると、鉄の匂いと静寂が混じり合う作業場の中央、巨大な筒状の物体が存在感を知らしめるように鎮座していた。

――魔甲砲。

自らそう名付けた決戦兵器を前に、ヘヴンは一人ほくそ笑む。

魔甲砲と並んで置かれている作業台の一つに上り、軽く拳を作って叩くと、重みのある音が返ってくる。苦心の末に造り上げた動力部も、指定通りに組み込まれていた。

「うんうん、動力部も問題なし。この強度なら射出時の衝撃にも耐えられそう。ただ注文したサイズよりもずっと大きいみたい」

とくに含むところがあるわけではなく、たまたまの流れで漏れた言葉だったが、建造の指揮を一任されているジュリアスは抗議と受け取ったらしい。

「すみません。予想される威力を考えればどうしても大きく造らざるを得なかったので」

ヘヴンを見上げる形でジュリアスが申し訳なさそうに言う。

三年の長きに渡って蓄積した魔力がどれほどの力を発揮するのか。幾度となく行った実験結果からある程度の予測は立つも、裏を返せばどこまでいっても予測の域を出ない。不確定要素というものは常について回るので、ジュリアスを非難するつもりなどさらさらなかった。

「どうにか間に合いましたね」

「ああ、ギリギリといったところだが」

魔甲砲を見上げるリオンの顔を、ヘヴンはなんとはなしに眺める。

リオンから神をも恐れぬ兵器製造計画を持ちかけられたとき、魔法以外のことはどうでもいいを基本姿勢とするヘヴンですら『こいつ鬼畜かよ!!』と、心の底からドン引きしてしまったことが昨日のことのように思い出される。

魔甲砲は魔法を利用した兵器である以上、当然魔法士である自分以外が扱うことはできない。たとえほかに魔法士がいたとしても変わりはなく、よって引き金も自分で引くことになる。

あくまでも魔甲砲は威嚇ありきの代物。人間に向けるのは最終的な手段だとリオンは明言していた。が、言い換えれば威嚇が通じなければ人間に向けて使用するのも辞さないということ。

未曽有の大虐殺を自らの手で為すことに躊躇を覚えるくらいの倫理観はさすがに持っているので、魔甲砲を向ける相手が人間ではなく元人間になったことは、ヘヴンにとって嬉しい誤算だった。

「で、こいつの出番はいつ頃なの？」

魔甲砲を軽く叩きながら尋ねるも返事はなく、代わりに二人の双眸が不敵な輝きを帯びていく。

（間もなくということね）

ヘヴンは自らを鼓舞するように、作った拳を手のひらに叩きつけた。

Ⅲ

化け物によって壊滅した第六都市ル・シャラと、第三都市ベイ＝グランドの国境沿いにそびえ立つラオ山脈。サザーランド軍はその南端に広がる湿地帯の終点を戦場と定めた。

最高司令官たるリオンは、巨大な石台に鎮座する魔甲砲を中心とし、来るべき戦いに向けて日に日に形を成していく大規模な防御陣地を、本陣から俯瞰していた。

「作業は？」

「つつがなく」

リオンの横に並んだジュリアスが神妙に答える。

帝国との開戦に反対した四人の都市長を軟禁したため、結果として総兵力二十二万にまで数を減らした軍勢のうち、半分にあたる十一万を予備軍として南に位置するベイ＝グランド最大規模の要塞——スカイベルク要塞に配置していた。

「化け物たちの動きは？」

「依然ありません」

「ふん。どこまでも舐めくさってやがる」

リオンは吐き捨てるように言った。

アースベルト帝国の使者から新たな親書が届けられたのは今から一ヶ月前のこと。内容は簡潔明瞭で、五十日後の夜天（やてん）の刻をもってル・シャラに留め置いている化け物の進軍を再開させるというものだった。

「ライゼンハイマー様はまだ罠の可能性を疑っているらしく、最高司令官の許可なく自軍の兵を動かして周辺の索敵にあたらせているとの報告が入っています。――いかが対処いたしますか？」

リオンは最高司令官の任に就く条件として、誰であろうと命令に従ってもらうと言明している。ライゼンハイマーの行いは明確な命令違反にあたるが。

「作業に支障がないなら構わんさ。開戦まで残り十日。今さら宣言を反故にするとも思えんが、それでも絶対ではないからな」

ダルメスの一方的な宣言に対して、ライゼンハイマーを筆頭に罠であるとの意見が多数上がった。言ってしまえば戦争とは究極の騙し合い。より相手を騙したほうが勝利を手にする。罠を危惧するのはもっともであるが、しかし、リオンは確固たる理由から罠の可能性を当初より捨て去っていた。

ヘヴンの調べによって、化け物は食事や睡眠を一切取らずとも活動できることが判明している。人間を喰らうのは腹を満たすというよりも、人間だったときの記憶の残滓がそうさせるのではないか、というのが彼女の最終的な見解だ。

僅かな不平さえも口にすることなく、腕を斬り飛ばされようが頭を叩き潰されようが、活動の源である右胸を穿たない限り戦い続ける化け物たちを、一兵器としてみればこれ以上の存在をリオンは知らない。物量に任せた単純な力押しこそが化け物を運用する上での最適解であり、下手な小細工を弄する必要性などどこにもないのだ。

ダルメスの狙いはこちらの戦意を完膚なきまでに挫くことで、それを成したら再び無条件降伏を勧告してくるとリオンは踏んでいる。人なくして国家が存在できるはずもなく、いかなダルメスとて化け物たちが闊歩する廃墟を欲するとは到底思えないからだ。

「ではライゼンハイマー様の件は不問といたします。それにしてもダルメスは化け物に相当な自信を持っているようですね」

「そりゃそうだろう。あれはもはや戦略級兵器だ」

「ですが」

リオンは不敵に笑む。

「奴はこちらにも戦略級兵器があることを知らない」

リオンとジュリアスの視線は、煌めく陽光を浴びた魔甲砲に収束していく。ヘヴンも来るべき決戦に備えて、今も活き活きと準備にあたっているに違いない。

ジュリアスが何かを思い出したように苦笑した。

「どうした?」

「言い忘れていましたが、カサノア様は魔甲砲をいたくお気に召したようです」

「お気に召したか……本当に何を考えているのかわからん蝙蝠だ」

リオンは強く鼻を鳴らし、髪を後ろにかきあげた。

魔甲砲を初めて披露したとき、都市長たちは同時に紹介したヘヴンにより強い関心を示していた。希少な存在である魔法士を初めて目のあたりにすればそれもわかる話だが、カサノアだけはヘヴンを一瞥したのみで、その後は終始魔甲砲を見て薄気味悪い笑みを浮かべていた。

「魔甲砲がどのような意図をもって造られたのか、少なくともカサノア様は気づいたとみていいでしょう」

「当然だな。だからこそ奴の態度が気に入らん」

「カサノア様は知恵者ではありますが万能ではありません」

「つまり予想以上のものが出てきたから笑うしかなかったと？」

「私にはそんな風に見えました」

彼の言葉はまさに正鵠を射ていたのだが、今の二人がそれを知る由もない。

「蝙蝠の思惑がどこにあるにせよ、都市長の中でもっとも警戒に値する人物であることには変わりない。この状況下で何かを仕掛けてくるとは思えんが、くれぐれも警戒を怠るなよ」

「心得ております。すでに〝群狼〟をカサノア様の陣中に紛れ込ませています」

「それだけでは心もとない。適当な名目を付けて監視の者を送っておけ」

「それでは悟られてしまいますが？」

「悟られて構わない。それ自体が牽制となる」

「そういうことであればすぐにでも」

ジュリアスは去って行く。規則正しい足音を背後で聞きながら、リオンは左翼に展開するクリムゾン＝リーベル軍を睨みつけた。

クリムゾン＝リーベル軍　本陣

第七都市長であるカサノア・ベル・シュタインツは、温かい茶を手で覆うようにしてズルズルと飲みながら、クリムゾン＝リーベル軍を指揮するリットン・ベルモンド黒天将の話に耳を傾けていた。

「最高司令官の措置は明らかに我々を監視する意図があります。適当な理由をつけて突っぱねましょう」

「その必要はありません。あえてそれとわかるようにしているのです。放っておきなさい」

「御大がそうおっしゃるのであれば……」

「あれは顔に似合わず非情な男ですよ。化け物のことがなければあの兵器は我々に向けられていた可能性もあるのですから」

「魔甲砲とやらが最高司令官の言われるような能力を本当に有しているのであれば、もし本当に我々に向けて使われたとしたらさすがに全ての都市が敵に回ります。そのような愚を本当に犯すのでしょうか？」

「はたしてリットン黒天将の言う通りになるのか現時点では甚だ疑問です。サザーランド都市国家連合が誕生してからすでに五十年が経ちました。中立国として表向きには戦争に加担することなく平和を享受してきましたが、長すぎる平和というものは適度な緊張感と的確な判断力を鈍らせる苗床となります。三大大国の一つとなった大樹の下で微睡み続けた結果、上っ面だけの情報を信じてファーネスト王国に手を出したノーザン＝ペルシラの末路を見ればわかるでしょう。あの魔甲砲が自分たちに向けられてなお逆らおうとする気骨ある者が、今のサザーランドにどれだけいるでしょうか」

　戦争ほど非生産的な行為はない。たとえ表層だけであっても中立を維持してきたサザーランドという国を、カサノアはそれなりに気に入っている。だがリオンは違う。彼が類まれなる戦の才を有しているのは誰もが知るところで、そんな男がサザーランドの一都市長の座で満足できるはずもないのだ。

　だからこそカサノアはリオンの野望を抑えるべく裏で色々と画策してきたわけだが、それもダルメスが使役する化け物の出現によって意味をなさなくなってしまった。

リットンはこれ以上ないくらいの渋面を顔に張り付け、

「御大が危惧した通りの事態、ということですか」

「それ以上です。この先は私も予想がつきません。確実にわかっているのはこの戦いに敗れたらクリムゾン＝リーベルはもとより、サザーランド自体が消滅するということです」

「化け物の弱点はすでに判明しています。そんな事態にはなりませんよ」

武人の顔をするリットンだが、しかし、カサノアの心に僅かでも響くことはない。

（人の力で御することができない存在を、人は今も昔も化け物と呼ぶ）

手元の湯呑に視線を落とすカサノア。

喉を滑る茶に最初の温かさはなく、苦味だけがいつまでも口の中に残った。

Ⅳ

「報告します。およそ七時間後に化け物は湿地帯に到着する模様」

厚い雲で塗り固められた空の下、ヘヴンと最終的な確認を行っていたリオンに報が届く。

ダルメスが宣言した日時に寸分の狂いなく行軍を再開した化け物は、耳朶に絡みつく不協和音を轟かせながら南下。昼夜の区別なく一定の速度で歩き続けた。

そして、極度の緊張を顔に張り付けた伝令兵により運命の時が告げられる。

「化け物が湿地帯に到達いたしました！」

天幕内の緊張が最高潮に達する。

両腕を組んだまま身じろぎもせず座っていたリオンの瞳が開かれたのは、まさにその時だった。

「いよいよか……」

この場に集う者たちに先立って天幕の外へと出たリオンが、ジュリアスから手渡された遠眼鏡を正面に向ければ、広大な湿地帯へ汚泥のように流入する化け物を目にした。

それぞれが意思なく勝手に動いている様は、とても軍隊の体を成しているとは言えないが、だからこそ敵が人でないことを弥が上にも突き付けてくる。

続々と天幕から出てきた者たちは、食い入るように湿地帯を眺めている。十三星評議会の席で一度は化け物を目にしているにもかかわらずだ。初めて化け物を目のあたりにした兵士たちの驚きと恐怖は、容易に想像がつくというもの。

もちろん相手が化け物であることを知らない兵士はいない。だが、話に聞いているのと直接目にするのでは衝撃度がまるで違う。

常識では測れない存在であるほどその差は開くばかりだった。

「あれが化け物……」

「あんなのと俺たちは戦わないといけないのか……？」

「無理だ。あんなのに勝てるわけがないだろう」

不安と焦燥。発芽した恐怖はやがて身体を蝕み、金属の重なり合う音が一つ、また一つと生まれ落ちてくる。

それが軍全体に波及するのにそれほどの時を要しなかった。

「リオン殿……」

群雄割拠時代の鎧を身に着けるシャオラが、いつになく険しい顔を向けてくる。聞かずとも何を言わんとしているか、リオンには手に取るようにわかった。

「俺が行く」

肩を怒らせながら出ていこうとするライゼンハイマーに、リオンは待ったをかけた。

「なぜ止める。これでは戦をする前に瓦解するぞ」

「恐怖を感じるのは悪いことじゃない」

恐怖を悪と断じるのは早計だ。戦いにおいて恐怖することは身を守るための重要な要素。恐怖を知らなければ危険を察知することもできない。どこかの英雄が恐怖は克服するものだと説いたらしいが、リオンの考えは少し違う。

恐怖は克服するものではなく、傍らでそっと飼い慣らすもの。上手く付き合っていくことが生き残るための最善だと思っている。

ライゼンハイマーは苛立ちを隠そうともせず、

「言われるまでもない。俺が危惧しているのはその恐怖が体の隅々まで染み込んでしまったということだ」

「なるほど。それはお前がはっぱをかけた程度でどうにかなるものなのか？」

「なら座して今の状況を放置しておくつもりかッ！」

「誰もそんなことは言っていない。恐怖が体を蝕んだというのなら、恐怖を上塗りするほどの圧倒的な希望を示してやればいいだけ。何のためにこれがある」

リオンは扉をノックする要領で魔甲砲を鳴らし、不自然に積み重なった木箱の上で偉そうに仁王立ちしている女に告げた。

「ヘヴン、行けるな？」

「へへん。あたぼうよ！」

手のひらで鼻をこするという意味不明な仕草をしてみせたヘヴンは、備え付けられた砲座へ飛び込むように座り込む。

「さあ行くわよー」

前面に整然と配置された突起物を前に、手をこすり合わせながら舌先でチロリと唇を舐めたヘヴンは、まるで鍵盤楽器を弾くような動きを見せる。それと連動して魔甲砲から微細な振動音が響き始めた。

ヘヴンは同じく前面に備え付けられた二本の操縦桿を手にし、さらに足元に設置された板状のものをゆっくり踏み込むと、魔甲砲は威厳すら感じさせる分厚い音を響かせながらゆっくり回転を始めた。

恐怖に彩られた兵士たちの目は、自然と稼働を始めた魔甲砲に吸い寄せられていく。

「化け物はやや左方向へ流れています！」

物見の報告に、

「了解。方位修正プラス三。魔力接続回路に異常なし。これより魔力注入を開始します」

ヘヴンが握っていた操縦桿を奥へと押し込めば、巨大な砲身に描かれた紋様からぼんやりと光が浮かんでくる。その間にもヘヴンの両手は休むことなく動き続け、まるで人が変わったかのように凜(りん)とした表情を見せつけてくる。

「動力部内正常値を維持。魔動圧力三十……五十……七十……九十……魔動圧力は臨界点に到達。最終安全装置解除。発射態勢が整いました」

今や砲身に描かれた紋様は黄金の光を強く発し、ブゥゥンという鈍い音が周囲を埋め尽くしている。ヘヴンの視線はリオンただ一人に注がれており、それはほかの者たちも同様だった。

どこからともなく舞い落ちてきた木の葉が砲身に触れ――跡形もなく消し飛んだ。

「放てッ！」

腹の底をえぐり抜くような音が轟き、光の奔流(ほんりゅう)が化け物目がけて綺麗(きれい)な直線を描く。

口元に非情な笑みが浮かんだ。

V

衝撃音が大地を激しく揺らした。

半球状の輝くそれは、瞬きを繰り返す度に大きさを増し、化け物ごと湿地帯の一部を食んでいく。半球内では稲妻に似た現象でも発生しているのか、外に向けて紫電の光を断続的に放射している。

言葉を奪い去るに十分な光景だった。

「――素晴らしい……」

カサノアの呟きが波紋となり、士気がどん底にまで落ちたサザーランド陣営が、にわかに興奮の色を帯びていく。道化を演じている自覚を持ちながら、リオンが天に向かって拳を高々と突き上げてみせると、地を割るような歓声が巻き起こった。

「リオン殿よくぞやってくれたっ！」

握手を求めてきたのは、興奮冷めやらぬといった様子のシャオラだった。「どうも」と短い言葉で応えていると、ライゼンハイマーが顔を背けたまま手だけを気まずそうに伸ばしてくる。

「ふっ」

リオンはライゼンハイマーと無言の握手を交わした。誇らしげな顔で親指を立ててくるヘヴンに対しては、微笑と共に頷き返す。その後も称賛の雨が降り注ぐもただ一人、ジュリアスだけは厳しい表情で戦場を睨みつけていた。

冷めやらぬ興奮を背に感じながら、リオンはジュリアスの隣に歩を進める。ジュリアスは表情を緩めることなく、

「ざっと見積もって二万といったところです」

「二万か。凄まじいまでの威力だな」

口で言うほど結果に満足していないリオンがそこにいた。ジュリアスの表情が今もって厳しいのは同じ理由によるところだろう。

ただの一撃で二万の化け物を屠った魔甲砲は、現時点で人類が手にした最強の兵器であることを疑う余地はない。戦争の在り方を根本から変えてしまうほどの力だが、それはあくまでも抑止力が通じる人間に限定した場合の話だ。

化け物には心がない。心がないから恐怖を抱くこともない。故に砲撃を免れた化け物たちは、まるで何事もなかったかのように今も前進を続けている。

(それでも滑り出しは上々だ。今はそれでよしとしよう)

リオンは全軍に向けてただちに戦闘開始の命を発す。

魔甲砲の一撃により士気を回復した兵士たちの声が、戦場に雄々しく響き渡った。

Ⅵ

防御陣地は主に三つの区画で構成されている。区画内の造りに差はなく、網の目状に造られた土塁壁(どるいへき)は、兵士たちが行き来できるよう簡素な橋で結ばれている。また区画と区画の間には長大な防護壁と深い堀が築かれ、化け物たちを堰(せ)き止める役割を果たしている。

自(おの)ずと戦いは湿地帯に一番近い防御陣地——第一区画で始まった。

「お前たちを前にした俺は確信する！　結集したサザーランド軍を前に敵はなし！　それがたとえ化け物であろうともだ！　愚帝として後世に名を残すダルメスに、我らの力を思い知らせてやろうぞッ！」

第一区画を指揮するライゼンハイマーの檄(げき)に、兵士たちは長槍(ながやり)を勇ましく掲げて応える。長槍は通常の倍ほどの長さでありながらも、軽く取り回しに優れている。化け物のためだけに用意された特注品だ。

高く築かれた土塁壁の上からでも容易に突くことが可能な長槍は、調練(ちようれん)の大部分を長槍の習熟に費(つい)やしたことで、化け物の弱点である右胸を的確に捉(とら)えることができる。

もしこれが人間であったなら弓を使った応戦もできよう。しかし、化け物が武器を使わないことは、これまでの調べで明らかとなっている。

「いける！　俺たちはやれるぞ！」

「ああ！　これでもくらいやがれッ！」

雪崩を打って土塁壁に群がる化け物に真新しい刃が降り注ぐ。反撃することもままならず倒れ伏すだけの化け物たちを前に、サザーランド軍の士気はこれ以上ないほどの高まりを見せている。

このままサザーランド軍が化け物を圧倒するかに思われたが。

「よくありませんね……」

「ジュリアス君、なにがよくないの？」

ジュリアスの呟きにいち早く反応を見せたのは、第八都市ルーン＝バレスの長——ディアナ・クリスティンだった。

シャオラやライゼンハイマーのような都市長でありながら軍を率いる武辺者以外では、自ら望んで戦場に立つ唯一の都市長である。

「ここは最前線です。ディアナ様が来るようなところではありません」

直截に苦言を呈するも、恐縮するのは彼女を護衛する者たちばかり。本人が意に介する様子は全くなかった。

ディアナは手にした遠眼鏡を左から右へと流しながら、

「戦場にいる以上死ぬときは死ぬ。それよりもなにがよくないの？　素人の私から見ても善戦しているじゃない」

勘の鋭いディアナに下手な言い訳が通じるとも思えず、口を滑らせたことを早くも後悔するジュリアスだが、それでも聞かれた相手が彼女であったのは不幸中の幸いだった。

「最高司令官の戦術は徹頭徹尾遠距離からの攻撃です。その判断は正しくディアナ様のおっしゃる通り善戦もしています。ですが――」

ジュリアスが指し示した土塁壁では、化け物が折り重なるようにして倒れている。そこに味方である兵士はただの一人も存在していない。ほかも土塁壁も同様だ。サザーランド軍はここまで理想ともいえる防衛戦を繰り広げている。

「……私の目には着実に屍の山を築き上げているようにしか見えないんだけど？」

「まさに問題はそこです。兵士たちが化け物を殺せば殺すほど屍の山はその大きさを増していきます。放置すれば化け物たちはいずれ屍を越えて兵士の喉元に喰らいつくことになるでしょう」

意図した結果でないことがわかるだけに、ジュリアスとしても完全に予想の範疇を超えており、話を聞いたディアナの表情に翳りが差す。

「それは確かにまずいわね。下りて山を崩すなんて芸当もできないし。――最高司令官にはこのことを？」

「まだ伝えていませんが私が気づくくらいです。今頃は不機嫌な顔をしているに違いありません」

「ふーん……」

ジュリアスとの距離を詰めたディアナが、頭から足の爪先まで視線を動かす。舞踏会以外で異性にこれほど近づかれた経験がないだけに、ジュリアスは身を固くしながら尋ねた。

「何でしょう？」

「前から気になってはいたんだけど、君は富んだ資質があるのにやたらと自分を過小評価するきらいがあるよね？　なんで？」

思っていたのとは全く違う方向に話が進んだので、ジュリアスは強張った肩を緩めた。

「急にそんなことを言われましても……」

純粋に個として自分を客観視した場合、そのあり様は至って平凡だと思っている。ディアナが言う富んだ資質とやらを本当に有しているならば、リオンの覇業は遥か先を進んでいてもおかしくないのだから。

「もし本当にそう見えているのだとすれば、それはきっとリオン様の威光によるものです」

「つまり私の買いかぶりだと？」

視線のみで暗にそうだと伝えるも、透き通る翠の瞳がジュリアスから外れることはなかった。

「望めばより高みを目指すことができるはずなのに、君は今の地位程度で満足している。してしまっている。人には〝才〟に応じた〝分〟があると私は思っている。そんな私から見た君は酷く分不相応で、見ていてとても気持ちが悪い」

「二十三歳そこそこで上級大将です。確かに分不相応ではありますます」

互いの視線が交わり、ディアナは頬を緩めた。

「これ以上言っても無駄ね」

ジュリアスは意識して目を細め、

「そもそもなぜ今その発言に至ったのか私には疑問です。──まさかとは思いますがリオン様との間に亀裂を生じさせる意図でも？」

「そんなつもりなんて全くないから。純粋にもったいないと思ったから言っただけ」

ディアナは慌てて両手を振って強く否定した。

「それならここだけの話に留め置きます」

「もちろんそうして。敵対行動だと思われたらとっても困っちゃうし」

その場でクルッと一回転し、いたずらっぽい笑みを浮かべるディアナを見て、ジュリアスは小さく息を吐いた。

「わかりました。それと──」

「さっきの話ならもちろん口外しないから安心して。軍事に口を出すつもりはないし、そもそも権限もないから」

鎧と同じ水色の髪を左右に揺らしながら、ディアナは軽やかな足取りで去って行く。護衛は何度もジュリアスに頭を下げながら彼女の後を追った。

「豪胆な人だ……」

ジュリアスの懸念は五日ほどの時を経て現実のものとなる。

リオンは第一区画で戦っていた兵士たちを第二区画まで後退させると、ヘヴンに第二射を命じた。

第一区画を放棄するまでにサザーランド軍が失った兵は百名にも満たず、翻って化け物は四万を超える数が冥府へと帰った。化け物相手に歴史的な快進撃を続けるサザーランド軍であるが、しかし、最高司令官たるリオンの顔に余裕の表情を窺うことはできない。

生ある者と生なき者。本来相まみえることのない存在がぶつかり合い、歪曲な世界を作り上げていく。

世界はただあるがままを受け入れ、そして見守るだけだった。

第九章 ◆ 聖戦

I

神国メキア　ケイラス台地

聖都エルスフィアに向けて進軍する亡者を迎え撃つため、ソフィティーア・ヘル・メキア号令の下、聖翔（せいしょう）軍は小さな丘陵が網の目状に広がるケイラス台地に布陣した。

聖翔軍四万五千に対して、亡者軍は十万を擁する。

地の利こそ聖翔軍の手中にあるも、数においては圧倒的不利な状況下で、ラーラ・ミラ・クリスタル聖翔の命を受けたアメリア・ストラスト上級千人翔（しょう）は、亡者の軍に先制の一撃を加えるべく愛馬を駆り、ケイラス台地を背にする形で無人の野に降り立った。

（先陣を切るのは武人の誉（ほま）れ。再びの機会を与えてくれたラーラ聖翔に感謝を）

それから十五分後。

威風堂々と亡者を待つアメリアの瞳が、人影のような姿を映し出す。瞬く間に膨れ上がった人影は、生きている人間が決して発することのない腐臭を強くまき散らし、人でも獣でもない禍（まが）つなる気配をその身に漂わせている。

粘りつくような凶声を轟かせる亡者たちを前に、アメリアは上唇をチロリと舐めた。

(どの程度のものか、まずは試させてもらう)

不規則な足取りで迫り来る亡者の先頭集団に対し、アメリアは左手を前面に突き出して〝不動縛〟を仕掛けた。身体の自由を強制的に奪うアメリアが得意とする魔法だが、あるはずの手ごたえをまるで感じない。

案の定標的に変化はなく、亡者は緩慢な動きで前進を続けている。

(命なき者に不動縛は通じないようね。少なくとも心臓が止まっているのは間違いなさそう。そんなものがあれば、だけど)

ここで初めてアメリアは、自分の右手が意図せず剣の柄に触れていることを知る。どうやら身体は亡者を切り刻むことを強く欲しているらしい。

ほくそ笑み、亡者の様子を観察しながら次にとるべき手段を講じる。

魔法よりも剣を主体にした接近戦を好む傾向にあるアメリアだが、いくら斬ったところで大勢に影響がないのは子供でもわかること。自分の役割は数の差を速やかに埋めることで、それは大規模な魔法を行使しなければ達成できない。

魂が打ち震えるまでに斬りまくって、亡者がどういう反応を示すのか間近で観察したい衝動に駆られるが、それが許されない状況であることも重々理解している。

(困ったわね)

だが迷いとは裏腹に、足は亡者に向かって勝手に走り出していた。

（さすが私、そうこなくっちゃ）

弾む心で亡者の群れに飛び込んだアメリアは、四方八方から無秩序に伸びてくる腕を、神速の技をもって打ち落としていく。人であれば耐え難い痛みに悲鳴を上げるところだが、亡者に痛覚は存在しないらしく、いつまでたっても心地よい旋律が耳に響いてこない。

「チッ！」

両腕を失った亡者が粘液に塗(まみ)れた黄色い歯を剝(む)き出し、前のめりで嚙(か)みついてくる。人間なら決して見せない行為を見て、不覚にも背筋に怖気(おぞけ)が走った。

（これが本当に元人間なの？　醜(みにく)いにもほどがある）

耳元でガチガチと鳴る音に苛立(いらだ)ちが募(つの)り、後ろへ飛び下がるのと同時に秘剣〝薄氷(はくひょう)〟を行使。煌(きら)めく光が三つの首を同時に吹き飛ばす。

群がる亡者を絶え間なく屠(ほふ)り続け、その数が三十を超えたところで、アメリアは亡者から大きく距離をとった。

剣に付着した肉片とも呼べない何かを地面に打ち払い、深呼吸する。

（亡者は私を見ていない）

アメリアの出した結論はそれだった。もちろん交戦している以上認知はしているのだろうが、亡者の大半は平然と素通りしていくのだ。

多少の疑問はあるも、それを差し引いても今さらどうでもよかった。

「所詮は傀儡ということか。少しでも期待した私が愚かでした。もう終わりにしましょう」

頭に思い描くのは、誰も這い出ることのできない闇の底。緩慢な動きであっても確実に前進を続ける亡者に向けて、アメリアは青い光を放つ左手を横一線に薙ぎ払う。

地面に引かれた一本の閃光は、激しい揺れを同時に引き起こし、大地を上下に引き裂いていく。その様はまるで巨大な顎門が開いていくがごとし。

——束縛系最高位魔法　奈落。

亡者は顎門を前にしても歩みを止めることなく、まるでそうすることが当たり前のように落ちていく。そこに欠片ほどの感情も見ることはできない。

アメリアの唇から自然と深い溜息が漏れた。

(つまらない)

ひたすら同じ行為を繰り返すだけの亡者を、アメリアは白けきった瞳で眺め続けた。

(——とりあえずはこんなものでしょう)

亡者をたらふく飲み込んだ顎門がその役割を終え、亡者をすり潰しながら徐々に閉じて

いく。

さらにアメリアは三つの顎門を前面に配置し、続けて束縛系高位魔法の〝千羅繚乱〟を発動する。地中を食い破りながら飛び出した巨大な蔦は、顎門の隙間を抜けてきた亡者たちを搦め捕り、身体を存分に引き裂いていく。

（本当につまらない）

一人呟くアメリアの額は、じっとりと汗が滲んでいた。

Ⅱ

聖翔軍　本陣

「報告します。アメリア上級千人翔が放つ魔法の前に亡者はなす術がありません」

ただならぬ緊張が支配していた場が一転、隠密諜報部隊である〝梟〟からもたらされた吉報に、衛士たちは爆ぜるように沸き立った。

アメリアを称賛する衛士たちの声を聞きつつ、馬上の人であるラーラは、副官を務める十二衛翔が筆頭――ヒストリア・フォン・スタンピードに目を留めた。

（雨でも降るのか？）

思わず空を見上げ、ラーラは自分の取った行動の馬鹿馬鹿しさに自嘲の笑みを漏らす。

天賦の才を持つヒストリアは、怠惰を糧として生きている。たとえ戦争中であっても露骨に態度で示すような人間だが、しかし、今の彼女は違う。

美しい姿勢で馬に跨るその姿は、誰が見ても惚れ惚れするほど凛々しい。彼女の特徴を最もよく表す銀色の双眸は、いつものように半分瞼が落ちているといった様子もなく、アメリアが戦っているであろう戦場を真っすぐ見つめている。

「今日は居眠りをしないのだな」

冗談めかして言うもヒストリアにさしたる反応はなく、

「アメリア様は大丈夫なの？」

曖昧な質問の意図するところを、ラーラは正確に理解していた。声音に限ってはいつものそれだが、アメリアを心配しているのが手に取るようにわかる。

「何も問題ない」

断言すると初めてヒストリアはラーラと視線を交わす。その瞳には僅かに疑心の色が差していた。

「ほんとに？」

「友誼を結んだ相手に嘘など言わん。案ずるな。アメリアに限って魔力枯渇を引き起こすようなへまはしない」

魔力枯渇はそのまま死を意味する。魔法士故の宿命だ。魔力量を見誤り死に至る可能性は決して低いものでなく、実際過去には魔力枯渇で死んだ魔法士もいたらしい。が、得てしてそのような魔法士は二流三流の手合いだ。

魔法の神髄(しんずい)とは自分の魔力量を正確に見極めることであり、曲がりなりにも一流の魔法士と認めるアメリアが、己の魔力量を見誤ることなどあり得ない。

ひとしきりラーラを見つめたヒストリアは、正面に視線を戻して呟く。

「それにしても恐ろしい敵ね」

簡素な評だが、それだけにヒストリアの心境を端的に表していた。彼女はすでに理解しているのだろう。亡者の本質を。

人を人たらしめるのは、どこまでいっても人の心。そして、心と身体は密接に連動している。勇猛は心と身体を強く動かし、畏(おそ)れは心と身体を委縮させる。それゆえに戦場では死を従えて戦う、死従(しじゅうびと)人にならなければならない。

全ての衛士たちを死従(しじゅうびと)人にすることがラーラの目標とする究極の軍隊であり、次元が異なるも半分それを成した相手が、聖都エルスフィアに向けて進軍している。

敵はどこまでいっても曲者(まがりもの)だが、それだけに決して侮(あなど)ることはできない。アメリアの魔力量もそう遠くないうちに限界を迎えることだろう。

最初の閃光から幾許(いくばく)かの時が経(た)ち――――。

(そろそろだな)

ラーラの意を酌んだヒストリアが、巧みに愛馬を操り第一防衛ラインに駆けていく。

到着したヒストリアは、配置につく衛士たちに勇ましくも高らかに告げた。

「第二戦闘準備ッ！」

「第二戦闘準備ッ！」

第一防衛ラインを指揮する上級百人翔が復唱し、衛士たちが満を持して動き始める。そこに浮き足立つ様子を見ることはできない。

第一防衛ライン上には神国メキアの技術を結集して造られた最新兵器である〝多段式大型弩砲〟が五十機、亡者軍を迎え撃つべく横一線に並んでいる。

初めて戦う亡者を目前にしてもなお、衛士たちが高い士気を保ち続けられる理由。それは強力な最新兵器があるからではなく、ましてや魔法士がいるからでもない。

理由はただ一つ。絶対なる存在が自分たちの戦いをそばで見守っているから。

（どんな相手であろうと聖天使様の栄光にかすり傷一つとて負わせはしない）

ラーラの決意に呼応するように、空に向けて青い閃光が走った。

Ⅲ

聖翔旗が冬の空にたなびいている。

六輪戦車に座するソフィティーアは、梟からの報告により戦況が優位に進んでいることを知った。

「さすがはアメリアちゃんです」

そう言って誇らしげに胸を張るのは十二衛翔のアンジェリカ。気の向くままに歌を口ずさむ彼女の姿を、聖近衛騎士は呆れと好ましさ半々といった面持ちで見つめている。

ソフィティーアの側に控える男、ドルフ・バレンスタイン上級百人翔が重々しく口を開いたのは、梟が完全に視界から消え去ったときだった。

「このまま順調に進めばよいのですが」

「サザーランド都市国家連合の一都市が亡者によって廃墟に変えられたと聞きます。そう簡単にはいかないでしょう」

ドルフは眉間に深い皺を刻み、

「それは私も聞き及んでいますが、かの国は言ってしまえば弱小国の寄せ集め。我が国とは比較になりません」

上級百人翔を束ねる立場にある彼の顔には、大小様々な傷が刻まれている。元々が鬼のような人相をしていることも手伝って、見た者を萎縮させるのに事欠かなかった。

「たとえそうだとしても侮る理由にはなりません。優秀な人間はどこの国にもそれなりにいます」

ソフィティーアが諭すように言うと、ドルフは深々と頭を下げた。

「考えが浅はかでした」

帝国が王国を食糧難に陥れるため、都市国家連合と裏で手を結んでいたことは、今や誰もが知るところ。いずれは帝国が都市国家連合を敵に回すにしても、それは王国を滅ぼしてからのことだとソフィティーアは思っていた。

だが実際は、王国が滅びるよりも先に都市国家連合を切り捨てた。使役する亡者軍に自信があるからこその判断だろうが、それを差し引いてもソフィティーアの目にはいささか性急すぎるように映るのだ。

驕りからの判断であれば所詮その程度の器。いかに亡者を操る力があっても恐れることなどないが、仮にも賢帝とまで評された男の下、長期に渡って宰相の椅子に座り続けた実績がある。思わぬ謀を秘めている可能性は決して低くはない。

駆ける足音が、ソフィティーアを思考から引き戻す。新たにもたらされたのは凶報だった。

「聖天使様……」

聞いたドルフの顔が苦渋で歪む。

ソフィティーアは涼やかな微笑で返し、

「あらかじめ予想していたことです。信じて吉報を待ちましょう」

Ⅳ

聖都エルスフィア　城壁

「やっぱそうなるよなぁ……」

　聖都防衛の責任者を任された上級千人翔のヨハン・ストライダーは、聖都から西方に位置する荒野を漫然と眺めながら愚痴を吐く。

　突如荒野に出現した亡者が聖都に向けて進軍しているとの報が、ヨハンの心中をより陰鬱なものとするのに一役も二役も買っていた。

「昨日までは影も形もなかった。一体どこから湧いて出てきたんだ？」

　ヨハンが首を傾げるのも当然だった。聖都に厳戒態勢を敷く一方で、かねてより梟の長たるゼファー・バルシュミーデ上級百人翔に命じ、警戒の網を広範囲に渡って張り巡らせていた。

　もちろん件の荒野も警戒の対象である。誰よりも亡者の脅威を知る梟が見逃すことなど万が一にもあり得なかった。

「敵は亡者です。理屈など端から通じる相手ではありません。考えても仕方ありませんよ」

「そりゃそうだけど……って、お前なんでここにいるの？」

しれっと横にいる十二衛翔のジャン・アレクシアに胡乱な目を向ければ、ジャンは呆れたように口を開く。

「もちろんラーラ聖翔から聖都を守るよう命じられたからです。ヨハン上級千人翔も軍議の場にいたではありませんか」

「あ、そう。ところでお前、こんな状況にもかかわらず妙に生き生きしていないか？」

現時点で七千程度の亡者であることが判明している。今後増えることはあっても減ることはないだろう。降りかかる不幸を嘆きこそすれ、胸糞悪くなるだけの亡者を前に生き生きとする理由がヨハンにはまるでわからなかった。

「べ、べつに生き生きとなんてしていませんよ」

目を泳がせながら否定するジャンに、

「そうか？　俺の目にはなんかこう長年の厄介ごとから解放された、そんな風に見えるぞ」

「そ、それはアメリア上級千人翔と離れられたからとかそういうのじゃありませんから」

それを聞いて、十二分の納得感をヨハンは得た。

「わかりやすいやつ」

「だから違いますって！」

その後も言い訳を繰り返すジャンの手は、しきりに胃の辺りを擦っていた。

ヨハンは双眸を不快極まる光景に戻し、神妙に腕を組む。

（帰ってきたら聖都は亡者に蹂躙されていました。では洒落にならん。たとえ死をもって償ったところで到底償いきれるものじゃない。それになによりも――）

太陽のように明るく笑うアンジェリカが目に浮かび、ヨハンは小さく肩を竦めた。

「なによりも俺の女が許しちゃくれない」

さっきまで言い訳を繰り返していたはずのジャンが、一転して湿り気を帯びた視線を向けてきた。

「こんな状況でも女のことなんですね……」

ジャンの後ろ首に手を回し、ヨハンはニヤリと笑う。

「男って生き物は女なしでは駄目になる。虚飾に塗れたこの世界における唯一の真実だ」

ジャンは心底わからないといった感じで、

「つまりどういうことですか？」

ヨハンはジャンが手にする十文字槍に目を流し、

「武芸を磨くばかりが能じゃない。女心を理解するのも同じくらい大事ってことさ。お前がアメリア嬢を怖がるのは、つまり彼女のことを何も知らないからに尽きる」

「二年近く側衆として使えているのです。さすがに何も知らないってことは……」

否定するジャンの声は、語尾に近づくほど小さくなっていった。

「人は誰でも知らないものに対して無意識に警戒してしまう。知らないってことは怖いことに繋(つな)がるからな。たとえばアメリア嬢の趣味が可愛(かわい)い服を集めることだと知っていたか？」

弾(はじ)ける勢いで目を見開いたジャンは、

「……いやいや、全く笑えないんですけど」

最終的に冗談だと思ったらしく、仏頂面を決め込む。

ヨハンはあえて無言を貫いた。

「――え？　冗談ですよね？」

「冗談を言って俺に何か得があるのか？」

「いやでも、いくらなんでもアメリア上級千人翔に限ってさすがにそれは……」

「似つかわしくない、と？」

ジャンは二つほどの間を置き、遠慮がちに頷(うなず)いた。

「だが真実だ。図らずも知らなかった彼女の一端を知ったわけだがどう思う」

「どう思うと言われましても……意外すぎて上手(うま)く言語化できる自信がありません」

「いずれにしても自分から知ろうと歩み寄ればアメリア嬢のことも可愛く思えてくるさ」

ジャンは視線を宙に漂わせると、ブルリと身体(からだ)を震わせた。

「そんな日が来るとはとても思えません。ヨハン様がアメリア様を可愛いと思っていることは理解しましたが」

「………」

「ヨハン様？」

「じゃあ俺はちょっくら出かけるから留守番よろしく」

歩き出して早々追随する音を聞いたヨハンは、邪険に手を払う仕草で暗に来るなと意思表示した。

「しかし――」

「お前まで聖都を離れてどうする。十二衛翔の本分を忘れるな」

「……わかりました。聖都はお任せください」

「頼むぞ」

言ったヨハンはふと思い出し、立ち止まる。

「そうそう。アメリア嬢にさっきの話を軽々しく振るなよ。多分殺されるから」

「なっ……!?」

石像のように固まるジャンを置き去りに階段を下りていく。厳重に閉じられた外門に到着する頃には、ゼファーと五人の梟がヨハンを守るように囲んでいた。

「声をかけたつもりはないぞ」

「聖天使様の命にございます」

ヨハンは肩を縮め、梟を見やる。装いこそ平民のそれだが、見る人が見れば堅気の者でないことを気配で察するだろう。

「また随分と大袈裟(おおげさ)なことで」

「ご冗談もほどほどに」

ゼファーは至極真面目な顔で言う。

梟の中でも特に武に長じる彼らは〝五輪衆〟と呼ばれていた。

聖都を後にしたヨハンたちは、西の荒野を目指して馬を駆った。

だが、それほどの時を経ずして問題が起こる。荒野に近づけば近づくほど馬は勝手に速度を緩め、何度も嘶(いなな)き、ついには一歩たりとも前に進まなくなってしまう。

荒野まで半分の距離も進んでいないにもかかわらず、大量の汗をかいていた。

(馬をここまで怯(おび)えさせるか……)

馬から早々に下りたヨハンは、馬を強引に踏み留(とど)まらせようとしている五輪衆にも下馬するよう命令した。

「ここからは走るぞ」

「はっ」

解放された馬たちは元来た道を跳ねるように駆け、瞬く間に視界から消え去っていく。

それから走ること二時間余り。

「――まさに地獄が顔を出したような光景です」

ヨハン一行は亡者を一望できる崖の上に立っていた。眼下に映る景色は今まで経験してきたどの戦場よりも汚臭に塗れている。

（死者を蘇らせる。どんなとんでも魔法だよ）

常識から外れた魔法を前にして、頭にひとりの少女が浮かんだ。

（まさか、な……）

五輪衆が周囲に警戒の目を光らせる中、ゼファーが口を開く。

「亡者には人間の理が通じません。厄介極まりない存在です」

「単純に燃やしただけでは意にも介さない。そう言いたいのだろう？」

ゼファーは恭しく頭を下げた。

「恐れ多いことながら」

ゼファーの言は正しい。炎を主軸にしたヨハンの魔法は人間や獣相手なら有効だが、亡者に対してはその限りではない。亡者が報告通りの存在であれば、炎を全身に浴びようとも歩みを止めることはないだろう。

「ならば一片の肉片すら残すことなく消し去るまで」

右手で左手首を摑んだヨハンは、〝焔光の魔法陣〟に魔力を収束していく。魔法陣は明滅を繰り返し、上空に向けて真紅の輝きがほとばしる。

（聖天使様……）

　これからも彼女の側に居続けるためには、信頼に応えなければならない。ヨハンがなによりも恐れるのは、絶対の主と仰ぐソフィティーアに失望の目を向けられること。

（それだけはごめんだ）

——炎系最高位魔法　風華焰天陣。

　亡者の進軍上に巨大な魔法陣が浮かび上がる。風華焰光輪と同系統の魔法だが、魔力消費量が桁違いのため、自らの意思で封印していた奥の手だ。

「この俺がいる限り、おぞましい貴様らが聖都に足を踏み入れることは絶対にないッ！」

見定め、魔法陣に封じた力を開放した直後、魔法陣の中心から巨大な光柱が出現する。

魔法陣はさらに拡大を続け、円環に触れた亡者はそのことごとくが瞬時に黒砂化した。

　黒砂は魔法陣内で吹き荒れる風と共に舞い上がり、跡形もなく散っていく。

　ヨハンの覇気に応えるかのように、焰光の魔法陣は強く激しく輝いた。

第十章◆黒の樹海

I

帝国に反旗を翻した元帝国三将のフェリックス・フォン・ズィーガーは、蒼の騎士団共々ファーネスト王国に身を寄せる決断を下した。

帝国軍の動向を把握するため索敵能力に秀でた兵士を選抜し、情報収集に努めること数日。もたらされた情報を基に脱出経路と最適なタイミングを見計らいながら、いよいよ出発を明日と定めたまさにその時、作戦を根底から覆す一報が飛び込んでくる。

フェリックスの下をバイオレット・フォン・アナスタシア中将が訪れたのは、真昼だというのに空を覆い尽くす雷雲によって、ザクソン砦が闇のただ中にある頃だった。

蒼の騎士団　ザクソン砦

「亡くなった……」

空を割くような稲妻が走り、執務室が白光で満ちる。あとに残されたのは室内を細々と照らす暖炉の灯りのみ。

パウルの訃報を知って、フェリックスは続く言葉が出なかった。

「出発を延ばしますか？」

バイオレットは言いにくそうに延期を具申する。思わぬ形で仲介役を失ったフェリックスは、鉛のように重くなった唇を動かした。

「この先同じような機会が得られるとも思えません。予定通り明日出発します。バルボア少将にもその旨伝えてください」

「かしこまりました。それで……あの……」

言葉を詰まらせるバイオレット。その瞳は水辺に漂う一枚の葉のように揺れている。こちらを慮っていることがわかるだけに、フェリックスは努めて表情を明るくした。

「私は大丈夫です」

開きかけた口を引き結び、バイオレットは敬礼する。退出しようと扉のノブに手をかける直前、何かを捜すように部屋を見回した。

「どうしました？」

「いえ……失礼いたしました」

後ろ髪を引かれるような足音が消え去るのと並行して、隠形の魔法を解除したラサラ・マーリンが、魔法で椅子を引き寄せて腰掛ける。

古びた壺の中に身を潜めていた妖精シルキー・エアは、扉に向けてベッと舌を突き出した。

「あの娘中々に勘が鋭いな。小僧よりよほど見どころがある」

「そうですね」

「ふん、心ここにあらずといった感じか。しかしちと寒いのう」

のろのろと椅子から立ち上がったフェリックスは、部屋の隅に整然と積まれた薪(まき)を手に取り、暖炉の前に移動する。

勢いよく立ち上る炎を見るともなく見ていると、再びラサラが話しかけてきた。

「どうするつもりじゃ？」

「…………」

「答えが出ぬか？　では皇帝の命を保証させる代わりにダルメスに改めて忠誠を誓うとはいうのはどうだ？　我ながらなかなかの妙案だと思うが」

「それは――!?」

思わず振り返れば、意地の悪い笑みを浮かべるラサラがそこにいた。

「お人が悪いです……」

「すまんすまん。あまりにも小僧が気落ちしておったのでな。あの娘も口にこそ出さないまでもかなり心配しておったぞ」

「重々承知しています。少し……考えます」

中々思う通りにはいかないものだとくたびれたソファに身を預け、意味もなく薄汚れた天井を仰ぎ見る。キール要塞で言葉を交わした在りし日のパウルを思い出していると、シルキーがふわりと肩に舞い降りた。

「フェリックスをからかった罰として蹴飛ばそうか？」

ラサラはピクリと眉尻を動かし、シルキーを睨みつけた。

「また檻に入れられたいのか？」

「やれるもんならやってみろ！」

シルキーは中指を立てて挑発する。

「ラサラ様は私を元気づけようとしただけなので、蹴り飛ばすのはなしでお願いします」

「ほんとラサラは素直じゃないからなー。僕はいつだってフェリックスの味方だから」

「シルキーには情けない姿ばかり見せていますね」

自嘲の笑みを交えながら言えば、シルキーは真顔で首をブンブンと横に振った。

「全然情けなくなんてないよ。だってフェリックスがこんなことでへこたれるなんて僕はこれっぽっちも思ってないもん。それに……」

シルキーは手櫛で髪の毛をしきりに梳かしながらほんのり頬を染めて、

「それにフェリックスを慰めることができるのは僕だけだし」

「――ありがとう」

「どういたしまして！」

呆れたように嘆息するラサラは、フェリックスへ白い視線を流した。

「小僧はシルキーに甘すぎる」

「決してそんなつもりは……」

フェリックスは鼻の先をかいた。

「そうだそうだっ！　ラサラは余計なことを言うなっ！」

シルキーがラサラの頭に向けて猛然と蹴りを繰り出し、ラサラは鬱陶しそうに手で払う。いつもの見知った光景に、フェリックスの心は少しだけ軽くなった。

思考は打開策に向けて徐々に回り始める。

（あの御仁の代わりなどそうはいない。しかも常勝将軍と謳われたグリューニング卿まで討死するなど……）

死は等しく平等に訪れる。たとえ英雄であってもその理から抜け出すことなどできはしない。二人の死はフェリックスにそのことを強く思い出させた。

偉大な武人を二人同時に失ったことで、王国軍は未曾有の混乱に陥っていることだろう。その最中にあって迂闊に蒼の騎士団が足を踏み入れようものなら、こちらに戦う意思がないと示しても、なし崩し的に戦わざるを得ない状況に追い込まれるかもしれない。

（なによりも優先するべきことは蒼の騎士団の存続。これ以上場当たり的な行動は決して許されない。慎重に事を進めなければ）

身の置き場所を執務机に戻し、フェリックスは思考を加速度的に深めていく。

やがて夕暮れを迎え、そして夜が過ぎ。

東の空が白み始めたところで、ようやくフェリックスは一つの結論を導き出した。

「どうやら結論は出たようじゃな」

ラサラが寝ぼけ眼(まなこ)で言う。目をこする姿が幼い頃の妹と重なって微笑(ほほえ)ましさを覚えるも、小さな手に刻まれた〝神光玉(しんこうぎょく)の魔法陣〟がフェリックスを現実へと引き戻す。

「第二軍を率いる将軍に繋(つな)ぎを取ろうと思います」

ラサラは薪の上で気持ちよさそうに寝息を立てているシルキーに流し目をくれ、

「てっきりわしは例の少女に話を持っていくとばかり思っておったぞ」

「彼女は好意的ではありますが政治的な話は厳しいので」

「だが中将なのだろう？　いくら武の才が傑出(けっしゅつ)していようとも、阿呆(あほう)を中将に据えるほど王国軍も愚かではあるまい。そう見下すこともないのでは」

「見下しているつもりなど毛頭ありません。あくまでも得手不得手の問題です。どちらにしても彼女に頼るのは最終手段と心得ています」

ラサラは口を手で覆いながら大きな欠伸(あくび)をすると、緩慢な動作で伸びをした。

「まぁ小僧がそう決めたのならこれ以上言うことは何もない。ただ危険が迫っても安易にわしを頼ろうなどとは思うなよ。戦争に加担する気は一切ない」

「もちろんです。これは私の問題ですから」

「うむ。わかっているならばよし」

顔を洗ってくると言い残し、ラサラは気軽に部屋を出ていく。

長らく中央戦線を孤軍で維持し続けた第二軍の将を、かつてのグラーデン元帥は高く評価していた。フェリックスも異論こそないが、人となりまでは把握していない。危うい賭けであることは自覚していた。

冬の冷えた霧が景色を虚ろにする早朝、蒼の騎士団はザクソン砦を粛々と発する。行軍する彼らの姿に、かつての華麗さを見ることはなかった。

Ⅱ

蒼の騎士団は帝国軍が構築した包囲の隙間を縫いながら進軍を続けていた。ザクソン砦を発ってから十二日後、いよいよファーネスト王国との国境線を目前にしながらも、なお兵士たちに安堵の色はなく、緊張は益々もって高まるばかりだった。

「――やはりここを抜けるよりほかありませんか……」

バルボア少将が天を貫くような巨樹群を見上げてゴクリと喉を鳴らす。

森全体がほかでは決して見ることのできない黒い樹木で覆われていることから、人々は畏怖を込めて《黒の樹海》と呼んでいた。

人間の天敵である危険害獣の苗床でもあり、生まれ落ちた瞬間から死が手を差し伸べてくる。人の常識など舞い落ちる枯れ葉のように何ら意味もなさない。

帰らずの森や白亜の森同様、三大未踏領域の一つに数えられていた。

「この森を眺めていると人間がいかに矮小な存在であるのかを強く思い知らされます」

飾りのないバイオレットの言葉は、すんなりとフェリックスの心に染み入る。黒の樹海へ足を踏み入れるにあたって、フェリックスは主だった者たちを集めた。

「危険害獣と遭遇しても襲ってくる気配がない限り、交戦はなるべく避けてください。血の匂いはほかの危険害獣を誘う絶好の呼び水となります」

しかしと前置きをした上で、フェリックスは話を続けていく。

「今の話と矛盾しますが、群れで行動する危険害獣に対しては積極的な交戦も許可します。たとえばガルドという危険害獣がいますが、同族に強さを示すため絶えず贄を求めています。我々を贄と定めればたとえ最後の一頭になろうとも引くことはありません。なぜなら彼らにとっての敗北は、そのまま同族の牙にかかることを意味しますので」

「どちらにしても危険害獣ありきなのですね」

顔を青くする副官のテレーザ中尉へ、フェリックスは頷くことで肯定する。

「それと森の中のものには極力手を触れないよう兵士たちに徹底してください。植物などは特に注意が必要です。毒を帯びている可能性が高いので」

独特な色彩を放つ有毒植物などはわかりやすいが、一見しただけでは雑草と変わらない有毒植物も数多く存在する。人外の領域に生息するものはたとえそれが植物であろうが、一瞬の油断が命取りになるとフェリックスは強調した。

意味ありげな視線が交わされる中で口を開くのは、親衛隊長のマシューだった。

「美味そうな果物が目の前にぶら下がっていても、ですか？」

「目の前にぶら下がっている果物ならほぼ大型食獣植物の罠と思ってください。大地の覇者と呼ばれる一角獣であっても取り込まれたら最後、抵抗することもできずに骨ごと溶かされてしまいます」

「な、なるほど。よ、よくわかりました」

マシューは顔を引き攣らせながら片足を後ろへ引く。続く質問にも丁寧に答え、質問が途絶えたところでフェリックスはテレーザに告げた。

「兵士たちに例の処置を」

「はっ」

テレーザの指示に従って各々小瓶を取り出した兵士は、中に入っている液体を首筋やうなじに塗り付けていく。

バルボアが困惑の表情で手首に液体を塗り付けながら、

「こんなもので本当に獣たちが我々を避けるのでしょうか……」

「すみません。実は私も効果のほどはよくわかっていないのです」

「はぁ……」

バルボアは訝しみ、小瓶をまじまじと見る。効果のほどを試している時間はなかったので、不本意ながらもそう答えるよりほかなかった。

「まぁ何もしないよりかは幾分ましかと思います」

言った途端、尻を蹴飛ばされたような衝撃が走った。

「――ん？　どうかなさいましたか？」

「いえ……」

頬を掻きながら、内心で背後にいるだろうラサラに詫びた。

黒の樹海を抜けることは必須条件であったので、事前に獣除けとして今や巷で定着した〝雪中紅花〟を兵士たちに集めるよう指示を出したところ、ラサラから無意味なことだと鼻で笑われ、最終的に渡されたのが材料と調合の仕方が書かれた紙きれだった。

「準備が整ったようです」

不安を隠しきれていないテレーザの言葉を受け、フェリックスは誰よりも先んじる形で最初の一歩を踏み出した。

親衛隊がフェリックスの脇を固め、テレーザ、バイオレット、そして蒼の騎士団が二列縦隊で後に続く。最後尾についたバルボアは、最精鋭の兵士たちと共に背後へ目を光らせていた。

冬晴れだというのに黒の樹海は夜の始まりのような顔を覗かせていた。生の雄叫びと死の木霊が絶え間なく行き交い、現実離れした世界を構築している。

鍛え抜かれているはずの兵士は、黒の樹海に足を踏み入れてからそれほど時間が経っていないにもかかわらず、早くも額に汗を滲ませていた。紅や天陽の兵士たちが今の彼らの姿を見たらきっと驚くに違いない。

それでも冷静に行動できているのは、曲がりなりにも亡者と戦った経験がものをいっているのであろう。

「――見てます」

バイオレットの隣を歩くテレーザが緊張した面持ちで囁く。なにがと問わずとも彼女の視線が全てを語っていた。

不自然なほど歪な形をした枝の上、闇と同化するなにかがジッとこちらを見つめている。

（猿？……――ッ。違う）

猿に似ているがそれはあくまでも頭部に限ったこと。胴体は蜥蜴を大きくしたような大人一人分ほどの体軀で、剣など容易く弾いてしまいそうな外皮に包まれている。

少なくともバイオレットがよく知る森にはいなかった生き物だ。

「あれに敵意は感じません。気にしないことです」

静かだがよく通る声だった。声の主であるフェリックスはといえば、黒の樹海に入ってそれなりに時間が経過した今も自然体でいる。足取り自体は慎重だが自分の身を案じているというよりも、蒼の騎士団の安全を第一に考えているのが垣間見えた。

立場上当たり前だと言われればそれまでだが、しかし、現在身を置いている場所は当たり前が通じる世界ではない。四六時中命の綱渡りを強制的にさせられているような場所だ。

「フェリックス閣下はこの場所に来たことがあるのでしょうか？」

テレーザに問われるまでもなく、バイオレットも同じことを思っていた。事前に受けた注意事項はどれも初耳の話ばかりで、たとえ森に精通した狩人であっても知らないことがほとんどのはず。単なる知識とするには内容があまりにも生々しく、実体験に基づいた知識と考えれば納得もいく。

もっともなぜ危険を冒してまで人外の領域に踏み入る必要があったのかは、依然として謎のままだが。

「テレーザ中尉は何も聞いていないの？」

言ってから馬鹿な質問をしたものだと、バイオレットは心中で自嘲した。そもそも知っているならば自分に尋ねたりはしないだろう。テレーザに対するつまらない嫉妬心から漏れ出た言葉であることは否めず、案の定彼女は困ったような表情で首を横に振った。

「ここで色々考えるのはやめましょう。生きてこの樹海を抜けるのが今の我々に課せられた使命です」

テレーザは表情を厳しくし、

「はい。フェリックス閣下にこれ以上負担をかけるわけにはいきませんので」

前を歩く男の姿を真っ直ぐな瞳で見つめるテレーザ。そんな彼女を少しだけ羨ましいとバイオレットは思った。


ひたすら歩く。

人の領域外に人が留まれる場所など存在しない。

休息とも呼べない休息をとりつつ昼夜の区別なく歩き続けたことで、蒼の騎士団は黒の樹海の終わりに到達しようとしていた。ここに至るまで少なくない危険害獣と遭遇し、百名を超える負傷者を出したが、死者に関してはただの一人も出していない。

バイオレットが奇跡だと言った。フェリックスも奇跡的な数字であることを否定するつもりはないが、そもそも奇跡などという代物は、幸運が幾重にも重なることで初めて生じ

ラサ
る不確かなもの。

今回バイオレットが口にした奇跡、その正体をフェリックスは知っている。ラサラが教えてくれた獣除けが予想を超える効果を発揮したこともさることながら、なによりもラサラとシルキーの陰働きによって作られた奇跡であることを。

（わかっています）

尻に慣れた衝撃を感じ、頷くことで認識していることを暗に示す。

フェリックスは安堵の表情を浮かべているバイオレットを呼び寄せた。

「このまま進めば黒の樹海を抜けます。先導役を任せてもいいですか？」

「それはもちろん構いませんが……」

バイオレットの表情が再び不安へと形を変えていく。

「ではお願いします」

本来の道から外れて歩くフェリックスに、バイオレットが慌てたように声をかけた。

「どちらへ行かれるのですか！」

「すぐに戻ります。あとは頼みましたよ」

フェリックスは闇の中に消えていく。

蒼の騎士団一行は、間もなく三度目の夜を迎えようとしていた。

Ⅳ

夜に響く種々雑多な音色が、黒の樹海を絢爛(けんらん)に飾り立てる。

頃合いを見て立ち止まったフェリックスは、オドを放射状に広げた。

(……思っていた以上に近い。やはり数は……!?)

嘆息し、振り向きざまに見たシルキーの姿は、普段の服装ではなく、手作りであろう煌(きら)びやかな軽装鎧(よろい)を身に着けている。よく見れば腰に剣まで帯びていた。

シルキーは恥ずかしそうに身をよじりながら、フェリックスを上目遣いに見て言う。

「似合っている、かな？」

「似合っていますよ――違う。そうじゃなくて、なぜここにいるのです」

シルキーは誇らしげに胸をドンと叩(たた)き、

「もちろんフェリックスと一緒に戦うためだよ」

「そんなことを頼んだ覚えはありません」

あえて突き放すように冷たく言えば、シルキーの目が徐々に吊(つ)り上がり、頬はぷくりと膨らむ。どうやら逆効果だったらしい。

(参ったな……)

フェリックスは努めて表情を柔らかくし、シルキーを見つめた。

「私一人では心許ないですか？」

「そんなこと言ってないしそういうことじゃない！」

「ではこれまで通り蒼の騎士団を陰から守ってやってください。こんなことを頼めるのはシルキーだけですから」

「……フェリックスはズルいよ」

視線の交錯と沈黙がしばし二人の間を流れ、シルキーは足をばたつかせながら派手に頭を掻き毟った。

「少しでも危険を感じたら怒られたって助けるからねッ！」

星屑の軌跡を描きながら感知の範囲外に出たことを確認したフェリックスは、左腰に手を回し、〝神殺し〟の異名を持つエルハザードを鞘から引き抜いた。

カッカカッカッカッカッカッカッカッカッ…………。

一定の間隔で刻まれる奇怪な音が徐々に大きさを増していく。木々の隙間からヌルリと伸びてきた鉤爪が正面の幹にかかると、影から抜け出るようにそれは姿を見せた。

赤黒い体毛。頬まで裂けた口から頭に向かって曲線を描く二本の牙。刃を容易に通さない強固な体軀は、人間と同じ二足歩行を可能とする。

つがいで行動することで知られる魔獣ノルフェスで相違なく、しかも、今まで目にしたどのノルフェスよりも強靱さをその身に漂わせている。

牙の長さから推し量り、向かって左に立つのが雌、右が雄であろうと判断した。

「蒼の騎士団を襲わせるわけにはいきません」

エルハザードを中段に構えるフェリックスに対し、ノルフェスは歯を剥き出しながら低い唸り声を漏らしつつ、左右へと分かれていく。

慎重な足運びを見てフェリックスは確信した。二匹のノルフェスは自分を捕食対象ではなく、確実に排除すべき敵として認識したことを。

一定の間隔を詰めたノルフェスが同時に襲い掛かってくる。その巨体からは想像もつかない速さを前に、だがフェリックスは動かない。ただ視ることに集中する。

(――左か)

雌のノルフェスが刹那速いことを見極めたフェリックスは、俊足術〝颯〟を繰り出しながら滑るようにノルフェスの背後へと回り込み、流水の動きで横薙ぎの一閃を放つも、刃が完全に届くよりも先、雌のノルフェスが地面に飛び込むような前転を見せたことで、背中の体毛を僅かに斬り飛ばすだけに止まった。

身体を切り返してすかさず追い打ちを試みるも、右から迫る雄のノルフェスがそれを許さなかった。風圧を伴いながら顔面に迫り来る拳が、反撃する余地がまるでないことを突き付けてくる。

フェリックスは爆ぜるように左へ跳び、寸前のところで一撃を免れた先では、雌のノルフェスが当然のように待ち構えている。

ノルフェスの警戒すべき点、それは人間を容易く引きちぎる腕力でもなければ、岩をも引き裂く爪でもない。真に警戒すべきは巧みな連携術にある。そして、黒の樹海で生き続けたノルフェスの連携術は、フェリックスの肝を冷やすに十分な力を秘めていた。

豪速で放たれる拳を前に、選択肢は回避の一択のみ。フェリックスは身体をねじるように跳躍することで躱し、空中で体勢を整えつつノルフェスから距離をとる。

息を整える間もなく距離を縮めてきたつがいのノルフェスは、互いの位置を絶え間なく変えながら、猛烈な連携攻撃を繰り出してくる。

その全てを回避し、見極め、さらにわざと隙をさらすことで、ノルフェスの拳を想定した箇所へと誘う。それぞれの拳はフェリックスの左肩と右脇腹を確実に捉えるも、オドを集中的に高めた防御が功を奏し、左肩と右脇腹が吹き飛ばされることはなかった。

敵の異常性を前にし、ノルフェスは現状を把握しようと合計八つからなる目を激しく動かしていた。その行為自体は数秒にも満たないものだが、フェリックスにとってはそれで十分だった。

雌のノルフェスに向けてエルハザードをすくい上げるように突き刺し、円を描くイメージで一気に振り抜く。汚臭に塗れた断末魔を背に、切っ先を雄のノルフェスへと向ける。

つがいの死を目のあたりにした雄のノルフェスは、凶声を響かせながら手近の木に駆け登り、空からの強襲を試みる。そこに欠片ほどの用心深さも残されてはいない。これまで屠ってきた個体と同じく片割れを失ったことで生じる暴走は、たとえ黒の樹海を生き抜いてきたノルフェスであろうと、例外でないことが証明された瞬間だった。

フェリックスは決着をつけるべくエルハザードを逆手に握る。左足に重心を傾けながら右腕にオドを収束、時を置かず鞭のように腕をしならせた。

黒の樹海に猛け響く刃音は対象の頭蓋を吹き飛ばし、残された肉塊は重力に逆らうことなく落下を続け、やがて鈍い音が地面に響く。

（終わったな）

フェリックスがエルハザードを回収していると、何かを引きずるような異音を耳にした。視線を移せば、骸となったノルフェスの巨体が闇に向かって引きずられていく様を目にした。ノルフェスの足には、枯れ木を思わせる細長い指が無数に絡みついている。

黒の樹海の狂宴は、今まさに盛りを迎えようとしていた。

第十一章 ◆ ゼロの境界線

I

世界がどれほどの戦争で満たされようとも、四季の彩りに変化が生じることはない。空に大地に、生きとし生けるもの全てにただ寄り添うだけ。

日を追うごとに濃さを増す白い息が、本格的な冬の到来を告げる光陰暦一〇〇一年星冬の月。セルヴィア副王の求めに応じるため城郭都市エムリードを出発したオリビアとブラッドは、親衛隊と共に王都へ向けて馬を走らせていた。

茜が染み込む大地に一滴の黒い雫が落とされると、瞬く間に人を寄せ付けない世界へと変貌を遂げる。だが、オリビアにとっては生まれた頃より慣れ親しんだ日常の風景に過ぎず、宵の風に心地よさを感じていると、並走するブラッドが話しかけてきた。

「中々予定通りにはいかないな。今日は夜営することになりそうだ」

本来ならとっくに宿泊予定の町にいてもおかしくない時分。途中崖崩れによって完全に道が塞がれていたため迂回を余儀なくされた結果、予定外に森の中を駆けていた。

ブラッドの提案にオリビアは一つの間を置いて、

「夜営するにしてももう少し先に進んだほうがいいと思う」

「なぜだ？」

「とくにこの時期の夜眼白狼はお腹を空かしているから」

「それはつまり襲ってくるということか？」

「うん、割と強く匂うからまとまった数が近くにいるんじゃないかな」

ブラッドは鼻を鳴らす仕草をし、小さく首を捻る。

ややあって野太くも力強い遠吠えが耳に届き、数秒遅れて複数の遠吠えが重なり合って聞こえてきた。やはり近くにいたらしい。しかも、声の質から判断するにポチやタマやミケのような年若い夜眼白狼ではなく、長き時をその身に刻む夜眼白狼の確率が高かった。

完璧に統率された夜眼白狼の群れの前では、一角獣も接触を避けてしまう。それほどまでに厄介な存在であることを、オリビアは経験から知っていた。

「わたし的には一刻も早くここから離れることをお勧めするよ。今ならまだ振り切れるはずだから」

「夜眼白狼の餌になるのはさすがにごめんだ」

手綱を一振りして馬を加速させるブラッド。緊張に身を置く親衛隊の面々も後に続く。

オリビアは背中の茶々丸に手を伸ばし、万が一の場合に備えた。

そして――――……。

「まだだッ！　まだ追ってくるぞッ！」

親衛隊の一人が声を荒らげる。

背後から二十頭は超えるであろう夜眼白狼の群れが迫り、それとは別の群れが左右複雑に林立する木々の間を苦も無く避けながら猛追してくる。

オリビアは間近に迫る夜眼白狼に茶々丸を向けながら疑問を口にした。

「おかしいなぁ。夜眼白狼はほかの群れとは行動しないはずなのに。——森が痩せてるから？　ね、ブラッド大将はどう思う？」

「知らんッ。冷静に分析している場合かッ」

「あはは。それもそうだね」

オリビアは夜眼白狼が仕掛けてくる絶妙のタイミングで矢を放ち、攻撃の出鼻を挫いていく。ひたすらその作業を繰り返した結果——————。

（——ここまで来ればもう大丈夫かな）

夜眼白狼の追撃から逃れたことを確信するオリビアの瞳が、闇に寄り添う岩窟を見出すのは、それから十五分後のことである。

Ⅱ

さほど広くない岩窟内を炎が赤々と照らしている。

遅い夕食を済ませたあとはとくにすることもないので、膝を抱えながら意味もなく天井を眺めていると、ブラッドが両手で外套を引き寄せながら話しかけてきた。

「寒くないのか？」

「うん、逆に身が引き締まっていい感じだよ」

「そりゃなんとも羨ましいことで。こちとら寒いのがことのほか苦手でな。できることなら春になるまで亀のように縮こまって寝ていたい」

亀の甲羅に身を隠すブラッドの姿を想像し、オリビアはささやかな笑みを唇に忍ばせる。ブラッドは曖昧に首を傾けると、親衛隊が集めた枯れ枝を焚火に向かって放り投げた。

揺らめく炎と爆ぜる音。舞った火の粉は瞬きの間に消えていく。

「……それにしてもよく王都に行く気になったな。最初はあれほど嫌がっていたくせに」

「今だって嫌は嫌だよ。だけど親友にお願いされたら行かないわけにはいかないもん」

会見の話をブラッドから聞かされたとき、面倒くさいのはもうこりごりだと真っ向から拒否したが、結局は必死な顔で懇願するサーラに負けて今ここにいる。

ブラッドはそんなオリビアをジッと見つめてしみじみと言う。

「親友か。まさか嬢ちゃんの口からそんな言葉が出てくる日が来るなんてなぁ。今だから言うが正直出会った頃はよくできた人形と話しているような錯覚を覚えたもんだ。大分人間らしくなったじゃないか」

「え？　元々わたしは人間だけど？」

「そういうところはまだまだ嬢ちゃんだな」

小さな笑みを落とすブラッドを眺めながら、ゼットと再会したときも同じようなことを言われたのを思い出した。そうはいってもただ思い出しただけなので、あのときのゼットも今のブラッドも何が言いたいのかはわからない。

（曖昧にしないでちゃんと意味を聞けばわかるのかもしれないけど……）

オリビアは考えた末、聞くのではなく自分の中で答えを導き出すことを選んだ。なんとなくだけどそうしなければいけないと思ったから。

二人の会話は自然と途絶え、炎の揺らぎにしばらく身を任せていると、夜を謳歌する夜霧鳥の声が岩窟内に響いてくる。

ジャイルの後を引き継いだオリビアの親衛隊長が声をかけてきたのは、それから間もなくのことだった。

「見張りは我々親衛隊で務めます。お二人ともそろそろお休みになられてはいかがでしょうか」

「なら遠慮なく」

その場で地面に寝転がったブラッドは、手際よく身体に外套を巻き付けると、寒さから身を守るように膝を曲げながら眠りにつく。

「オリビア閣下もお休みになってください」

「うん、あとはよろしくね」

「はっ」

壁際に身を寄せたオリビアは、漆黒の剣を傍らに立てかけると、抱えた膝に顔を埋めてしばしの眠りについた――――。

――……ここは？

音も匂いも、光すらもない。

夜とも違う黒一色で覆われた風景を前に、オリビアは一人佇んでいた。

――本当にここはどこだろう？

オリビアは歩く。ただひたすらに歩く。だが、どこまで行っても映る風景に変化はない。

いつしか方向感覚も失って歩くことに意味を見出せなくなったとき、それは突如として目の前に現れた。

――――なんだろう？

柔らかな光を放つ泡が一つ、ふわふわと空中を漂っている。無意識のうちに伸ばした手が泡に触れて弾けた瞬間、強い風がオリビアの身体を吹き抜け、見える景色が一変した。

——すごい……。

透明に輝く水色と橙色が不規則に溶け合いながら常に変化していく新たな風景は、言葉では言い表すことができないほど美しかった。絶え間なく降り注ぐ光の粒子が、幻想的な景色に華を添えている。

心を落ち着かせて周囲を見渡せば、今まで気づかなかったのが不思議なくらい沢山の泡が浮かんでいた。

——あ。

泡の一つにオリビアは強く惹きつけられた。理由もわからないまま、しかし、足は泡に向かって駆けていく。漂う泡の間を通り抜け、そして足を止めた。

——不思議。見ているだけで体がぽかぽかしてくる。

泡をすくい取ろうと両手を伸ばすも、泡はオリビアから逃げるように前へと飛んでいく。

——あ、待って。

慌てて摑もうとすればするほど泡はオリビアから離れていく。最後は遥か上空へと飛んでいってしまった。

——どうして……ッ！

突如胸を締め付けるような痛みを感じ、オリビアはその場にくずおれる。

それとほぼ同時に強烈な風が身体を吹き抜けると、初めから幻想的な景色など存在しなかったかのように、視界は元の黒に覆われた――――。


目を開けると、無精ひげを生やしたブラッドが目の前にいた。

「……おはよう」

「随分深く眠っていたようだな」

洞窟は暖かい日の光が差している。親衛隊が忙しなく動いていた。

（うーん。なんだかとっても不思議な夢を見ていたような……）

思い出そうとした瞬間、チクリと胸が痛んだ。視線を胸に落とすもとくに異常はない。

「体調でも悪いのか？」

「ううん、大丈夫」

立ち上がったオリビアは大きな伸びをし、笑顔を見せた。

Ⅲ

王都フィスは退廃的な風景をもってブラッドたちを出迎えた。道行く人々の表情は一様に沈んでおり、互いが互いを避けるようにして歩いている。市場は辛うじて活気らしきものが窺える も、店主も客も必要最低限のやりとりに終始している。

待ち合わせ場所で有名なサン・ジェルム広場に人影はなく、初代国王であるユリウス・ツー・ファーネスト像だけが普段と変わらない姿を見せていた。

「どうにも暗いな」

ブラッドが溜息交じりに呟くと、隣を歩くオリビアが即座に反応した。

「え？　今日は雲一つない青空だけど」

「いや、そうじゃなくて……」

ブラッドは続く言葉を飲み込み、代わりに小さな鼻息を落とす。途中懐かしの学び舎である王立士官学校の前に差し掛かると、立ち並ぶ士官候補生を前に大袈裟な身振り手振りで指導する教官が視界の端に映り、自然と目が吸い寄せられていく。

（どこか聞き覚えのある声だな……？）

柵越しに目を凝らせば、ブラッドもよく知る人物であることが判明した。

（げっ!?　あの爺さんまだいたのかよ……）

ブラッドに強い印象を残している教官の名は、ラカン・タリスマンという。雲をつくような大男で、裏表のない竹を割ったような性格をしている。それだけに遠慮というものが一切なく、ブラッドにとってはパウルと双璧を成すほど苦手な人物であった。

「どうしたの？」

「すぐにここから離れるぞ」

「なんで？」

「なんでもだ」

顔を覆い隠すように外套の襟を立てる。

この場から立ち去ろうとブラッドが一歩足を踏み出したまさにその時、

「そこにおるのはブラッドの坊主ではないかっ！」

屈託のない大声を背中に浴びて、ブラッドの肩は小さく跳ねた。

（見つかったたか。勘がいいのは相変わらずだな）

それでもあえて聞こえていない振りを装い、足早に先を行くブラッド。そんなブラッドの腕を引いて強引に足を止めさせたのは、ほかの誰でもないオリビアだった。

「呼んでるよ？」

「——なにがだ？」

とぼけながらさりげなく腕を振りほどこうと試みるも、オリビアの手が離れることはなかった。

「だからあの大きなおじいちゃんが呼んでるって」

オリビアの視線を追いかけるように振り返れば、老体とは思えぬ身軽さで柵を飛び越えたラカンが、手を大きく振りながら邪気のない笑顔で近づいてくる。

その様はまるでジャイアントグリズリーが迫ってくるようで、いよいよブラッドは逃亡を断念せざるを得なかった。

（しかしいい爺さんのはずなのにいつまでそんな図体なんだよ……）

威圧するように立つラカンに対し、ブラッドは呆れながらも非の打ち所がない敬礼を披露した。

「ラカン教官ご無沙汰しております」

「うわははは っ！　坊主が卒業して以来だな。それにしても今をときめく大将閣下ともあろう者がなまっちょろい体をしおって。しっかり飯は食ってるのかあ？」

ラカンの化け物じみた手で背中を叩かれ、ブラッドは激しく咳き込んだ。

（そりゃあんたと比べたら誰でもそう見えるわ！）

内心で毒つきながら、この際だからと疑問に思ったことを口にした。

「まだ教官を続けているとは思いませんでしたよ」

「とっくに引退して悠々自適な隠居生活を満喫していたぞ。帝国との戦争が始まって二年後に呼び戻されるまでは」

カカと笑うラカンに、ブラッドは少なからず同情した。ラカンが呼び戻された時期は難攻不落と謳われたキール要塞が陥落し、ファーネスト王国の凋落が加速度的に早まった頃と一致している。

「ところで坊主はこんなところで何をしている。王都でのんびり散策を楽しむ身分でもあるまい」

「ちょっと野暮用がありまして」

ブラッドは遠目に映るレティシア城に視線を流しながら告げた。

「城に？」

ラカンは怪訝な表情を浮かべるもさすがに心得ているようで、それ以上追及してくることはなかった。ラカンの目が隣に立つオリビアに向けられると、ブラッドの首に巨木のような腕を回してくる。はっきり言って嫌な予感しかしない。

「何ですか？」

嫌々問えば、ラカンはブラッドの胸元に岩石のような拳をグリグリと押し付け、にたりと笑んだ。

「何ですか？　じゃないだろう。すっとぼけおってー。どこであんな天使のような娘っ子を見つけたのだ。坊主も中々隅に置けんではないか」

やはり勘違いをしていると、ブラッドは派手な溜息を落として反論を述べる。

「ご期待に沿えず申し訳ありませんが、ラカン教官が思っているような関係ではありません」

「今さら恥ずかしがる歳でもなかろう」

強まるグリグリに、ブラッドは息苦しさと苛立ちを覚えながら、

「ラカン教官も噂くらい聞いたことがあるはずです。帝国軍から死神と呼ばれる少女のことを」

「なに……!? この娘っ子がそうだと?」

驚いたのも一瞬のこと。投げ捨てるようにブラッドを解放したラカンは、オリビアの正面に立つ。気安かった態度は霧散し、彼女を見下ろす双眸は獲物を狙う獣のように鋭い。

オリビアはといえば、不思議そうにラカンを見上げていた。

「この娘っ子が……」

ラカンは不意にオリビアの両肩を掴むと、ブラッドが止める間もなく高々と持ち上げた。

オリビアも大概で、「高くて楽しい」などと呑気な感想を口にする。

(悪目立ちするからそろそろやめてほしいんだが……)

軍服を着た巨軀の老人が軍服を着た美少女を持ち上げている絵面は、どうしたって人目を引く。遠巻きに人が集まる様子にさすがに具合いが悪いと思ったのか、ラカンはオリビアをそっと地面へ下ろすと、嘆かわしいと言わんばかりに首を振った。

「ブラッドよ」

「はっ」

「……なんでもない。忙しいところ呼び止めてすまなかったな」

ラカンの心中を察したブラッドは、端的に別れの言葉を告げた。

「では失礼します」

「おう。体がなまっているようならいつでも相手をしてやるからな」

ラカンは突き出すように胸を反らした。ブラッドは今にもはち切れそうなシャツのボタンを目にし、顔を背けてボソッと言う。

「なまっていても絶対に遠慮します」

オリビアの腕を素早く摑み、逃げるようにその場を後にした。

Ⅳ

日を追うごとにアルフォンス王に関する様々な噂が飛び交う中、国の中枢(ちゅうすう)を担う上級貴族を謁見の間に呼び寄せたセルヴィアは、アルフォンス王の容態(ようだい)を公(おおやけ)にし、同時に副王の座に就くことを宣言した。

生まれてから今日に至るまで、王宮からほとんど出ることなく育ったセルヴィアである。有力な上級貴族の後ろ盾などあるはずもなく、病身且つ政(まつりごと)に一切関わってこなかったことを鑑(かんが)みれば、異議を唱える者が続出するだろうと覚悟もしていた。

だが実際に蓋を開けてみれば、多少の不満は上がったものの、最終的には拍子抜けするほどあっさりと副王の座に就くことが容認された。

大なり小なり権力の中枢を目指すのが、上級貴族の普遍的な在り方である。王から正式に認められた後継者でない以上、たとえ息子であっても勝手が許される道理はなく、それこそ虎視眈々と玉座を狙う上級貴族などからすれば、簒奪する絶好の機会を得たと言ってもよい。

にもかかわらずセルヴィアが副王の座に就けたのは、ファーネスト王国という船はすでに泥船であるという共通した認識を持っているからにほかならない。乗れば確実に沈むとわかっている船の船長を務めたいなどと誰が思うのか。

国が堕ちれば真っ先に処刑対象となるのは王である。これはひとえに保身によるところ大ではあるが、だからこそ上級貴族たちの思考はまともに働いていると言える。

皮肉たっぷりにそう論ずるのは、本人の意思とは関係なく軍における最高権力を手にしたブラッドその人であった。

王都フィス　レティシア城　セルヴィアの私室

「副王陛下、ブラッド大将とオリビア中将が先程到着したとのことです」

「サーラ姉さん、二人きりのときはいつも通りに話してください」

セルヴィアが少しだけ顔を顰めることで抗議の意思を伝えるも、サーラの硬い表情は一瞬たりとも和らぐことはなかった。

「僭越ながら申し上げれば、今の立場は誰に押し付けられたものでもなく自らが望んで得たもの。殊更に甘い考えはお捨ていただくよう伏してお願い申し上げます」

「……そうだね。サーラ姉さんの言うことは正しい」

「ご理解頂きありがとうございます。──ところで本日の体調はいかがですか？」

厳しい姿勢を見せながらも体調を気遣ってくれる姉に、セルヴィアは心の中で深く感謝しながら腕を曲げ、力こぶを作って見せた。

「今日は大分いいよ。これなら走ることもできそうだ」

「絶対におやめください」

厳しい目で淡々と告げるサーラへ、セルヴィアは慌てて否定した。

「もちろんそんな馬鹿な真似はしないよ。副王としてブラッド大将とオリビア中将に情けない姿を見せるわけにはいかないからね」

セルヴィアが未だ着せられている感が強い王者のマントを身に着けると、サーラが無言で服の端々を整えていく。

その態度はどこまでも行っても弟を心配する姉のそれだった。

「道は合っているのか？」

謁見の間から離れていくのを不審に思い、ブラッドは前を歩く近衛に声をかけた。

「謁見の間ではなく副王陛下の私室に案内するよう言付かっています」

（私室だと？）

副王の意図が量り切れぬまま廊下を進み、階段を二つほど上る。窓越しに映る街並みに関心を寄せるオリビアを微笑ましく思いつつ、廊下を抜けた先にある扉の前で近衛の足が止まった。

「ブラッド大将とオリビア中将をお連れしました」

「お通しして」

声はサーラのもので、部屋に入ると緊張を漂わせる青年が佇んでいた。

（こいつか……）

暴力とは無縁な顔立ちに、吹けば飛ぶような華奢な身体をしている。血管が透けて見えそうな色白の肌が、病気で臥せがちだという話を裏付けていた。

「この度は急な願いにもかかわらず受けてくださりありがとうございました」

およそ臣下に向けた言葉とは思えず、ブラッドはとっさに反応することができなかった。

やや遅れてあり得ない愚を犯してしまったことに気づき、即座に片膝をつこうとするも、それはセルヴィア自身の手で遮られてしまう。

「少なくともこの場で形式的な礼は不要です。もちろんオリビア中将も……」

セルヴィアの言葉が最後まで続くことはなかった。オリビアは片膝をつく素振りすら見せることなく、セルヴィアへ無遠慮に歩み寄る。

「あ、あの……っ」

「……なんだかアシュトンに似ている」

「えっ？　アシュ？　えっ？」

オリビアの予期せぬ行動に、セルヴィアの声は完全に上擦っている。続けてオリビアはセルヴィアの頬に両手をあてがい、顔が触れそうな位置にまで強引に引き寄せた。

「うん、そうやってすぐに顔を赤くするところもよく似ている」

「うぅぅ……」

「オ、オリビア中将、もうそのくらいで」

さすがにこの状況を見かねたらしく、たどたどしい動きでセルヴィアからオリビアを引き離すサーラを見て、クラウディアの偉大さを思わずにはいられないブラッドである。

全員がソファに腰を落ち着けたところで、襟を正したセルヴィアが口を開いた。

「まず私が副王になった経緯はすでに承知のことだと思います」

ブラッドは頷くだけにとどめる。

「私は生来病弱の身で父王もそんな私を後継者とは考えず、政治には一切関わらせようとはしませんでした。それでも副王となったのはひとえにファーネスト王国の未来を憂えてのことですが、それだけの思いで国を引っ張って行けるとも思っていません」

「失礼ながら副王陛下はなにがおっしゃりたいのでしょう」

迂遠な言葉に少々の棘を交えて尋ねれば、セルヴィアは膝の前で両手を組み、視線を落として訥々と語りだす。

「私は自分が無力な人間であることも知っていますし、父王の采配が今の状況を作り出したことも承知しています。つまり何が言いたいかというと、軍事に関して一切の口出しも制限もするつもりはありません。会見の場を設けたのは私という人間を直接その目で見定めてもらうためです」

ブラッドはしばし無言でセルヴィアを見つめ、

「私室で会見を行ったこともその一環というわけですか？」

「浅はかだとお笑いください。偽りなき自分を見せるのはこれが最善だと考えたのです」

ブラッドは改めて部屋を見回した。広さこそそれなりにあるも、部屋を飾り立てる調度品などは皆無と言ってよい。仄かに香る薬草の匂いは、目の前のセルヴィアだけでなく、部屋全体に染み渡っている。颯爽と馬に跨って剣を掲げる騎士の絵が、部屋の中で一際存在感を放ち、セルヴィアの心情をよく表していた。

前知識もなく副王の部屋だと言われれば、十人中十人がつまらない冗談だと一笑に付すことだろう。

「どうやら愚鈍なお父上よりは話がわかるようですな」

ブラッドは命をかけて鎌をかけた。ここで怒りに任せて自分を処断するような人間であれば、これから先どんな美辞麗句を並べられたところで信用には値しない。

こちらの意図をサーラは見抜いているのだろう。叱責の一つも零すことなく、ただただ不安そうな顔を弟へ向けている。

セルヴィアはといえば、品よく微笑んでみせた。

「ブラッド大将のお怒りはもっともです。愚鈍な父に成り代わってこれまでのこと、心よりお詫び申し上げます」

何の躊躇もなく臣下に頭を下げるセルヴィアの姿に、ブラッドは腹の中でうなった。そして同時に思う。人の世とはこうも皮肉めいているのか、と。

ブラッドは改めて片膝を落とし、臣下の礼をとった。

「これまでの非礼をどうぞお許しください」

「協力していただける、ということでよろしいのでしょうか」

「未だ非才の身ではありますが、副王陛下のご期待に全力で応える所存」

告げて顔を上げれば、セルヴィアがホッとした表情を浮かべていた。

「入用なものがあれば遠慮なく言ってください」

「そうしていただけると助かります。では早速ですが――」

ブラッドは目下必要なものを伝え、その度にサーラが手帳に書き記していく。そうこうしているうちにセルヴィアも心に余裕ができたらしく、会見の初めから続くオリビアの視線にようやく気づくと、居心地が悪そうに身じろぎした。

「オリビア中将、今さらではありますがペシタ砦でサーラ王女を、大事な姉を救ってくださりありがとうございました」

「副王陛下はサーラの弟だったんだ。そう言われてみれば似てるかも」

「そうですか。似ていますか……」

弟はうつむき加減で鼻の頭を掻く。それが照れているときの仕草だということをサーラはよく知っているし、そんな弟のことを愛しくも思っている。

あの日、初めて弟から決意を知らされたとき。サーラは驚くその一方で、王宮という狭い籠の中から飛び出すこともできず、風に流されるように生きてきた弟の決意を応援したいと思った。もちろん不安は尽きないが、弟の決意が不肖な姉に起因していると知ればなおさらだった。

ファーネスト王国の前途は決して明るいものではなく、弟はこれから様々な困難に直面することになるだろう。それでも自分の意志で歩き始めた弟のことを、サーラは自分のことのように誇らしく感じていた。

「オリビア中将の武勇は王宮内にも轟いています。ブラッド大将共々、どうかこれからも力をお貸しください」

セルヴィアはオリビアを真っすぐ見据え、真摯に頭を下げた。

(私の知らないうちにそんな顔ができるようになったんだ……)

嬉しいと思う反面、どこかで寂しさを感じてしまうサーラがいた。

「もちろん力を貸すよ。わたしも絶対に成し遂げたいことがあるから」

「絶対に成し遂げたいこと？　それは何かしら？」

サーラが尋ねた矢先、廊下を慌ただしく駆ける音が耳に届く。

「少し様子を見てきましょう」

部屋を出たブラッドは、それほどの時間をかけずに戻ってくる。ただその顔は酷く困惑しているように見えた。

「どうしました？」

尋ねたセルヴィアへ、ブラッドは後頭部をしきりに掻きながら、

「帝国の蒼の騎士団を副王陛下はご存じですか？」

「はい。帝国最強の軍と聞いています。帝国から離反したとも聞きましたが」

「その離反した蒼の騎士団がどうやら私に庇護を求めてきたようです」

第十二章 ◆ 明暗

I

窓越しに柔らかな光が降り注ぐ昼下がり。

ガリア要塞に帰還したブラッドは、執務室に備えられたソファに寝ころびながら、天井まで届きそうな溜息（ためいき）を吐（つ）くことに余念がなかった。

（実際俺を頼られてもねぇ……）

寝ころんだ状態のまま、テーブルに置かれたティーカップに手を伸ばす。しかし、あと少しというところで届かず、それでも今の体勢を維持しながら必死になって手を伸ばし続けていると――。

「――何をしているのですか？」

不意に冷めた声が聞こえてくる。首を無理矢理背後へ回せば、呆（あき）れたような顔をしたリーゼと目が合った。

「――いつから見ていた？」

「つい先ほどから。それで閣下は何をしているのですか？」

「……冷めた紅茶でも飲もうと思って」

ありのままに伝えると、声の冷たさに拍車がかかった。

「そんなことはご説明頂かなくともわかります。私が尋ねているのはなぜ起き上がろうとしないかです」

なぜと問われてブラッドは考える。

(なぜだろう？)

蛇に睨まれた蛙状態のブラッドが導き出した結論は、

「……起き上がったら負け、だから？」

「あ」

およそ上官に対して発せられた言葉とは思えなかった。当然叱責するところだが、本人の意思とは関係なく身体は勝手に跳ね上がり、背筋を張る自分がそこにいた。

(俺って実は尻に敷かれるタイプなのか……？)

どうでもいいことに思考を割いていると、音もなく視界にティーカップが滑り込んできた。テーブルに置かれたティーカップはそのまま、目の前のそれはほんのりと湯気が立ち上っている。

差し出されたティーカップをぼうっと見つめていると、

「冷めますよ」

「お、おう……」

じわじわと生じる気恥ずかしさを誤魔化すべく、ブラッドは視線をあさっての方向に逸らし、鼻の頭を掻きながら小さな声で礼を言った。

リーゼはテーブルのティーカップを片付けながら、世間話のような装いで尋ねてくる。

「それで蒼の騎士団を受け入れるのですか？」

衝撃の一報からすでに一週間が経過している。受け入れの判断を一任されているとはいえ、犬猫とはわけが違う。

「俺はともかくリーゼ大尉は反対のようだな」

「え？」

話しぶりからなんとなくそう思ったに過ぎないが、反応から察するにあながち間違いでもなかったらしい。

リーゼは視線を斜め下に落とし、言いにくそうに口を開く。

「蒼の騎士団の実力は大陸中に轟いています。コルネリアス元帥をはじめ多くの将を失った今、我が軍にとっては救いの神と言っても過言ではありません。受け入れに反対などいたしませんが……」

続く言葉を待っていると、リーゼは声を一段落として慎重な意見を述べる。

「そうはいっても昨日まで敵だった相手です。状況は理解できても感情は簡単に割り切れるものではありません。不満が出る可能性は低くないと思われます」

彼女の言い分はおそらく正しい。兵士たちが蒼の騎士団を受け入れるのは非常に厳しいと言わざるを得ないだろう。ここに至るまで多くの部下や友を失ったブラッドも思いは一緒だが。

「それでも俺たちは蒼の騎士団の受け入れを拒否することはできない。たとえ死んでいった者たちから怨嗟の声を浴びせられたとしても、だ」

表情を引き締め、リーゼは首肯した。

「蒼の騎士団に動きは？」

「ありません。今もこちらが指定した場所で待機を続けています。しかし私は未だに信じられません。あの黒の樹海を抜けてくるなんて……」

リーゼの言葉に、ブラッドも強く共感した。

三大魔境の一つに数えられる黒の樹海は、熟達の域に達する狩人といえども容易に近づこうとはしない。人間が足を踏み入れたら最後、生きて出ることは不可能だというのが世間一般の常識である。

王国軍にとっては天然の大要塞であり、従って黒の樹海を抜けて侵攻する帝国軍など端から想定するはずもなく、逆もまた然りだ。

「それだけ蒼の騎士団も後がなかったということだろう。祖国に背を向けるのは生半可な覚悟じゃできないさ」

第二軍を守るため、一度ならずとも祖国を裏切ろうとしたブラッドである。彼らの気持ちがわからないはずはなかった。

「では受け入れるということでよろしいですね？」

結局はリーゼに背中を押される形となったブラッドは、やはり尻に敷かれるタイプだと苦笑しつつ、頷(うなず)くことで話の続きを促した。

「接見場所はいかがいたしましょう」

「ここ(ガリア要塞)が妥当だろう」

「異論はありません」

ブラッドはただし、と付け加えた。

「随行者は百名までとする。この条件は絶対だ」

かつてキール要塞で行われた捕虜交換の折、帝国軍がパウルに付き従う随行者を百名までと制限したことは知っている。これは多分に皮肉を利(き)かせたブラッド流の戯(たわむ)れだ。

（この程度で器(うつわ)が測れるとは思わんが逆にこの程度も許容できないのなら、元帝国最強の触れ込みがあったところで手を取るには値しない）

その後も二人は受け入れのための話を重ねていき、大方詰め終わったところでリーゼが思い出したように言った。

「肝心なことを失念していました。道中余計な混乱を生じさせないためにも使者を立てる必要があるかと」

「当然だな。問題は誰をあてがうか、だが……」

相手は若くして時代を代表するような英傑。庇護を求めてきたとはいえ、王国側もそれなりの者を推挙しなければ礼を失する。

真っ先に思い浮かぶのはフェリックスと面識のあるオリビアだった。が、ブラッドは即座に候補から除外した。儀礼上形式に沿った立ち振る舞いが求められる以上、オリビアにそれを課すのはさすがに酷というもの。

よしんば打診したところで、今度こそ一目散に逃げられるのが落ちだろう。

(せめて鉄仮面だけでもいてくれたらこの手のことは丸投げできるのに……)

在りし日のオットー准将に思いを馳せつつ、ブラッドは頭の中で人選を進めていく。

(──まぁあいつが適任だろう)

考えがまとまったことを察したのか、リーゼが声をかけてきた。

「決まりましたか?」

「ああ、ナインハルト少将に出張ってもらう」

申し分ないと、リーゼは一も二もなく賛成した。

「フェリックス・フォン・ズィーガーはかなりの色男だと聞く。ナインハルト少将も無駄に顔がいい。それなりにつり合いは取れるだろう」

「……まさかとは思いますが顔で選んだわけではないですよね？」

リーゼの声が再び冷気を帯びていく。ここでそうだと認めればどんな恐ろしい言葉を浴びせられるかわかったものではない。

「ばっかだなぁ。そんなわけないだろう。ひとえにナインハルト少将の調整力を買ってのことだ。顔のことはほんのついでだ」

ブラッドがここぞとばかりに否定するも、

「どうだか……」

リーゼの顔から疑念の色が消えることはなかった。

Ⅱ

某日──。

ガリア要塞はかつてないほどの緊張感で満たされていた。

続々と門をくぐる蒼の騎士団を前にし、直立不動の姿勢で左右に立ち並ぶ王国兵士の双眸(そうぼう)は、どこまでも冷たくそして厳しいものだった。

「予想通りの反応ですねぇ。相手にその気があれば三回は殺されています」

視線だけを左右に振るマシューの声は楽しげだ。実際楽しいのだろう。彼は昔からどこか危険を好むところがある。

フェリックスは小さく息を落とし、

「我々は戦いに来たのではなく交渉に来たのです。くれぐれも兵士たちを暴発させないように」

「閣下の意に背くような人間が蒼の騎士団内にいるとも思えませんが……それはあちらさんが挑発してきても同様ですか？」

「無論です。節度ある対応をお願いします」

厳しく釘を刺すと、マシューは黙って肩を竦めた。

門を通り過ぎてから短い距離の間に、フェリックスは三人の兵士から尋常でない殺意を感じた。マシューの発言も元を正せば、彼らの殺意に気づいたからだと言える。彼らが手にする槍を自分に突き立ててこなかったのは、これから交渉を行う相手――ブラッド・エンフィールドが、兵士を完全な制御下に置いていることの表れである。

必要最低限の警戒は行いつつも、表面上は素知らぬ振りで先を進んで行くと、

（あれは確か……）

水先案内人として随行したナインハルト少将の副官、カテリナ・レイナース大尉の姿が確認できる。敬礼する彼女の左手には、以前はなかったはずの真新しい指輪が光り輝いて

いた。

「ズィーガー卿をお連れいたしました」

「お通ししろ」

カテリナに先導される形で入室すると、部屋の中央で円卓越しに敬礼する男を目にする。事前に聞いていた容姿から判断するに、交渉相手であるブラッド・エンフィールドで相違なかった。

フェリックスは円卓の前まで歩を進め、同じく敬礼を返す。

「この度は無茶なお願いにもかかわらず会見の場を設けて頂きありがとうございました。元帝国軍大将フェリックス・フォン・ズィーガーです」

「王国軍大将ブラッド・エンフィールドです」

名乗り合ったところで、退出するカテリナの言葉を最後に扉は閉じられる。ブラッドはフェリックスを対面の席に誘導し、自らも椅子に腰を落とした。

「回りくどいことは嫌いな性分なので率直にお尋ねします。閣下の目的はどのあたりにあるのでしょうか？」

回りくどい話はこちらも望まぬところ。ブラッドの問いに、フェリックスは率直に答えた。

「皇位を簒奪したダルメスと決着をつけることです」

「それはつまりダルメスを排除するということですか？」

「おっしゃる通りです」

ブラッドは腕を組み、明らかに困惑の表情を示した。

「部下の報告を聞いた限り、戴冠式はラムザ皇帝の手によってつつがなく行われたと聞いています。その一方で蒼の騎士団を束ねるほどの人物が、新しい皇帝が気に入らないからとの理由で反乱を起こすとも思えない。亡者の件といい、今の帝国で何が起きているのですか？」

フェリックスは数秒の間を置き、

「話が長くなるのをお許しください」

ブラッドは無言で顎を引く。フェリックスは頷き返し、リステライン城でオリビアと別れた後のことを語る。ラムザを救うべく居室に侵入した際、ダルメスの待ち伏せを受けたこと。そして、ダルメスの口から語られた恐るべき真実を。

ダルメスを仕留めるべく剣を振るうも、得体の知れない術のため仕損じたところで話を締める頃には、ブラッドの表情が苦々しいものに変わっていた。

「詳しく聞かなければいけないことが多々ありますが、とどのつまり今回の戦争にラムザ皇帝は関与していない。全てダルメスが裏で糸を引いていた、ということですか？」

「そういうことになります」

「そりゃあ……どうにもまいったね」

その言葉を最後にしばらく沈黙が続く。

フェリックスは手元の紅茶に視線を落とし、

「私がもっと早くに皇帝陛下の異変に気づいていれば、無用な戦争を未然に防ぐこともできたかもしれません……」

「今さらたらればの話をしても仕方がないでしょう」

ブラッドの言葉はいちいちもっともだった。過去を悔いたところで未来に変化が生じるはずもない。

「すみません。つまらないことを口にしました」

頭を下げようとするフェリックスを、ブラッドは手で押しとどめた状態のまま、

「もう一つわからないのはなぜファーネスト王国に庇護（ひご）を求めたかです。今のファーネスト王国はお世辞にも大国の体（てい）を成してはいませんが、大国の庇護をお望みであればサザーランド都市国家連合も選択肢にあったはず。蒼の騎士団にとっての最適を考えるのであれば、私に求めるのは庇護ではなく領内を通過するための許可ではなかったのですか？」

ブラッドの疑問はかつてバルボアからも投げかけられたもので、だからこそ言葉に詰まることはなかった。

「都市国家の政治形態は平時であればそれなりに機能しますが、いざ戦時ともなれば各都市が最大の利を得るために蠢動(しゅんどう)し、機能不全を起こす可能性を大いに秘めています。それは兵力の多寡など些末(さまつ)に感じるほどの不安要素です。有機的な連携を期待することは難しく、蒼の騎士団にとって大きな足枷(あしかせ)にしかなり得ません。これがファーネスト王国に庇護を求めた理由です」

この時の二人は知る由もないことだが、サザーランドは亡者というかつてない脅威に対抗するため、すでに利を超えた団結を見せている。フェリックスが事前に情報を得ていたら、あるいは歴史が変わっていたかもしれないと唱える研究者は少なくない。

「理由は納得できました。あの国に関して私が把握していることはそれほど多くありませんが、閣下の懸念はもっともだと思います。ですが不安要素を抱えているのは我が国も同じことではないでしょうか。なにせ先の亡者との戦いで王国軍の核というべき人物を二人同時に失っています。私に接触を求めてきたということは閣下もすでにご存じのはず。包み隠さず事実を申し上げれば、今のファーネスト王国は死に体です。それでも閣下がサザーランド都市国家連合ではなく、あえてファーネスト王国を選んだ理由は――」

ブラッドは意味深に言葉を切り、

「オリビア・ヴァレッドストームがいるから、ですね」

「――なぜそう思われたのでしょう」

ブラッドはニヤリと笑み、

「人生経験、というやつです」

（基本的に砕けた人なのだな）

フェリックスはブラッドに一定の好ましさを感じた。

「否定はしません。ちなみにダルメスが怪しげな術を使うと言いましたが、魔法士というわけではありません。そこが最大の理由でもあります」

ブラッドは口元まで運んだカップを止め、視線だけを上げてフェリックスを見る。

「ほう。亡者を使役できる輩など魔法士くらいしか心当たりがありませんが、その話とオリビアがどう絡んでくるので？」

「本人に確認したわけではないのでまだ確証は得ていませんが、彼女が術の正体を知っている可能性が高いと私は考えています」

ブラッドは腕と足を組み、低く喉を鳴らした。

「あなたほどの男が可能性だけで重大な決断をするとも思えません。それなりの根拠があっての話だと推察しますが」

頷き、フェリックスは根拠に至った経緯を説明する。話を聞いたブラッドの反応は、それほど芳しいものではなかった。

「ダルメスを倒すには現状彼女の知識が必要です」

「知識ねぇ……まぁその辺の話は本人も含めて追々聞かせてもらうとして、肝心なことは我々と共に帝国軍と戦う覚悟があるかということです。庇護は求めるが古巣に刃を向ける気はないなどと、聡明な閣下がのたまうとも思ってはいませんが」

「もちろん覚悟の上のことです」

眼光鋭く即答すると、ブラッドは深々と頭を下げた。

「愚にもつかないことを申しました」

「頭をお上げください。ただ許されるなら無駄な戦いを避けるため交渉を行う許可を頂けないでしょうか。ラムザ陛下を慕う人間は私ばかりではありません。真実を知ればこちら側につく可能性もあります」

「味方が多いのに越したことはありません。その件に関してはお任せいたします」

「早速お聞き入れくださり感謝の念に堪えません」

礼を述べるその傍らで、フェリックスの思考は早くも次の段階に進んでいた。

Ⅲ

開戦当初こそ快進撃を続けてきたサザーランド軍であったが、日を重ねるごとに陰りが忍び寄っていた。屍の山という予想外の問題が生じたこともさることながら、化け物は無限の体力という最大の利を有している。

体力に関しては事前に想定していたことではあったが、実際昼夜関係なく戦い続けることは想像以上に体力を削られる行為であり、加えて化け物に殺された兵士が転化し、かつての仲間を襲う光景を目の当たりにしたことが、兵士たちの心理に尋常でない負荷をかけていた。

サザーランド軍　本陣

「状況はあまりよくない」

着座早々リオンがそう告げると、居並ぶ者たちの半数が眉間に皺を寄せ、残り半数も別の意味で眉根を寄せる。

後者を代表する形で口を開くのは、第一区画で見事な采配を振るったライゼンハイマーだった。

「確かに例の件は解決を見ていない。だが現在までに半数以上の化け物を駆除したと軍目付から聞いている。前線に出ている兵士たちも一通り〝経験〟を済ませた。順調と言っても差し支えのない状況だと俺は思うが」

ライゼンハイマーが言う経験とは、化け物に直接槍をつけることを意味している。化け物を遠巻きに見ているのと、実際に槍を振るうのでは雲泥の差があるため、リオンは全ての兵士を化け物と相対させることで軍力の底上げを図ったのだ。

「今は兵力に余裕がある分、それなりに休息を取らせることもできる。しかし今後もそうだとは限らない。こちらは動けば動いた分だけ体力を消耗するが、奴らに体力という概念はない。優勢なときはそれほど感じないが、ひとたび劣勢に傾けば否応なく意識してしまう。それが疲労だ。戦いが長期化すれば多少の兵力差など簡単に覆される。そういう相手と戦っていることを今一度理解してほしい」

リオンの説明に不満を覚えたらしく、ライゼンハイマーは口を尖らせて言う。

「リオンの懸念もわからなくはないが、今も言った通り化け物の半数以上は駆除している。開戦からたったの十日で、だ」

ライゼンハイマーは十日の部分を強調した。

「兵の疲労を計算に入れても、俺の見立てでは一ヶ月以内に全ての化け物を駆除できる。最高司令官という大任のせいか、リオン殿はいささか慎重になっているようだ」

口元に笑みを忍ばせるライゼンハイマーに、第五都市長がここぞとばかりに追随する。強気がなせる業なのか、彼らは当然考慮すべき不安要素を意にも介していないようだ。

（それとも考えにすら至っていないのか。だとすれば呑気極まる見立てとやらも納得できてしまうな）

脇に立つジュリアスが小さく首を横に振る姿を見て、リオンは内心で嘆息する。年長者の言葉なら少しは聞く耳を持つだろうと、軍議が始まってから一貫して口を引き結ぶシャオラに話を振った。

「シャオラ殿も同様の意見で？」

シャオラは長卓に視線を落としたまま、口を重々しく動かす。

「ライゼンハイマー殿は大事なことを失念している」

「俺が何を失念していると？」

凄むライゼンハイマーに、シャオラは炯々たる眼光をもって答えた。

「増援の存在を」

ライゼンハイマーは声にならない声を漏らし、気圧されたように身体を引く。老いたりといえども、そこは槍一本で国を興した生粋の武辺者。まだまだ役者が違うようだ。

「ただでさえ我々は常識から外れた者たちを相手にしている。今見えているものだけが全てだとどうして言えよう。どのようにして死者を蘇らせているのかわしには見当もつかんし、冥府を覗き見たわけでもない。それでも死者の数が生者を圧倒していることはわかる」

核心を衝いたシャオラの言に、ライゼンハイマーを筆頭とする呑気組は総じて声を失った。

「シャオラ様は増援があるとお考えなのですね？」

顔を青くしながら尋ねたのは、第十三都市レダハイムの将だった。シャオラは強く顎を引くことで肯定を示し、ジュリアスに視線を移した。

「ジュリアス殿、こちらの死者数は？」

ジュリアスは手元の資料に目を落とし、

「昨日までの数値ですがおよそ二千です」

「そのうち転化した者は？」

「三割ほどかと」

「つまり六百名が新たな敵となって我々に牙を剝いているということだ。転化したとはいえ、共に肩を並べて戦っていた者たち。泣く泣く槍を突き立てる兵士たちの心情はどれほどのものか。最高司令官が危惧しているのはその辺りも含めてのことだと思うが」

「し、しかし転化することは兵士たちに十分言い含めている」

なおも食い下がろうとするライゼンハイマーを、シャオラは厳しい表情で窘めた。

「頭で理解できても心までが理解できるわけではない。開戦前の混乱をライゼンハイマー殿はもうお忘れか？」

呻きに似た声を漏らしたのを最後に、ライゼンハイマーは人が変わったように押し黙る。

彼の考えにあからさまに同調していたはずの第五都市長に至っては、腕をむんずと組んで瞼を落とし、我関せずを貫いていた。

リオンはシャオラに礼を言い、咳払いを一つ落とす。

「方針に変更はない。増援はあると考えて各自行動してくれ。それと――」

今後の魔甲砲の運用について説明に入ろうとしたところ、一人の兵士が足をもつれさせながら軍議の席に割って入る。当然皆の視線は兵士へと注がれた。

「なにがあった？」

リオンが尋ねるも、兵士は陣幕の外に向けて必死に指を差すだけで、肝心の声がまるで出ていない。

「誰か――」

リオンに先んじる形でジュリアスが水筒を兵士に差し出すと、兵士は浴びるように飲み干した。

「……あ……ありがとう……ござい……」

「話せますか？」

ジュリアスの問いに、兵士は息を荒く吐きながらコクコクと頷いた。

「は、はい……その……化け物が……」

兵士の言葉はまるで要領を得ず、再度尋ねるリオンの口調は自然と厳しいものになっていた。

「何が言いたい？」

尋ねるそばからにわかに外が騒がしくなってくる。それ以上問うことなく早足で陣幕を出れば、兵士たちがある一点に視線を向けて喚き散らしている様を目にする。聞くまでもなく対象をすぐに捉え、リオンはその光景に絶句した。

人間を遥かに凌駕する巨体と黄金に輝く毛並み。額から伸びるのは凶悪を象徴する一本の白き角。ドス黒い咆哮を周囲にまき散らすソレは、生死を分ける境界線だったはずの土塁壁を易々と乗り越え、一方的な殺戮劇に興じている。

「――あれは危険害獣二種に属する一角獣で間違いありません」

ジュリアスが冷静な声でそう告げた。

「あれがか……」

人が危険害獣、それも上位種に遭遇する機会はそうそうあるものではない。危険害獣の多くは深い森や山を住処とし、人間は平地を住処としている。無論互いに示し合わせているわけではなく、それぞれが生きるために適した環境で暮らしているに過ぎない。

一角獣は強靭な爪を縦横無尽に振り下ろし、兵士を紙屑のように引き裂いていく。逃げ惑う兵士を踏みつけ、身体から頭部を喰いちぎると、骨が砕ける音を響かせながら咀嚼する。欠けた牙の隙間から脳漿がどろりと零れ落ちた。

混乱の渦中にある兵士は、それぞれが逃げるために勝手な動きをした結果、そのほとんどが土塁壁から転げ落ち、下で待ち受ける化け物の餌食と成り果てている。

強烈な舌打ちをするリオンへ、ジュリアスは遠眼鏡を片手に淡々と衝撃的な言葉を口にした。

「あの一角獣も化け物と同類だと思われます」

「なんだとッ!?」

リオンは食い入るようにジュリアスを見た。ジュリアスは遠眼鏡を一角獣に向けたまま、

「首があり得ない方向に曲がっています。おそらく折れているのでしょう。それが人間であれ獣であれ、首の骨が折れた状態で生きるものを私は寡聞にして知りません」

リオンも同じく遠眼鏡を向け、

「……確かに首の骨が折れている。ダルメスは元人間だけじゃなく元危険害獣まで使役できるというのか」

リオンの戦略はどこまでいっても元人間を想定したもの。元危険害獣など想定しているはずもない。

（だが想像する余地はあった。これは俺の失態だ……）

背後では陣幕を出てきた面々が、ただ茫然とその場に立ち尽くしていた。

「――ヘヴンを今すぐここへ」

一時を過ぎて姿を見せたヘヴンにありのままの状況を見せ、リオンは問う。

「あれだけを魔甲砲で仕留めることは可能か？」

ヘヴンは小さく首を振った。

「無理ね。魔甲砲は広範囲兵器。威力を落とすことはできても精密射撃ができるような造りにはなっていない。仮にできたとしても――」

殺戮の中心点を見つめるヘヴンは、

「ああも動かれちゃうとね」

言って、お手上げとばかりに肩をすぼめた。

今も一角獣は土塁壁を飛び移るようにしながら兵士を襲っている。かつて人の一部であったものが宙に投げ出される度に絶叫が木霊(こだま)した。

迎え撃つための足場は極度に制限され、足を踏み外したら最後、待ち受けているのは非業の死か、死すら許されない転化の道の二つしか残されていないのが現状だ。

「――第二区画を放棄する」

リオンの下した決定に異を唱える者はいなかった。

ジュリアスが一歩前に出る。

「最高司令官、撤退を迅速に行うため長弓兵による支援攻撃の許可を」

「許可する」

「はっ！」

リオンはヘヴンに向き直り、

「撤退が完了次第第二区画ごと奴を吹き飛ばせ」

「それでいいの？」

「構わん」

「了解！」

　リオン指示の下、各々が慌ただしく動き出す。程なくして角笛の音が二度戦場に響き渡った。撤退の合図である。


「第三区画へ撤退だ！」

「急げ急げ！」

　各指揮官の声が様々な方向から飛び交う。第一区画からの撤退とは打って変わり、化け物の狩場と化した第二区画からの撤退は困難を極めた。

　土塁壁同士を繋ぐ橋は頑強に造られてはいたが、想定以上の加重がかかれば崩れ去るのが道理。あちらこちらで橋がへし折れ、雪崩打つように兵士たちが落ちていく。

「ひいいぃいいぃ！」

「た、たすぅけ……」

　魔窟に引きずり込まれた彼らの声に耳を傾けるものはいない。それでも順調とは程遠いながらも第三区画への撤退に目途がついたのは、撤退の陣頭指揮を買って出たライゼンハイマーの功績によるところ大だった。

「──貴様らが最後だ！　急げ！」

「は、はいっ！」

最後の集団が門に向かったのを確認し、ライゼンハイマーも後に続こうとしたその矢先、頭上を丸ごと覆うような影に気づく。そして、気づいたときにはすでに手遅れだった。

「……俺としたことが最後の最後にドジったな」

顎を引いて現状を確認すれば、右足が一角獣の前足によって完全に潰されている。のたうち回るような痛みが全身を駆け巡るのに、それほどの時間を必要とはしなかった。

「ライゼンハイマー様っ！」

「さっさと門を閉めやがれッ！」

「ですがっ！」

「閉めろッ！」

躊躇（ちゅうちょ）する気配を存分に感じたのち、扉が閉じる音を聞く。

（もたもたしやがって。……さてと）

自分を見下ろす一角獣に向けて、ライゼンハイマーは不敵に吠（ほ）えた。

「さっきからくせぇ臭いをまき散らしやがって。一度死んだのならそのまま黙って死んどけやッ！」

一角獣は返事の代わりに黄色く濁った涎（よだれ）を垂れ流し、感覚を失いつつある身体を散々に汚していく。

「――ッ！　きったねぇなぁーッ！」

右手に握った長槍(ながやり)の存在を今さらながらに思い出し、不利な体勢のまま強引に突き立てるも、叩(たた)きつけるような風と並行して視界が一瞬黒く染まる。

次に見た光景は、長槍を握りしめたまま空を舞う自分の右腕だった。

(俺の役目はここまでだ。ムカつく野郎だが後のことは頼んだぞ)

眼前に落ちる影がその濃さを増していく。

ライゼンハイマーは全身が砕かれるその瞬間まで高笑いを続けた。


「――第二区画からの撤退を完了しました。陣頭指揮を執っていたライゼンハイマー様は帰還に至らずとのことです」

ジュリアスが沈痛な表情で告げてくる。

「……馬鹿が。大人しく後ろで指揮していればいいものを」

「陣頭指揮に立ったのはライゼンハイマー様なりに思うところがあったのでしょう」

「それでも馬鹿であることには変わりない」

リオンは吐き捨てるように言って、ヘヴンに発射指示を送った。

魔甲砲から放たれた光が第二区画を包み込んでいく。たとえ大地の覇者であろうと魔甲砲の前では肉片一つとて残すことは叶わず、化け物もろとも完全に消滅させることに成功した。

（これで態勢を整える時間は稼げるはずだ）

安堵の呼吸を落とした直後、さらなる凶報がリオンの耳を穿つ。

「魔甲砲が大破！　ヘヴン様が重傷を負われました！」

リオンは反応を返すことができず、組んでいた両腕をだらりと下げた。

Ⅳ

聖翔軍　本陣

疲労を顔に滲ませたアメリアが、馬の背にもたれかかるようにして戻ってくる。これほどまでに消耗するアメリアを、ラーラは見たことがなかった。

（大分無理をしたようだな）

ラーラは笑みとも呼べない笑みを落とす。

「申し訳ありません。一割が限界でした……」

言ってそのまま常歩で横を通り抜けるアメリアへ、ラーラは正面を見据えたまま「よくやった」と、労いの言葉をかける。アメリアは小さく頷くと、衛士たちに付き添われる形で前線から身を引いた。

　アメリアが退いたことで戦いは第二段階――第一防衛ラインへと移行する。

聖翔軍　第一防衛ライン

　無秩序を象徴するかのような隊列とも呼べない隊列を組み、不快な雑音を周囲に拡散させながら、亡者軍が第一防衛ライン上に姿を現した。

「第一戦闘準備！」

「安全装置解除！」

　各指揮官が矢継ぎ早に指示を出していく。

　第一防衛ラインを指揮する馬上のヒストリアは、聖翔旗を右手に掲げ、駈足をもって隊列を組む衛士の間を往復し、聖翔旗を天に突き立て雄々しく告げた。

「叡智無き者に聖なる鉄槌を下すときは今！　邪法を拠り所にしてまで覇を成そうとする帝国はもはや蛮国である！　私、ヒストリア・スタンピードはここに誓う！　蛮国の劣兵に精強なる衛士諸君が後れをとることは決してないと！」

　空を震わせるほどの雄叫びをもって応える衛士たち。

　戦場の観測者である梟が、第一防衛ラインに亡者軍の侵入を確認した。

「亡者軍、第一防衛ラインに到達しました！」

百人翔がヒストリアに歩み寄る。

「準備、完了しております」

頷いたヒストリアは抜剣し、剣の切っ先を進軍する亡者軍へ向けた。

「──斉射ッ！」

ヒストリアの命令によって多段式大型弩砲が一斉に稼働を始めると、細い鉄棒を幾重にも束ねて作り上げた鉄矢が順次射出され、軌道上の亡者は背後の味方を巻き込みながら次々と吹き飛んでいく。

第一防衛ラインの戦いは、聖翔軍の圧倒的優勢で幕が上がった。

「──出だしはまずまず順調ね」

「はっ。亡者軍といっても存外大したことありません」

軽口を叩く指揮官の耳に、ヒストリアは唇を寄せて言う。

「その大したことのない相手に──後れをとるなよ？」

「は、はっ！」

しばらくして、ヒストリアは全体を見渡すことができる高台に移動した。

（それにしてもまさか死者と戦う日が来るなんてね……）

眼下に広がる光景は、控えめに言って常軌を逸している。これほど荒唐無稽な話はおとぎ話でも存在しないだろう。だが、これはまごうことなき現実だ。

馬鹿の一つ覚えよろしく前進するだけの亡者軍は、ただの的に成り下がっている。数だけは掃いて余りあるほどいるので、実際は狙いすら定める必要もなかった。

ここでヒストリアは一つの仮説を立ててみる。亡者はある程度の接触距離を確保しないと、つまりこちらから近づかない限り攻撃行動を示さないのでは、と。

（さすがに都合がよすぎるか……）

梟の情報収集能力をもってしても、亡者の実態はそのほとんどが謎に包まれている。希望的観測に基づいて安易な戦術を立てるのは、致命的な結果を招く恐れがある。亡者を操っていると目されるダルメスに尋ねるのがもっとも確実だが、そもそもそれができれば初めから苦労などしていない。

ヒストリアは稼働する多段式大型弩砲の一つに焦点を絞った。

（それにしても仕込みに一分の隙もない。さすがはラーラといったところね）

多段式大型弩砲はその大きさ故に、一機につき五人の衛士によって運用することがあらかじめ定められている。

衛士はそれぞれが与えられた役割を徹頭徹尾順守し、無駄を極限まで削ぎ落とした最短、最速の動きを見せている。それは一個の芸術作品のように洗練されていた。

亡者軍はまともに前進することもできず、聖翔軍による一方的な蹂躙が続いている。だが、攻勢の要となっている鉄矢とて無限ではない。それが特注品ともなればなおさらだ。

攻撃が開始されてから二時間後、鉄矢の在庫が尽きることを知らされたヒストリアは、予定通り第二防衛ラインまでの後退を命じた。ここまで死傷者はなし。

ヒストリア自身も第二防衛ラインまで下がるべく、馬を駆けさせた直後に手綱を引いた。

(――――見られている)

まとわりつくような不快な視線を感じて歪な形の岩山に目を向けると、人影らしき姿を見ることができる。

遠眼鏡越しに見れば、全身を黒い鎧で包んだ女が漫然と佇んでいた。

(何者……？)

やがて女は身を翻し、視界の外へと消えていく。

(嫌な予感がする)

ヒストリアは不安を吹き飛ばすように疾駆する。

戦いは早くも第三段階。聖翔軍本隊が満を持して布陣する第二防衛ラインに移行しようとしていた……。

生の渇望と死の残響が第二防衛ライン上で繰り返されている。

ここは歪に支配された最前線。聖翔軍は圧倒的多勢で迫る亡者軍に対し、圧倒的勇躍をもって応戦している。

精鋭千人からなる遊撃部隊を率いるラーラは、自らもまたヒストリアと共に最前線で剣を振るっていた。

「ラーラってば前に出すぎ」

ソフィティーアから下賜された双剣〝蒼月〟を、ヒストリアは手足の如く操りながら前を行くラーラを窘める。

ラーラは正面に群がる亡者を前進制圧しつつ、ヒストリアに向けて左手をかざした。甲に刻まれた〝天蛇の魔法陣〟が緑光に染まり、不可視の刃が放たれる。

空中を走る風の刃が、ヒストリアの死角から飛びかからんとする亡者に到達すると、亡者の身体は左右に泣き別れ、ドサリと崩れ落ちた。

「油断するな」

「してないから」

ヒストリアは臆する素振りなど微塵も見せず、亡者の懐深く滑り込み、穿ち、躱し、また穿つ。凡人には決してわからないだろう。単純な動きの中に凄まじいまでの技術が内包していることを。

ヒストリアが通り過ぎた後には、寸分たがわず右胸を穿たれた亡者が散乱していた。荒ぶる天賦の才によって裏打ちされた剣技は、亡者を斬るほどに鋭さを増していく。

「さすがは双流剣のヒストリアだな」

ヒストリアは側面から伸びる手を見ることなく斬り飛ばし、

「だ・か・らッ！　その名前で呼ぶなっつーのッ！」

身体を半回転させながら、迫る亡者の右胸に致死の一撃を叩き込む。

生者と死者の攻防は苛烈に続く――……。

「カルロッ！　頼むから正気に戻ってくれッ！」

喉（のど）を食い破られている元衛士を前にして、尻餅をつきながら後ずさりする衛士は、無意味な説得に勤しんでいる。ラーラは即座に元衛士を蹴り飛ばし、ガチガチと歯を鳴らす衛士の胸倉を摑（つか）んで強引に立ち上がらせた。

「貴様も聖翔軍の衛士ならみっともなくうろたえるなっ！」

叱咤（しった）するも、衛士はひたすら首を振ることだけに終始する。おぼつかない足取りで立ち上がる元衛士を横目で捉えつつ、ラーラは尋ねた。

「見知った者か？」

「は、はい。友人、でした」

胸倉から手を離し、ラーラは落ちていた剣を衛士に強く握らせた。

「ならばお前自身の手でとどめを刺してやれ。それが心ならずも転化してしまった友に対する慈悲（じひ）だ」

「わ、わかりました……」

ラーラが見守る中、衛士は頬を涙で濡らしながら友を沈黙させることに成功する。たとえ陰で支援した結果であったとしても、この衛士が終わらせたことを否定するつもりはなかった。

「そうだ。それでいい」

涙を拭う衛士の頭に優しく手を置き、ラーラは微笑む。

「ま、それもラーラらしいよね」

軽やかなヒストリアの声を背に、ラーラは新たな亡者の群れに自ら飛び込んで行った。

V

遊撃部隊の役割は一貫して亡者の牽制にあった。亡者が集中している陣へ積極的に介入することで、攻撃対象を意図的に散らしていく。これはアメリアとヒストリアの仮説を根拠としているが、今のところ仮説を覆すような行動には至っていない。

深夜——。

厳しい役目を担う遊撃部隊は、一時的に前線から退き、束の間の休息をとっていた。その遊撃部隊に新たな報告がもたらされたのは、遠くの空で雷光が断続的に輝き、不吉を感じさせる黒雲が戦場に広がり始めた頃だった。

「エジンバラ上級百人翔の陣に多数の亡者が押し寄せているようです」

「また厄介な場所を……」

ラーラは布陣図に視線を落とし、小さく舌打ちをした。

エジンバラが布陣する場所は、各陣場を繋ぐ中継地の役割を果たしている。それだけに潰させるわけにはいかなかった。

「いかがいたします？」

「無論散らしに行くぞ」

ラーラの命を受けた遊撃部隊は即座に動き出す。だが、進軍を開始して間もなくひりつくような気配を感じ、ラーラは手綱を引き寄せ馬を反転させた。

「どうしたの？」

ラーラはヒストリアの質問には答えず、

「後を任せてもいいか？」

眉根を下げたヒストリアは、ラーラの視線の先を追って大きく息を詰まらせる。

「ちょっと、大丈夫なんでしょうね」

「別に初めてのことでもない。まぁ大丈夫だろう」

「まるで他人事みたいに言って……」

深刻な表情のヒストリアへ、ラーラは快活に言った。

「任せたぞ」

とぐろを巻くような溜息を零したヒストリアは、困惑した様子で二人のやり取りを見つめていた遊撃部隊へ、厳として告げた。

「ラーラ聖翔は一時遊撃部隊を離れることになった。これよりは私が遊撃部隊を率いる。わかったら後に続けッ！」

戸惑う衛士たちの返事を待つことなく、ヒストリアの乗る馬は最高速度で駆けて行く。遠ざかる蹄の音を背に一人残ったラーラは、馬から下りて剣を引き抜いた。

黒雲から天地を裂くような雷光が走り、巨大な影が正面に浮かび上がる。

——昆虫型の危険害獣。

戦場に危険害獣が現れるなど例がないことで、それが昆虫型ともなれば奇跡に等しい。昆虫型の危険害獣が人の世界に現れたという記録はどこにもなく、だからこそ異常性が際立っていた。

ラーラはいつでも〝風刃〟を放てる準備をしながら、昆虫型を観察する。形状こそ蟻を連想させるが、その大きさは似ても似つかない。腹部だけでもちょっとした小屋ほどの大きさで、針土竜のような棘が周囲を覆っている。

黒地に赤と黄の斑点が目立つ胸部からは、左右三本ずつの脚が長々と伸びている。脚の先端は死神の大鎌を彷彿とさせた。

しかし、どうにも様子がおかしい。頭部から生える二本の触角のうち一本が明らかに欠損している。そればかりでなく、巨大な複眼の片方から血と思われる白い液体を垂れ流していた。

最終的にラーラの視線は、複眼に突き刺さる黒剣に収束することとなる。

（まさか……）

ヒストリアが見たという女のことが頭をよぎるも、昆虫型を前にして因果関係を考察する余裕はさすがにない。

昆虫型は残された触角をしきりに動かしながら、同時に巨大な顎を緩慢に開閉する。その度に剣を研ぐような擦過音が聞こえてくる。

戦闘態勢を維持するラーラに対し、昆虫型がとった行動は予想していた捕食ではなく、ラーラの横を悠然と横切ることだった。まるで自分のことなど初めから眼中にないように。

昆虫型の進路は、なぞるように遊撃部隊のそれだった。

「させるかッ！」

起こした風をその身に纏いながら昆虫型の正面に躍り出たラーラは、息つく間もなく風刃を連続で叩き込む。鋼鉄すら断つことができる不可視の刃だが、昆虫型は不思議そうに一瞬足を止めただけで、あとは何事もなかったかのように歩みを再開させた。

（硬い。――ならばッ）

昆虫型の左側面に回り込み、躊躇なく真下に潜り込む。すかさずラーラは脚の付け根に風を纏わせた剣を一閃、そして剣は甲高い音を最後に砕け散った。

こちらの攻撃を意にも介さない昆虫型を前にして、瞳を冷たく沈ませるラーラの呼吸は静けさを帯びていく。

砕けた剣を投げ捨て、〝天蛇の魔法陣〟に膨大な魔力を注ぐ。思い描くのは風の球体。糸を模した無数の風刃を風の球体に流し込む。内部で荒れ狂う風刃ごと風の球体を拳大にまで圧縮し、閉じ込めることで〝風玉〟が完成した。

無防備を晒す脚の付け根を風玉がズタズタに切り裂いていく。同様の攻撃を右脚全てに行ったところで、ラーラは圧倒的な死の気配を背後から感じとった。

刹那の時間で地面を蹴りつけ、背中に向けて突風を起こすことで強制的に加速を促す。つんのめるような姿勢のまま駆けたことで、大鎌の一撃を紙一重で回避することができた。

はずだったが――。

（避けきれなかったか……）

視線の先の右脇腹はぱっくりと割れている。指先をあてがうと血がべっとりと付着した。

（呆れるほど頑丈だな）

風玉をまともに受けてもなお繋ぎ止めている脚は、素直に驚嘆の念を禁じ得ない。それでも無数の傷跡と脚を動かすごとに溢れ出る白い血が、確実に損傷を与えていることを示している。

（それでも決定打には程遠い）

ラーラは指先の血を舌先で舐める。複眼を初めてラーラに向けた昆虫型は、顎をしきりに開閉させた。

「ようやくこっちを見たな」

認識した以上、これまでのように易々と懐に入らせはしないだろう。

ラーラは鞘の留め具を外し、無垢に輝く聖剣を手にする。

クリスタル家の当主に代々受け継がれてきたこの聖剣は、神話の時代に戦神から下賜されたものと伝わっているが、正直眉唾物だとラーラ自身は思っている。

ラーラが聖剣について把握している事実はただ一つ。自分の魔力を聖剣に同調させると、この世で一番硬い鉱物として知られる〝黒輝石〟ですら、容易く斬ることが可能だということだ。

（たかが虫風情に使いたくはなかったが）

昆虫型は地面を穿ちながら、損傷しているとは思えない速度で迫り来る。ラーラは昆虫型が自分を認識した時点で、密かに感圧式の風玉を地中に仕掛けていた。

それなりの損傷を与えることは先の攻撃で証明済み。だが、昆虫型は速度を急激に落とすと、白い血を派手にまき散らしながら時計回りに迂回し始める。

（明らかに罠を警戒した動き。見えているのか、それとも感じ取っているのか）

どちらにしても驚くには値しない。人間が危険害獣について把握している知識などたかが知れている。ましてや……。

ラーラは仕掛けた風玉を順次開放した。脚を止めた昆虫型は、地面を引き裂く風刃に触角を向ける。意識は――外れた。

間隙を突く。風を伴って跳躍し、上昇を繰り返しながら無重量状態に達した直後、雷光が一瞬空を不気味な赤紫色に染め、大粒の雫が一つ、また一つと降り落ちてくる。

ラーラを見失った昆虫型は、絶え間なく触角を動かしたのち、再び遊撃隊の進路をなぞり始めた。

（行かせるわけがない）

聖剣を逆手に持ちかえ、豪雨を背に降下していく。風の尾を置き去りにほとばしる聖なる光の切っ先は、昆虫型の外皮を貫き、そのまま苦もなく胸部へと吸い込まれる。

数秒後、聖剣を中心に小さな亀裂が生じた。それは瞬く間に全身へと波及し、昆虫型は粉々に弾け飛ぶ。

地面に降り立つラーラは、遺骸を背に淡々と告げた。

「願わくば女神シトレシアの御加護があらんことを」

VI

梟からもたらされた最新の情報は、ソフィティーアを守護する聖近衛騎士を驚愕させるに足る内容だった。

ソフィティーアの前に歩み寄った騎士長は、素早く片膝を落とす。

「聖天使様、索敵の範囲を広げるご許可を」

ソフィティーアは首肯する。

「騎士長のよろしいように」

「はっ！」

騎士長の命を受けた聖近衛騎士の面々が、馬を駆って四方八方に散っていく。

ソフィティーアは梟に視線を戻し、話を続けた。

「それでラーラ聖翔の負傷はどの程度なのですか？」

「指揮の継続に支障はないとのことです」

「あなたの目から見ても支障はなさそうですか？」

退くことをよしとせず、怪我を過小に報告している可能性は十分に考えられる。国の存亡をかけた戦であればなおさらだ。

梟は一瞬考える素振りを見せたのち、

「私の目から見ても問題ないかと思われます」

態度、一言一句に不安を感じさせる要素はなかった。ソフィティーアは心の中で安堵の息を吐き、梟に告げた。

「くれぐれも無理はしないようラーラ聖翔に伝えてください」

「はっ！」

走り去る梟がいた場所には、証拠として持ち込まれた危険害獣の一部が残されている。証拠品の前で膝を落としたドルフは、欠けた大鎌にツツと指先を滑らせ、苦薬を口にしたような表情を浮かべた。

「屍の危険害獣ですか……また厄介なものが出てきましたな」

「おそらくは甲殻蟲と呼ばれる危険害獣でしょう」

「知っていらっしゃるのですか!?」

「文献で得た程度の知識に過ぎませんが知っています。記憶に間違いがなければ、昆虫型の危険害獣が人の地に姿を見せたことはこれまでなかったはず。したがって脅威度の判定もなされていません。ラーラ聖翔に聖剣を抜かせるほどの相手ですから、少なく見積もっても二種相当ではあるのでしょう。ただ問題はそこではありません」

ドルフは厳しい顔で頷く。

ヒストリアが見たという黒い鎧を身に着けた女。突如人間の世界に現れた死せる甲殻蟲。

その複眼には深々と黒い剣が突き刺さっていたという。

それら全てがダルメスを介することで解を得る。

(ダルメスという男を未だ見誤っていたのかもしれない)

今回姿を見せたのは一匹且つラーラによって速やかに討伐されたので、甚大な被害には至らなかった。だが、二匹、三匹と同時に現れたらどうなるか。どんなに思考を巡らせても、場当たり的な対応しか思いつかない自分がどうしようもなく歯がゆかった。

「現状有効な対抗策はありません。聖天使の名を継ぐものとして情けない限りです」

「皆、現状をよく理解しております。誰が情けないなどと思うのです」

鼻息を荒くするドルフの言葉に、聖近衛騎士たちが一斉に頷く。

「私が側にいる限り聖天使様には指一本触れさせない。どいつもこいつも剣の錆にしてやりますよ」

場違いな明るい声を上げたのはアンジェリカだった。

ドルフは大いに顔を顰めて苦言を呈する。

「聖天使様をお守りするのは大前提だ。今は局所的な話をしているのではない」

「局所的だろうと大局的だろうと私の果たすべき役割は一つだけだし」

頭の後ろに両手を置きながらあっけらかんと口にするアンジェリカを見て、ソフィティーアは思わず笑みを零してしまう。

今この時ばかりは、アンジェリカの朗らかさがありがたかった。

聖翔軍は開戦から十五日目で亡者を駆逐することに成功する。ソフィティーアが懸念していた新たな危険害獣も現れることなく、聖都エルスフィアに侵攻を試みた亡者の別働軍も、ヨハン率いる守備隊の働きで事なきを得たとの報告を受けていた。

「出立ッ！」

ララの号令を受け、聖翔軍は堂々と帰途につく。衛士の誰もが誇らしげな表情を浮かべていた。

三日を経て凱旋を果たした聖翔軍は領民たちから歓呼の嵐をもって迎えられるも、ソフィティーアが笑みを見せることは最後までなかったという。

第十三章 ◆ 三国同盟

I

帝国軍　キール要塞　オスカーの執務室

オスカー・レムナント少将は悩んでいた。懊悩と言ってもいい。彼の悩みは大なり小なり尽きることはないが、今回生じた悩みはその中でも最たるものだった。

（どうしたものか……）

原因の元となっているのは、目の前に置かれた真新しい一通の手紙。宛先人の名前は直属の上官であるローゼンマリー・フォン・ベルリエッタ。差出人は帝国に公然と反旗を翻した元帝国三将が一人、フェリックス・フォン・ズィーガーである。

流麗な文章に書かれた文字は疑う余地なくフェリックス自身の筆によるもので、彼の意を受けた兵士から秘密裏に持ち込まれた。中は見ずとも容易に想像がつく。

（……相手は賊軍。握り潰したところで咎を受ける謂れはない。万が一閣下に漏れたところで証拠がなければいくらでも言い訳ができる）

自ずと視線は赤々と燃える暖炉に移っていく。

新しいお茶を運んできた下士官が、執務机と暖炉の間を何度も往復するオスカーを奇異の目で見るが、その視線すら気づけないほど手紙に意識を割いていた。

結果から言えば、オスカーは手紙を処分しなかった。突然の皇帝交代劇から始まった一連の動きを未だ把握できていないことが主な理由だが、現在の状況に納得していない自分が奥底にいるからだろうと、自虐と共に結論付ける。

（閣下は冷静な判断ができるお方。努々間違うことはあるまい）

そう思いつつも執務室を出たオスカーの足取りは、まるで鉄球の足枷でもはめられているかのように重かった。

ローゼンマリーの執務室

扉を開けたオスカーが最初に目にしたのは、気怠そうな顔で椅子にもたれかかりながら両足を執務机に放り出している、およそ司令官とは思えぬローゼンマリーの姿だった。机の両端に目を向ければ、書類の束が二日前と寸分変わらない状態を維持している。

ローゼンマリーは目を合わせることなく、

「さすがの総参謀長殿も暇を持て余したか？　今ならそこのソファで昼寝をすることを許可するぞ」

「出陣は明後日です。昼寝を楽しむ余裕などありません」

蒼の騎士団討伐の勅命を速やかに実行するため、紅と天陽の騎士団は短期間で出陣の準備を進めている。総参謀長としてやるべきことは吐いて捨てるほどあるのだ。

「そういえばそうだったな」

まるで他人事のように言うローゼンマリー。オスカーは手紙を渡すことに躊躇を覚えるも、すぐに意を決し、空いている隙間に手紙を差し入れた。

「閣下宛です」

誰からと告げなかったのは、無意識に避けようとする心の表れなのか。ローゼンマリーは手紙に目もくれず、弾んだ声で言う。

「まるでこちらの動きを把握しているようなタイミングじゃないか」

「まだ差出人の名を伝えていませんが」

「オスカーがそこまで躊躇するような差出人など一人しか該当しないだろ――っと」

ローゼンマリーは椅子が倒れる勢いで後ろに傾けると、下ろした足を颯爽と組む。その様は不思議と絵になった。

「閣下はこのことを予期していたので？」

ローゼンマリーは手紙を手にしながら、

「まぁな。何らかの繋ぎはあると思っていた。これだけの騒動を起こしておいて知らん振りを決め込む奴じゃない。糞真面目な性格からいっても、な」

鼻歌交じりで封を切るローゼンマリーを、首切り台に送られる囚人のような気持ちで見つめていると、彼女の顔が見る見るうちに険を帯びていく。

「なんと書かれているのでしょう」

たまらず尋ねるオスカーへ、ローゼンマリーは自分で確認しろと手紙の半分を差し出す。受け取ったオスカーは貪るように読み進めた。

「――これはっ……!?」

跳ねるように顔を上げれば、そこには瞳を妖しく光らせるローゼンマリーがいた。

「あたいらはダルメス皇帝陛下にまんまと踊らされていたということさ。しかし間抜けもここまで極まると笑いすら出てこないものだな」

「閣下はこれを、ラムザ様がダルメス皇帝に操られていたなどと、荒唐無稽な話を信用なさるのですか!?」

ローゼンマリーは心底不思議そうな表情を浮かべて、

「逆に聞く。信じない根拠はなんだ？」

「根拠もなにも……まるで現実感が伴っていません」

「現実感が伴っていない、か。ならあたいの遊びの邪魔をしたあの帝国兵は、オスカーが言うところの現実感を伴っているのか？」

「それは……」

「常識から外れた内容だがそこには真実がある。だからあたいは信じるのさ」

ローゼンマリーは自信に満ちた表情でそう言うが、オスカーからすれば簡単に承服などできなかった。

「何を根拠に真実と断ずるのでしょう？」

ローゼンマリーは片方の頬を吊り上げて、

「あいつは嘘をつかない」

「――ッ」

フェリックスが誠実を地で行く人物であることは誰もが知るところ。反論する余地がないオスカーは、半ば逃げるように手紙の続きを読む。

「――なぜフェリックス閣下はよりにもよって大敵であるファーネスト王国に身を寄せる決断をしたのか……」

口を衝いて出た疑問を、ローゼンマリーは律儀に拾った。

「その大敵ってやつさ。下手な国へ身を寄せるよりも余程事情に通じている」

「確かに一理ありますがそれだけを根拠に身を寄せるというのも……下手をすれば抜き差しならない状況に陥ります」

「それを差し引いても手を組む価値があるとフェリックスは踏んだのさ。……しかし相変らず図太い神経をしてやがる」

蠱惑的に笑むローゼンマリーに不安を覚えながら、オスカーは話を続けた。

「フェリックス閣下はラムザ様を復権させるつもりのようですが、そもそもファーネスト王国がそれを認めるとも思えません」

「ダルメス皇帝陛下の助力もあって王国軍もいよいよ進退窮まった。元々ラムザ皇帝に戦争をする意思がないと知れば、協力することも辞さないさ」

頬杖をつくローゼンマリーは、視線を外して皮肉交じりの言葉を口にする。

「しかし現実は厳しいと言わざるを得ません。いかに蒼の騎士団の助力があったとしてもです」

オスカーは意図的に言及を避けた。思い出されるのは王国兵に襲いかかり血肉を貪る化物の群れ。今も目に焼き付いて離れない光景は、これまで経験してきたどの戦場よりも汚く、醜さで溢れていた。

玩具のように死を弄ぶ化物の前では、帝国最強を誇っていた蒼の騎士団とて同じ結末を辿るのは必至であり、決して馬鹿げた想像ではないはずだ。

「――閣下に助力を願っているようですがどうなさるおつもりですか？」

表情だけは努めて冷静に、だが、内心は禁断の箱を開けるような心境で問う。

フェリックスがローゼンマリーに助力を求めることは、そのことごとくが予想を突き抜けた内容の中にあって唯一予想した通りのことで、だからこそ彼女の返答次第では、蒼の騎士団と同じ轍を踏むことになる。

ローゼンマリーは窓際にその身を移すと、大きく窓を開け放った。冷気を伴う空気が部屋を緩やかに通り抜け、執務机に置かれた書類が数枚、風に乗って宙を舞う。

「――――念だったろうな」

囁くように漏れた言葉を聞き取ることはできなかった。

「今なんと申されたのですか？」

振り返ったローゼンマリーは、口を開く代わりに二枚目の手紙をスッと差し出してくる。その表情は常になく真剣なもので、怪訝に思いながらも手にしたオスカーは、手紙の内容を確認した。

「……ッ!?」

「オスカーの嗅覚は正しく働いていたということだ」

慰めるような彼女の言葉も、今のオスカーには届かない。思いもよらない形で知ることとなった真実に、オスカーの身体は震えてくる。

（グラーデン元帥閣下……）

最後に見たグラーデンの姿を思い出す。あのときの自分は確かに嫌な予感がしていた。たとえどんなに叱責を受けようともついていくべきだったと、ただひたすらに後悔を積み重ねていく。

「なぜダルメス皇帝がグラーデン元帥閣下を……」

「ダルメスに関するなんらかの秘密を知ってしまった、大方そんなところだろう。どこまでいっても想像の域を出ないが」

「……かつての上官が殺されたことにも気づかず、自分だけのうのうと生きている。なんとも滑稽な話ではないですか」

グラーデンを謀殺したであろうダルメスに、しかし、怒りはない。あるのは尽きることのない自己嫌悪だけだった。

「あたいもオスカーも期せずして真実を知った。だがそれはすでに過去のもの。振り返ったところでそこには何もない。何も生まれはしない。オスカーはこれから何をどうしたい？」

グラーデンの仇を討つ。喉まで出かけた言葉を寸前で飲み込んだのは、仇が帝国の頂点に君臨する雲の上の存在で、ある意味化物以上に現実と剝離していることもあるが、なによりも帝国軍人としての矜持がそれを許さなかった。

オスカーはその場で片膝を落とし、ローゼンマリーに告げた。

「この身は総参謀長の地位にあり、その役目はどこまでも閣下を補佐すること、ひいては帝国に忠誠を尽くすことにあります。私心が入り込む余地などございません」

聞いたローゼンマリーはふっと頬を緩め、

「実にオスカーらしい模範解答だ」

続けて主だった者を招集するよう命じた。

「閣下……」

「オスカーもよく知っているだろう。あたいが模範解答から一番遠い人間だということを」

強く握り締めた拳に視線を落とし、不敵に笑うローゼンマリー。オスカーは事態が最悪の方向に向かっていることを肌で実感した。

Ⅱ

王国軍　ガリア要塞

オリビアは主だった者たちを会議室に集めた。彼女が声をかけたのはブラッド、リーゼ、ルーク、エヴァンシン、エリスの五人だとクラウディアは事前に聞かされていた。だが、部屋に入ると帝国に反旗を翻したフェリックスや、以前ヴァレッドストーム家に関する本探しを手伝ってくれた王立図書館員のクラレス。ほかにも蒼の騎士団の姿がちらほら見受けられる。

最後に姿を見せたオリビアが、クラレスやフェリックスたちを見て首を傾げていることからして、どうやら本人も与り知らぬことらしい。

長卓を挟んで左側に王国の面々、右側に蒼の騎士団が着座する中で、オリビアは上座に着座すると深く頭を下げた。

「みんな色々と大変なのに集まってくれてありがとう」

彼女の姿をよく見知った者ほど戸惑いを隠せないでいる。無論、クラウディアもその中の一人だった。

オリビアは不思議そうに長卓を見回し、

「わたし何か変なことを言ったかな？」

わざとらしく数度の咳払いをしたブラッドが、

「多分嬢ちゃんがまともな挨拶ができることに驚いているんだと思うぞ。——俺もだけど」

最後は聞き取れないほどの小声で言う。

「そうなの？」

オリビアがクロフォード三兄妹に視線を向けると、三人は一律に顔を背けた。

「……ええと、まずは結論から先に話すね。わたしはダルメスとダルメスを操っているゼーニアを倒すつもりでいる。それでこの戦争は終わるから」

会議室にしばしの沈黙が流れ、

「オリビア中将閣下、唐突すぎていまいち話が見えないのですが……」

ルークの疑問を皮切りに、オリビア以外の視線が自然とフェリックスへ向く。彼が王国に身を寄せるに至った経緯は、ブラッドを介してすでに公となっていた。

ダルメスが真の戦争の仕掛け人であることも承知済みだが、そのダルメスすら操っているというゼーニアなる人物を、クラウディアは一度として聞いたことがない。

（まだ我々に開示していない情報でもあるのか？）

当の本人は話の続きを催促するような面持ちで、オリビアのことをジッと見つめていた。

「え？　言葉は間違っていないと思うけど……わたしの言い方がおかしいのかなぁ」

腕を組み、うんうんとうなり始めるオリビア。クラウディアは皆を代表する形でオリビアに問いかけた。

「まずゼーニアという者は何者ですか？」

「え？　ゼーニアは死神だよ」

なぜ今さらそんな質問をと言わんばかりの表情をするものだから、尋ねた側に落ち度があるのではという錯覚に陥り、同調した者たちの間で自然と探り合いの視線が交わされていく。その中にあってただ一人、なぜか空いている隣の椅子に向かって頷くフェリックスがいる。

彼の態度を不審に思いながら、クラウディアは続けて尋ねた。

「閣下は昔、死神のゼットなる人物に育ててもらったと言っていましたが、そのことと何か関係があるのですか？」

オリビアは人差し指を頰に当て、どこか曖昧な感じで述べる。

「うーん、全く関係がないとは言えないのかなぁ。昔は仲間だったみたいなことをゼットは言ってたし」

オリビア自身帝国軍から畏怖を込めて死神などと呼ばれているが、彼女が口にする死神は全く別の意味、すなわち隠語の可能性があるとクラウディアは考えていた。

オリビアはどぶねずみや蠅といった特殊な隠語を用いて情報を煙に巻くことがままある。本人に悪気がないことは百も承知だが、一度ならずとも痛い目を見ているだけに、ここは曖昧にせず、しっかり確認することが必要だ。

「死神というのは閣下お得意の隠語ですか？」

枕詞が気に入らなかったのか、オリビアはわかりやすく頰を膨らませた。

「隠語じゃないもん」

クラウディアは畳みかけるように、

「では閣下は本物の死神に育てられ、ダルメスを操っているゼーニアなる者もまた本物の死神だと言いたいのですか？」

「そうだよ」

淀みないオリビアの発言を受け、会議室はどよめきで埋め尽くされる。クラウディアはそれに加わることなく、椅子にもたれかかり漫然と虚空を見つめた。

「――オリビア閣下に尋ねたいことがあります。発言をよろしいですか？」

どよめきを断ち切るような鋭い声を上げたのはフェリックスだった。会議室は途端に静けさを帯び、エヴァンシンとエリスが敵愾心を剥き出しにした目を露骨に向ける。

フェリックスがアシュトンの死に直接関与していないことはわかっているが、人の心というものはそれほど単純にはできていない。二人の気持ちは痛いほどわかるだけに、クラウディアはあえて見て見ぬふりをした。

「よろしいけど、どうしてフェリックスさんがここにいるの？」

フェリックスが説明するよりも早く、ブラッドが呆れたように口を挟んだ。

「嬢ちゃんが雲隠れした後にも色々あったんだよ。何食わぬ顔で帰ってきたと思ったらすぐにこの有様だ。説明する暇もありゃしねぇ」

「あ、あはは……」

誤魔化すように笑うオリビアと目が合うと、彼女は口を開けたまま数度の瞬きをしたのち、ギギギと錆びついた歯車が回るような速度で顔を反らしていく。

副王との会見を終えてブラッドと共にガリア要塞に戻ったオリビアは、直後に姿をくらませた。兵士一人がいなくなったのとはわけが違う。当然それなりの騒ぎになったが、クラウディアは黙ってオリビアの帰りを待ち続けた。

そして数時間前にひょっこりと帰ってきたわけだが、小言の豪雨を浴びせるだけに済ませて今に至っている。

「あ、ところで皇帝は救い出すことができたのかな？」

取って付けたようなオリビアの質問に対し、フェリックスはあくまでも神妙に答えた。

「ええ、おかげさまで一応は……そのことにも繫がる話なのですが、私はリステライン城でダルメスと再会し、最終的に刃を向けるに至りました」

「え？　でも……」

はっきりと戸惑いの色を見せるオリビア。フェリックスはオリビアの心情を悟ったかのように話を続ける。

「仕留めることができなかったのは得体の知れない術に阻まれたせいです。魔法の類ではありません。オリビア閣下はダルメスの術に何か心当たりはありませんか？」

そう口にするフェリックスの表情は、どこか必死さを伴っていた。

「オドを具現化した何かじゃなくて？」

「ダルメスのオドは並のそれでした。断じてオドを具現化したものではありません」

二人の会話を理解できる者は、少なくともこの場には自分以外いないだろう。そのことを証明するように、見知った者同士で顔を合わせては首を横に振っている。

「うーん。魔法でもなくオドでもないなら、あとは魔術しかないかなー」

オリビアが視線を斜め上に向けながら何気なく口にすると、フェリックスが椅子を倒す勢いで立ち上がった。

「魔術とはなんですッ!?」

まるで尋問でもするような口調だった。さすがに見かねたので口を開こうとしたとき、ブラッドと視線が重なった。

(黙って見てろ、ということか……)

クラウディアは中途半端に上げた腰を下ろす。

オリビアは上半身を引き気味に、

「ええと、魔術はね」

「魔術とはっ！」

「だ、だから魔術は――」

言いかけて、オリビアは左手を前に突き出した。

「見てもらったほうが早いか」

言うや否や、オリビアの中指に小さな炎が灯る。いち早く素っ頓狂な声を上げたのは、興奮気味に鼻を膨らませたエリスだった。

「オリビアお姉さまは魔法士だったの!?」

「魔法士じゃないし魔法でもないよ。これは魔術だから」

強烈な視線を一身に浴びるオリビアの、指先全てに炎が灯る。しかもそれで終わりではなく、炎それら自体に意思があるかのように指から離れて会議室を舞うと、やがて炎は一つの塊となって、春によく目にする昆虫に姿を変えた。

「すごい……」

リーゼが畏怖と感嘆を織り交ぜたような表情で呟く。蒼の騎士団が口を半開きにして見上げた先には、炎を纏う蝶が火の粉を散らしながらひらひらと飛んでいる。

「本当に凄いですね」

言うほどエヴァンシンの言葉に感情はこもっていなかった。

「エヴァンシンは魔術を見たことがあるのか？」

「まさか。あるわけありませんよ」

エヴァンシンは蝶を見上げたまま否定する。

「その割には落ち着いているように見えるが」

「クラウディア大佐にそれを言われるのは少々腑に落ちませんが。ただあまりにも衝撃的な光景を目にして逆に冷静になったというか……オリビア閣下だからという理由が一番大きい気がします」

ブラッドとルークがうんうんと頷いてみせる。

クラウディア自身これまでオリビアの超常的な力を何度も間近で見てきたし、彼女に教えを乞い、力の一端を自分のものにすることもできた。本来なら畏怖を抱くだろう魔術にしても、そういうこともできたのかと、違和感なく受け入れてしまう自分がいた。

「これが魔術だよ」

言ったオリビアが軽快に指を弾くと、炎を纏う蝶はまるで初めから存在しなかったかのように会議室から消え失せた。

「ありがとうございます。オリビア閣下が言われる通り、魔法とはまた別物のようですね」

興奮を隠そうともしないフェリックスは、椅子に引っ張られるように腰を落とす。

王国軍において魔法の存在は共有されているが、その実態は群雄割拠時代に魔法士と戦った経験があるコルネリアスやパウルの逸話が基となっている。つまり、魔法を空想の産物と捉える民との違いはその程度でしかなく、フェリックスが口にした魔法と魔術の違いなどわかるはずもないのだ。

（身に宿す莫大なオドといい、この男はやはり底が知れない……）

クラウディアは知らず溜まった唾液を飲み下した。

「でね、提案なんだけどメキアとは同盟を結んでいるじゃない？　それにサザーランドを加えるっていうのはどうかな？」

オリビアの言葉を受けて、呆けていた者たちの目に理知的な光が戻っていく。

真っ先に口を開いたのはブラッドだった。

「また唐突な提案だな」

「善は急げって言うしね」

「何を急いでいるのかはわからんが、同盟なんてものは互いに利がなければ成立しない。それがわからない嬢ちゃんじゃねぇだろう」

サザーランドが裏で帝国と手を結んでいることは周知の事実。そして、帝国との密約を反故にしてまでサザーランドが王国側につく〝利〟は欠片ほども存在しない。暁の連獅子作戦が失敗に終わった以上、神国メキアが同盟解消を通達してくるのも時間の問題に思えた。

正論を突き付けられたオリビアは、しかし、得意満面に言った。

「帝国とサザーランドはもう決裂したよ」

「なに!?」

その後オリビアが語った内容は、一々耳を疑うものばかりだった。帝国が一方的に密約を破棄し、サザーランドの一都市が亡者軍の攻撃を受けて陥落。サザーランドは全軍を挙げて、今まさに亡者軍と戦っている最中だという。

「わたしの見立てだとサザーランド軍が勝つのは厳しいと思う」

オリビアの物言いは、まるでその光景を見たかのような口ぶりだった。

「もしかして閣下は直接戦場をご覧になったのですか？」

「うん」

「ではしばらく行方をくらませていたのは……」

「今クラウディアが思った通りだよ」

「それならそうと最初から言ってくだされば……」

副官の自分にすら告げずに裏で動いていたことを今さらながらに知り、クラウディアの心は寂しさで満たされていく。

「ごめんね。今回ばかりは自分の目で視(み)て判断したかったから」

オリビアはブラッドに視線を向けて、

「そういうことだから今なら有利な条件で交渉できるんじゃない？　食糧の輸出を再開してもらうだけでもかなり楽になると思うし」

南方戦線と北方戦線を制したことで食糧事情は徐々に改善へと向かっているも、依然として不足していることに変わりはない。元々食糧輸入の七割をサザーランドに依存していたのだからそれも当然だ。間接的にも王国を追い詰めた国に対し思うところは多々あるが、それでも同盟が成れば食糧問題は劇的に改善するだろう。しかし……。

「勝手を知れば交渉は有利に運ぶ。嬢ちゃんの言う通りだ。しかしな、さっきも言った通り互いに利がないと同盟なんてものは成立しない。戦況が不利というならサザーランドが欲する利とは、まとまった武力をおいてほかにないだろう。だが悲しいかな、我が軍はサザーランドを納得させるだけの武力を、もっと平たく言えば援軍を差し向ける余裕は一兵たりともない」

（おっしゃる通り）

クラウディアはブラッドの考えに一も二もなく同意する。サザーランドは同盟の条件として、最低でも一万程度の援軍は要求してくるだろう。もはや交渉以前の話だ。

だがオリビアは、

「そこは心配しなくても大丈夫。見せるのが先になったけど、相手が亡者ならわたしの魔術が使える。それで援軍の代わりは果たせると思うよ」

「さっき見せたアレでか？」

冷笑するブラッドへ、オリビアは小さく首を振った。

「あれは魔術をわかりやすく見せただけ」

「少なくとも万単位の援軍を要求してくると思われますが？」

クラウディアがすかさず問えば、オリビアの瞳は冷たく沈んでいく。

「兵士の数は関係ないから――」

闇そのものから見つめられるような視線に、クラウディアは今すぐにでもオリビアから身を遠ざけたくなる衝動を懸命に御する。隣に座るリーゼも似たような感覚に陥ったのか、身を守るように自分の身体を両手で抱きしめていた。

「相手が亡者ならとオリビア閣下はおっしゃいましたが、人には魔術が通じないということでしょうか？」

尋ねたのは、じっとりと額に汗を滲ませるエヴァンシンだった。

「人間にも通じるけどゼットから絶対に使うなって言われているから」

「それはまたどうしてですか？」

誰もが感じたであろう疑問に対し、

「人間に使うと世界のバランス？　が崩壊するからってゼットは言ってた」

まるで散歩にでも行くような発言に周囲の反応は様々だが、共通しているのは単純な畏れとは一線を画す畏れを抱いたということ。それを証明するように蒼の騎士団の一人が

「それはもう神の力じゃないか」と、震える声で呟いていた。

「ただ転移魔術をわたしは使えないから戦場は一ヵ所に限定する必要があるの」

「さっきから理解が及ばん話ばかりだが、つまり嬢ちゃんのやりたいことは敵味方を一ヶ所に集めていざ決戦ということか？」

「うんうんそういうこと」

ブラッドは後頭部をしきりに掻きながら、

「そいつは難しいと思うぞ」

「どうして？」

「どうしてもなにも帝国の意向をまるっと無視した、どこまでいってもこちらに都合がいいだけの話だからさ」

「――一概にそうとは言い切れないと思います」

声のした方向に皆の顔が向く。そこには赤縁眼鏡をクイッと上げるクラレスがいた。

「そういえばどうしてクラレスまでここにいるの？」

「お久しぶりです同志オリビア。私がこの場にいるのは末席に加えて頂くようブラッド大将にお願いしたからです」

「そうなんだ」

オリビアは軽く話を流したが、この場は非公式ながらも軍議という形をとっている。軍属でないクラレスが席を連ねていることからしておかしいのだ。

説明を求める視線が自然とブラッドに集中する。

「彼女のことは特尉待遇で迎えているから問題ない。なにせ今の王国軍は猫の手も借りたいほど人手不足だからな」

説明の体をなんら成していないブラッドへ、リーゼが苛立った表情で口を開く。

「彼女が王立図書館の職員であることは知っています。その王立図書館の人間をなぜ特尉待遇で迎える必要があるのでしょう。その辺りをご教授願います」

「今は細かいことはいいんだよ。聞きたいことがあれば後で直接本人に聞け」

ブラッドはリーゼからの質問を強引に打ち切り、クラレスに話の続きを促す。

「それで一概に言い切れないとはどういうことだ？」

「ダルメスは亡者に絶対の自信を持っていることがこれまでの情報と、同志オリビアから得た情報で確信に至りました」

要領を得ないクラレスの口振りに、ブラッドは露骨なまでに不快感を示した。

「回りくどいな。何が言いたい？」

「つまりこちらのフィールドで戦うことを認めさせる条件として、こちらが敗北した場合無条件降伏する旨を誓紙として差し出します。もちろん三国の連名という形で出すのが必須条件ではありますが。ダルメスにとってもただの一戦で三国を一挙に手にすることができる絶好の機会。亡者の力を過信すればするほどこの話に乗ってくるはず。――きっとアシュトン・ゼーネフィルダーがこの場にいたら、同じような策を献じたことでしょう」

図らずもアシュトンの名が出たことで、会議室は厳粛な空気に包まれた。

「……確かに一見無法ともいえる策はあいつの得意とするところだったな」

ブラッドが苦笑交じりでそう言えば、

「今から思えばアシュトン中佐の策に我々はかなり振り回されました」

「そうそう。虫も殺さないような顔してドン引きの策を平気で実行するし。やらされる私たちはたまったものではなかったわ」

続くエヴァンシンとエリスが泣き笑いの顔で毒づく。

「そうだね。なんだかアシュトンっぽい」

胸にそっと手をあてがうオリビアは、透き通るような笑みを浮かべた。

余人はいざ知らず、アシュトンが生きてきた軌跡(きせき)は仲間たちと共に今もそこにある。

(死んでもお前は幸せ者だな)

アシュトンを思うクラウディアの瞳にかつてのような涙はない。彼を思って流す最後の涙は全てが終わってから。そう心に誓ったから。

Ⅲ

クラレスの策を実行に移すことが正式に決まり、オリビアはフェリックスを残して解散を告げた。最後まで残りたそうな目を向けてきたクラウディアを、オリビアは気づいていない振りをしてやり過ごし、フェリックスの隣に目を向ける。

「解散って意味わかるよね？」

オリビアは未(いま)だに会議室を出ようとしない灰色の子供に声をかけた。

「やはりお主には見えておったか」

口を開いた途端に色が戻った子供は、赤いマントの端を掴むとこれ見よがしに翻し、尊大な態度で言葉を続けた。

「我こそは大魔法士、ラサラ・マーリンじゃ！」

「……それでクッキーをあげれば出て行ってくれる？　これからフェリックスさんと大事な話があるんだ」

「こ、子供扱いするでない！　これでもわしは二七七歳じゃ！」

二七七歳の子供なんているわけがない。目下世間知らずという不名誉な称号を賜っているオリビアでも、それくらいのことはわかる。

「そんな面白くない冗談だと冗談大会の上位に食い込めないよ」

オリビアが頭を優しく撫でてあげると、ラサラは顔を真っ赤にしながら何度も足を床に叩きつけた。

「おのれッおのれッおのれッ！　シルキーや犬っころならともかく、人間相手にここまで軽んじられたことなど一度足りとてないわッ！　小僧、何を微笑ましげに見ておるのじゃッ！　このわからず屋の小娘にしかと説明せいッ！」

フェリックスから事の詳細を聞いたオリビアは、両手を腰に置いて顎をツンと張るラサラをまじまじと見た。

少なくともゼットから寿命を延ばす魔術について聞いたことはない。興味もないので尋ねたこともないが。

「勘違いしないよう先に言っておくが、誰にでもできることではないぞ。大魔法士たるわしだからこそ可能なのだ」

得意げに鼻を鳴らすラサラは、だが、次の瞬間には気難しい表情を浮かべた。

「しかし魔術か……すまぬが先程のアレをもう一度見せてもらうことは可能か？」

「別にいいよ」

さっきは魔術というものをみんなにわかりやすく伝えるための工程を踏んだが、もうその必要もないだろうと、立てた左手の人差し指に炎を纏う蝶を作り出す。

オリビアの指先で羽を動かす炎の蝶を、ラサラは穴が空くような勢いで見つめた。

「……見れば見るほどに不思議じゃ。蝶から感じるお主の魔力は微小に過ぎない。にもかかわらずなぜこれほどまでに精巧な物を作り出すことができるのか……。魔法と魔術の決定的な違いはそこにあるとわしは踏んだが、お主自身は明確な差異を理解しておるのか？」

聞かれたオリビアは記憶の底をさらい、

「魔法は体内の魔力を使う。魔力が枯渇すると死ぬ。その左手の紋様を触媒にしないと魔法は使えない。こんなところで合ってるかな？」

「うむ、その通りじゃ。この魔法陣こそが魔法士を魔法士たらしめる」

ラサラは誇らしげに左手の甲を見せつけた。

「魔術も基本は一緒だと思う。違うのは触媒を必要としないところかな」

「む。確かにお主の手に魔法陣は見当たらぬが……」

オリビアは蝶に視線を流し、

「で、魔力が微小なのはその通り。なぜならそのほとんどを魔素で構成しているから。ちなみに魔素っていうのは――」

オリビアは空いているもう一本の人差し指を立て、指先に魔素のみを収束していく。

「――この指先に吸い寄せられている光の粒子が魔素で、魔素と魔力は同じものなの。魔素は大気中にいくらでも漂っているから、結果的に自分の魔力は最小限で済むんだよ。そういう意味だとわたしにとっては魔力が触媒と言えるかもしれない。もちろん高位の魔術を使えばそれなりに魔力も消費するけど」

ちなみに魔法を紛い物だとゼットが言ったことは、この場では伏せておくことにした。なぜならヨハンと手合わせをした際、オリビアの言葉で彼が絶望的な表情をしたことを覚えているからにほかならない。

あのときはなぜそんな顔をするのかわからなかったけれど、多くを学んだ今ならわかる。きっとヨハンは魔法を誇りにしていたのだと。人間は少なからず誇りというものを抱えていて、それは他人が何気なく発した言葉で簡単に傷ついたりもする。

生きることとは学ぶことと同義だとゼットは教えてくれた。当時は全く意味がわからなかったし今もまだよくわかっていないけれど、オリビアの中で何かしらの形になろうとしていた。

「つまり魔術を行使するための制限は実質ないと断じてもいい。――なるほど、世界のバランスが崩壊するとは言い得て妙だ……」

ラサラの表情にいつもの余裕はなく、小さな両の拳を静かに震わせていた。

(無理もない。魔力を大気から吸収できるという一点だけでも魔法を遥(はる)かに凌(しの)ぐ。もしオリビアが私との一騎打ちで魔術を使っていたとしたら……。どうりで余裕があったはずだ。隠していた実力にこうも差があるとは)

自嘲するフェリックスを、オリビアは窺(うかが)うように見上げた。

「でね、残ってもらったのはお願いがあるからなんだけど、そろそろ話して大丈夫？」

「え、ええ」

「ダルメスとゼーニアを倒す手助けをしてほしいんだけど……いいかな？」

オリビアの誘いはフェリックスの目的と完全に合致している。断る理由はなかった。

「もちろんです。全力でお手伝いさせて頂きます」

オリビアはホッと胸を撫で下ろした。

「よかった。ゼーニアはとんでもなく強いから」

「その言いよう……もしかしてすでにゼーニアと一戦交えたのですか？」

「うん、ボロ負けしちゃったけど」

オリビアは頭を掻きながらたははと笑う。とてもじゃないがそうかと一緒に笑って聞き流せる話ではなかった。

「念のため聞きますが魔術を使ってのことですよね？」

「もちろん使ったよ。相手は死神だからゼットとの約束は破ってないし」

「つまり全力で挑んだ上での結果だと」

「うん、最後は逃げるのに精いっぱいだった」

フェリックスは深く鼻息を落として、

「それほどの相手、私が加勢したところでどうにかなるのでしょうか……」

仮にも敵は神の名を冠している。今さら臆するつもりもないが、初めて勝算の見えない戦いに身を投じようとしている自覚はあった。

「もちろん何の考えもなしに挑んだら負けると思う。だからそうならないように訓練してもらったし、フェリックスさんが手伝ってくれるなら勝率は格段に上がるよ」

「訓練……もしかしてゼットに会えたのですか？」

「うん！」

「そうですか……よかったですね」

「えへへ。ありがとう」

オリビアは蕾のような可愛らしい笑みを浮かべる。そんな彼女の笑みに束の間魅せられ、我に返ったフェリックスは居住まいを正す。

「実は私もオリビア閣下にお願いしたいことがあります」

「わたしにできることならいいけど、それよりもその〝閣下〟って呼ぶのはやめてくれる？」

「私と蒼の騎士団の身は王国軍に預けています。立場上そういうわけにもいきません」

「大丈夫だって。融通を利かせるくらいの権限は持ってるから。閣下呼ばわりされるのも大分慣れたつもりだけど、それでもフェリックスさんに閣下呼ばわりされるとなんだか背中がムズムズして気持ちが悪いんだよ」

背中を掻くオリビアの仕草が妙に可笑しくて、フェリックスは思わず吹き出してしまった。

「では私のこともフェリックスと呼び捨ててください。それで手を打ちましょう」

「わかった！」

オリビアと笑みを交わしていると、疲れたような声が割って入ってきた。

「概ね話は済んだようじゃな」

「ラサラ様……よろしいのですか？」

「ふん。いつまでもへこんでいられるか」

顔を背けるラサラへ、フェリックスは生暖かい視線を送った。

「やはりへこんでおられたのですね」

ラサラはキッとフェリックスを睨みつけ、

「う、うるさいっ！　話が終わったのならさっさと皇帝のところに行くぞっ！」

ラサラは肩を怒らせながら一人会議室を出て行く。

「皇帝？」

首を傾げるオリビアに改めて事情を説明し、二人はラサラを追う形で会議室を後にした。


蒼の騎士団に貸し与えられた兵舎塔の一室。横たわるラムザを囲むようにしてフェリックス、オリビア、ラサラの三人が立っている。そして、爛々と目を輝かせるオリビアの手には、彼女を奇襲しようとしてあえなく囚われの身となった哀れな妖精がいた。

「放せっ！　へちゃむくれ女っ！」

「コメットだっ！　妖精コメットだっ！」

「はああっ!?　妖精だけどそんなおかしな名前じゃないぞっ！」

「あはは！　クラウディアに見せてあげないと！」

「おいっ！　僕は見世物じゃないぞっ！　あっ！　僕のほっぺを指先でぐりぐりすなっ！」

「あはは！」

「てかこのへちゃむくれ女、全然話を聞いていないじゃないか。ラサラも黙って見てないでなんとかしろっ！」

　足を激しくばたつかせ、身をよじりながら助けを求めるシルキーへ、ラサラは底意地の悪そうな笑みを浮かべて言った。

「仲良くなれてよかったではないか」

「これをどう解釈すれば仲良くしているように見えるんだっ！」

「のちほどゆっくり時間を設けますのでシルキーを放してやってください」

「わかった。また後で遊ぼうね」

　オリビアから解放されたシルキーは、星屑(ほしくず)の軌跡(きせき)を描きながらフェリックスの背中に回り込むと、肩越しから可愛く首だけを覗(のぞ)かせて、

「誰が遊ぶかボケカスゥゥッ!!」

　猛(たけ)る獣のような唸(うな)り声を上げていた。

「オリビア、そろそろお願いします」

　シルキーに笑顔で手を振ったオリビアは、ラムザに視線を落とす。

「――治せそうですか？」

「今診始めたばかりだろう。そう急くでない」

ラサラが呆れた顔で窘める。オリビアはラムザに触れることなく、視線だけを満遍なく動かしている。辛抱強く黙って事の成り行きを見守っていると、オリビアが小さく頷く姿を目ざとく捉えた。

「オドの流れが定期的に乱されている。原因は多分これだね」

「治せますかっ！」

フェリックスはオリビアの両肩に手を置き、強く迫った。意味不明な言葉を喚き散らしながら頭をポカポカと殴ってくるシルキーを、意識的に遮断する。

「治るよ」

オリビアは顔をのけ反らせながら小刻みに首を振った。

（治る……）

茫然とするフェリックスに成り代わって、嘆息するラサラがオリビアに告げた。

「では早速こやつを治してやってはくれまいか」

「う、うん」

恐る恐るフェリックスから離れたオリビアは、ラムザの身体に直接手を触れた――。

「――もう大丈夫だと思う。なんだかへんてこりんな魔術だったけど」

オリビアの言葉から程なくして、ラムザの瞼(まぶた)がゆっくり開かれていく。その瞳は虚(うつ)ろながらも叡智(えいち)の輝きを宿していた。

「皇帝陛下っ！」

呼び声に応えるかのように弱々しく差し出されたラムザの手を、フェリックスは両手で包み込むように握りしめた。

「……その顔を見ればわかる。大分苦労をかけたようだな」

「滅相も、ございません……」

静かに涙するフェリックス。

太陽を覆っていた雲が抜けると、兵舎塔は見る見る内に温かみを帯びていった。

Ⅳ

聖都エルスフィア　ラ・シャイム城　中庭

冬の訪れを告げる氷花(ひょうか)が満開を迎えたこの日。ソフィティーアは思いがけない訪問客をラーラと共に迎えていた。

「お待たせしました」

「ふぉふでんひでほめんね」

対面に座ったソフィティーアには目もくれず、オリビアは用意させた焼き菓子を物凄い速度で口に放り込んでは、灰リスのように頰を膨らませている。

「相変わらず無礼な奴めっ！」

オリビアから焼き菓子を取り上げようとするラーラを、ソフィティーアは笑って制した。

「オリビアさんならいつでも歓迎しますが、聞くところによると一人で来られたとか。もしかして聖翔軍に入る気になったのですか？」

もちろんオリビアが王国軍を見限ったとは本気で思っていない。これはソフィティーア流の冗談だ。

ゴクンと派手に喉を鳴らしたオリビアは、

「ゼットにはもう会えたから聖翔軍に入ることはないよ」

にこやかに聖翔軍入りを否定した。

ソフィティーアも微笑を返し、

「それは残念です。それにしてもゼットさんに再会できたのですか……今は一緒にいるのですか？」

さらりと尋ねれば、オリビアは首を小さく横に振る。面影から多少の寂しさは伝わってくるも、様子を見る限り今生の別れというわけでもなさそうだ。

（話を聞いていた限り再会は難しいと思っていましたが、そういうことであればオリビア

さんを介してゼットさんと接触できるかもしれない）

そう考えた矢先、オリビアは王家の封蠟が施された手紙をテーブルの上に滑らせた。

「今日来たのはこれを渡すためなんだ」

何となく面倒なことを言ってきそうな雰囲気を感じとったオリビアは、さっさと用件を済ませることにした。

ソフィティーアは親書に視線を落とし、眉を顰める。

「アルフォンス王の身に何かあったのですか？」

「病気だって」

オリビアは素っ気なく答えた。

「病気？　晩餐会でお会いしたときはお元気そうでしたが……」

そう言われても、オリビアとしてはほかに答える術を持ち合わせていない。病気ということ以外は本当に何も知らないし、本人に対しても塔のように大きいケーキをくれたという程度の印象しか残っていない。要するに興味がなかった。

「ほら、わたしって王様に興味ないから」

「さも我々が知っている風に言うな」

ラーラは呆れ顔でオリビアを眺め、ソフィティーアはくすりと笑う。

「とにかく中身を拝見しましょう」

ソフィティーアが読み終えるまでの間、オリビアは紅茶を三杯おかわりし、その度にラーラから見本のような舌打ちを頂いた。

ソフィティーアは、神妙な表情で読み終えた親書を置く。

「随分と思い切った作戦を考えましたね。これはオリビアさんの発案ですか？　それともアシュトンさんでしょうか」

オリビアは一瞬言葉を詰まらせ、

「どちらでもないよ。でも亡者相手に長期戦は不利だから理に適っていると思う。暁の連獅子作戦は失敗しちゃったけど、同盟はまだ続けるってことでいいよね？」

「暁の連獅子が失敗してなお、この同盟を継続する意味があるとは思えません」

ラーラはソフィティーアの言葉に強く頷いた。

「つまり同盟を破棄するってこと？　ほんとにソフィティーア様はそれでいいって思ってる？　それとも駆け引きってやつかな？」

聞けば、ソフィティーアの瞳が鋭い光を帯びた。

「なぜ、そう思われたのですか？」

「亡者軍と聖翔軍の戦いを視てたから。当然ソフィティーア様はわかっているとわたしは思ってたけど。違うのかな？」

ソフィティーアは相好を崩し、

「オリビアさんも人が悪いですね。見ていたのなら初めからそうおっしゃってくだされば
よろしいのに。そういうことであれば今後も同盟関係を続けさせて頂きます」

「聖天使様!?」

「決まりだね」

ソフィティーアと握手を交わしていると、凍てつくようなラーラの目が自分に向けられ
ていることに気づき、思わず「うへぇ」と声を洩らしてしまった。

「人の顔を見てうへぇとはどういう了見だ。大体使者として礼を尽くさねばならない立場
のはずなのに、先程から聖天使様に対するお前の態度は見るに堪えん。度を越しているに
も程があるぞ」

「でもわたしたちは友達だし……友達に敬語は使わないし……」

控えめな反論を試みた結果、ラーラの顔は見る見るうちに赤くなり、目は異常なまでに
見開かれ、眉は見たこともない角度まで吊り上がっていく。

その姿はクラウディアの夜叉化を彷彿とさせた。

「せ、聖天使様を友達呼ばわりだとッ!? 不敬なッ!」

「えぇ……」

今にも剣を抜きそうな気配を感じたオリビアは、ソフィティーアに助けを求める視線を

送った。ソフィティーアは口元を綻(ほころ)ばせながら首肯(しゅこう)し、

「わたくしとオリビアさんは確かにお友達です。言葉遣いを気にする必要はありません」

オリビアは得意満面な顔をラーラに向けて言った。

「だって」

ラーラは怒りで全身を震わせるも、最後は深い溜息(ためいき)と共に脱力した。

「一体聖天使様はどちらの味方なのですか……」

ソフィティーアは楽しそうに笑い、

「もちろんわたくしはラーラさんの味方であり、そしてオリビアさんの味方でもあります」

「聖天使様……」

兎(と)にも角(かく)にも同盟の継続を確認したオリビアは、椅子から立ち上がった。

「じゃあわたしはそろそろ帰るね」

「もう帰るのですか?」

「うん」

「それは困りましたね。オリビアさんの来訪を知った料理人たちが張り切って料理を作っているのですが」

「ほんと!?」

「本当です。出された料理を誰よりも美味しそうに食べて頂けるので、料理人たちも作り甲斐があると申しておりました」

頭の中で食べた料理の数々が、次々と浮かんでは消えていく。恐ろしく魅力的な話にちょっとくらいならいいかなと一瞬思ったが、

（ダメダメ！）

にょきにょきと生えてくる欲望に蓋を落とし、オリビアは自覚できるくらいには裏返った声で断りを入れた。

「こ、これでも結構忙しいんだ」

「そうですか。それは残念です。ではまたの機会ということで」

オリビアはあっさりと引き下がるソフィティーアの顔を強く見つめ、

「今度は絶対に」

甘美な誘惑を断ち切った自分を誇らしく感じながら、肝心なことを伝え忘れたのを今さながらに思い出した。

「そのうち使者が来ると思うからよろしくね」

「お前が使者じゃなかったんかいッ!!」

ラーラのツッコミが空しく中庭に響き渡った。

オリビアが立ち去った通路をしばらく睨みつけていたラーラは、優雅にお茶をするソフィティーアに尋ねた。

「なぜ同盟の継続を？」

「もちろん状況が変わったからです」

劇的にと、ソフィティーアは付け加えた。

「そうはおっしゃいますが一度の敗北で無条件降伏など正気の策ではありません」

百歩譲って神国メキア一国での話であれば理解できなくもないが、常勝将軍と鬼神を失った落ち目著しいファーネスト王国や、惰眠をほしいままに貪っていたサザーランドと命運を共にするなど、考えただけでも絶望的な未来しか見えてこない。聖翔軍を預かるラーラとしては、許容できるはずもなかった。

ティーカップを受け皿に戻したソフィティーアは、静かに笑んで言う。

「亡者などという非常識な存在が具現化した今、世界はすでに正気を失っているといっていいでしょう。であればファーネスト王国が提示した策は無謀かもしれませんが、やってみる価値は大いにあるとは思いませんか？」

「その結果国が敗れるとしても、ですか？」

「ここで敗北するようであれば、どのみちわたくしの命数もそこまでだったという、ただそれだけのことです。人は不滅ではいられませんから」

よどみなく返答するソフィティーアを目にしたとき、不吉な考えが去来した。

「聖天使様は聖翔軍の力をお疑いでしょうか？」

「聖翔軍の力を疑ったことなど一度たりともありません。二度と同じ質問をしないように」

表情こそ穏やかだが、藤色の瞳は有無を言わせない迫力があった。

「はっ。二度と同じ言葉は口にいたしません。——であれば」

続くはずだった言葉は、次の発言を受けて霧散する。

「その一方で最悪の事態をわたくしは想定しています」

「最悪の事態……」

ラーラの脳裏に大挙して聖都を襲う甲殻蟲の絵が浮かんだ。

「その可能性があると聖天使様はお思いですか？」

「ないと断ずる材料を探すのは困難です。オリビアさんもそれがわかっているからこそ、強気の交渉に臨んだのでしょう」

「そうさせたのはひとえに私の不徳の致すところ。ですが最悪の事態が起きたとしても、聖翔軍の力を結集すれば撃退することも可能です……」

意思とは裏腹に弱くなっていく語気が、この上なく言葉を不安定にさせた。

「ラーラさんの覚悟は十分伝わりましたが、時には流れるまま身を任せるのも悪くないと思います」

労わるような優しい口調に、ラーラは耳朶の奥が熱くなるのを感じた。

「なによりあのオリビアさんが無策で挑むとは思えません。彼女がこれから何を為そうとしているのか、それをこの目で見てみたいという思いもあります」

「正直私にはただの食欲馬鹿にしか見えませんが」

「それはラーラさんが偏った見方でオリビアさんと接しているからです。立つ位置、思考を変えてみれば、今まで見えなかったものが見えてきます」

「はっきり申し上げれば理解したいとも思いません」

「頑なですね。まぁそれもラーラさんらしいです」

困ったように微笑むソフィティーア。だが、それも長くは続かなかった。一瞬にして戦場の人になったソフィティーアはラーラに告げる。

「これより神国メキアは修羅に身を投じます。ラーラ聖翔はいつでも軍を動かせるよう準備を進めなさい」

「はっ！」

ラーラは流れるように片膝をついた。命令が下された以上、臣下としては最善を尽くすのみ。これ以上疑問を挟む余地などあるはずもないが――。

「一つだけお教えください。聖天使様にはオリビアの何が見えているのでしょうか？」

近衛と共に立ち去るソフィティーアにラーラは問う。

ソフィティーアは足を止め、

「揺るぎない決意」

錫杖を小気味よく鳴らしながら、ソフィティーアは中庭を後にした。

V

サザーランド軍　スカイベルク要塞

サザーランド軍は第三区画を早々に放棄し、スカイベルク要塞まで後退した。対化け物を想定して構築された防御陣は一角獣のような亡獣にはまるで意味を成さず、切り札であった魔甲砲までもが大破した以上、戦略を一から見直す必要に迫られたためである。

そのリオンへ風変わりな一報が舞い込んだのは、スカイベルク要塞に身を移してから二十日あまりが過ぎた頃。巨大な長卓の上に作られた布陣模型をまんじりと見つめていたリオンは、ジュリアスとディアナが部屋に入ってきたことにまるで気が付かなかった。

「寝ていなかったのですね。あれほど申し上げたのに……」

「暇ができたらいくらでも寝てやるさ。そんなことよりもヘヴンの容態は？」

一転、ジュリアスは厳しい表情を覗かせる。

「予断を許さない状況です」

「そうか……で、何かあったのか？」

「ファーネスト王国の使者が訪れています。話を聞いた兵士によりますと使者は副王からの親書を携えているとのことです」

「副王？　愚王ではなく？」

ジュリアスは苦笑し、

「副王で間違いありません。副王の名はセルヴィア・セム・ガルムンドと聞いております」

「愚王の息子か……しかし一度も耳にしたことのない名だ」

リオンが確認の視線を投げかけると、ジュリアスは控えめに首を振る。どうやらジュリアスも息子のことは初耳らしい。

「裏を取りますか？」

リオンは瞬時に思考を巡らせ、

「必要ない。これまで名が出なかったということは、息子も似たようなものだろう。それにしてもファーネスト王国の使者か……ジュリアスはこの状況をどう思う」

あらかじめ予想できた質問だったのだろう。ジュリアスは考える素振りなく答えた。

「我々の置かれた状況を知って同盟の打診に来た、そんなところではないでしょうか」

「ディアナ様も同じ意見で？」

「ええ、帝国から領土を奪還したとはいっても、突然食糧が生えてくるわけじゃない。剣を向けたいほどにこちらを憎んでいるのは間違いないでしょうけど、プライドだけで生きることはできないから」

リオンは手にした輜重隊の駒を左方向に移動させながら、

「同盟を機に食糧輸出の再開を引き出す、とまぁそんなところか」

二人は同時に頷いた。

「しかしまた随分と耳が早いな。タイミングも計ったかのように絶妙だ」

リオンは酷薄な笑みを唇に漂わせる。

現在のサザーランド軍は、湿地帯とスカイベルク要塞の中間に広がる草原地帯を主戦場としている。互いを遮るものはなく、真っ向から生者と死者の戦いが繰り広げられている。

老将シャオラによる指揮の妙もあって化け物と互角の戦いを演じてはいるが、一角獣のような亡獣が再び現れれば、被害が甚大なものになるのは容易に想像がつく。魔甲砲を失い、ヘヴンまでもが重傷を負った今、兵はどれだけいても困ることはない。

察するにファーネスト王国は、サザーランドの現状をよく理解しているのだろう。が、裏を返せば今なら汲み易しと甘く見ているとも言える。

「ほかの者たちの意見は？」

「問答無用で追い返せとの意見が大半を占めています」

「大半、か」

　一部であろうジュリアスとディアナを交互に見つめ、リオンは重い息を吐く。

「使者がどのような蜜を垂らしてくるのか多少の興味がないわけではないが、今回ばかりは俺も大半の者たちと同意見だ」

「私は蜜の味よりも使者そのものに興味を抱きました」

　早々に追い返すことを決めていただけに、聞き捨てならないジュリアスの発言は、リオンの興味を強く引くこととなる。

「ジュリアスに興味を抱かせるほどの者がかの国にそういるとも思えない。――使者の名は？」

「オリビア・ヴァレッドストーム」

「例の死神か……」

　帝国軍の精鋭をことごとく翻弄し、ノーザン＝ペルシラ軍を手玉に取ったという少女。ジュリアスが興味を覚えるのはわかるが……。

　リオンはディアナを見る。

「ディアナ様も死神に興味があるのは意外ですな」

「これは異なことを。立場を変えて見れば、これまで伝え聞く彼女の武功は控えめに言って英雄のそれです。むしろ興味を持たないほうがどうかしているかと」

「追い返しますか？」

平然と言うジュリアスをリオンは睨みつけた。

「そういうところだぞ」

ジュリアスは慇懃に頭を下げ、

「失礼いたしました」

リオンは鼻を鳴らし、

「精々死神の異名に相応しい場を設けてやれ」


オリビアとクラウディアが案内されたのは、謁見の間ではなく練兵場だった。歴戦を思わせる兵士たちが、練兵場を取り囲むように立ち並んでいる。そして、前方には簡素な椅子に腰掛けた男女二人の姿。

（どう贔屓目に見ても使者を遇する場には見えんな）

オリビアとクラウディアは二人に向けて一礼した。

「ファーネスト王国軍所属、オリビア・ヴァレッドストーム中将であります。突然の訪問にもかかわらず会見の場を頂けたこと、ファーネスト王国を代表して心より感謝申し上げます」

二人は鷹揚に頷く。

先に声を発したのは深緑色の軍服を着た男だった。

「遠路大義、と言いたいところだが、使者殿も存じている通り今は色々と立て込んでいる。ゆるりと会話を楽しんでいる暇はないと心得よ」

「委細承知しております。――クラウディア大佐」

「はっ」

クラウディアは近寄ってきた赤髪の男に親書を手渡す。親書を受け取った赤髪の男は、恭しい所作で男に差し出した。

「――正気とは思えん。ダルメスがこの条件を呑むと本気で思っているのか？」

親書を女に渡しながら言う男の顔は、完全に呆れのそれだった。

オリビアは言う。

「ダルメスにも大きな利がある以上、可能性は高いと我々は見ております。そのためには貴国の協力が欠かせません」

同じく親書に目を通した女が口を開く。

「仮に同盟を結んだ場合、サザーランドの利はどこにあるのでしょう？」

オリビアはたおやかな笑みを浮かべ、

「さしずめ貴国に差し迫っている滅びの危機を回避できます」

侮蔑ともとれるオリビアの発言に対し、練兵場を取り囲む兵士たちの反応はクラウディアの想定内に収まった。

「同盟を願い出る者の言葉とはとても思えませんね」

殺気立つ兵士たちとは違い、女は朗らかな笑みを零（こぼ）している。が、それが好意的なものでないことは明らかだった。

「滅びの危機があるのは我が国も同様です。亡者は時の縛りがない、つまり時間をかければかけるほど人間側が不利になる厄介な存在です」

男の顎が僅（わず）かに跳ね、話の続きを促す。

「たとえ退（しりぞ）けたとしてもそれは一時的なこと。根本的な解決にはなり得ません。亡者を操るダルメスを討たない限り亡者の脅威がなくなることはないでしょう」

「そのための同盟、そのための短期決戦ということか。話はわからなくもないが……」

口を閉ざした男の代わりに女が話を続けた。

「ダルメスを討つと簡単におっしゃいますが具体的にはどのような手段で？　仮にも相手は皇帝です。その皇帝がのこのこ戦場に姿を見せるとは思っていませんよね？」

女の疑問は当然のことで、問題なのはどんな手段を用いてダルメスと接触を図るのか、オリビアしか知らないことに尽きる。

中途半端な答えは最悪を招くだけの状況でオリビアは、

「ダルメスは殺します。――どこにいようが必ず」

静かに言葉を紡ぐオリビアを見て、二人は金縛りにでもあったように固まった。

提案の是非を審議するため一旦二人を退出させたリオンは、肺の中に溜まっていた空気を絞り出すようにして吐き出した。心臓は今も激しく脈打ち、軍服は肌にまとわりつくほどにぐっしょりと濡れている。

(気圧される、なんて生易しいものではなかった。あれは本当に同じ人間か……?)

顔面蒼白で身を震わせるディアナを尻目に、ジュリアスが酷く疲れたような顔で問うてくる。

「彼女の言葉にはなんら根拠が示されていません。同盟を結ぶとなれば反発は必至です」

リオンは湿り気を帯びた髪を後ろへ掻き上げ、

「そういうジュリアスはどうなんだ?」

「判断に迷っています。ただ――」

意味深に言葉を止めたジュリアスへ、リオンは確信を込めて言う。

「信じさせるに足る力をあの不気味な瞳に感じた。違うか?」

ジュリアスは苦笑し、頷いた。

リオンはオリビアが去り際に見せた微笑を思い出す。死神の大鎌を首元にかけられたと、そう錯覚させるほどの寒々しい微笑を。

（まさか少女に恐怖を覚える日が来るとは……）

舌打ちと呟く声が重なり、リオンは頭を抱えてうつむくディアナを見た。

「何か言ったか？」

「悩む必要なんてない。絶対に手を組むべき」

「理由は？」

「同じものを見ておいて今さら理由が必要？　見た目こそ女神のそれだけど中身は外の化け物が可愛くみえるほどの怪物じゃない。帝国軍がこぞって恐れをなすのも当然だわ。食糧なんて吐いて捨てるほどあるんだから気前よく渡せばいいのよ。それであの怪物の歓心を買えるなら安いものだわ」

ディアナの言葉が決定打となったわけではないが、それでもおのずと方針は決まり、リオンは二人を練兵場に呼び戻した。

「同盟を結ぶこともやぶさかではないが、使者殿の言葉を無条件で信じるほど我々が背負っているものは軽くない。この場にいない者たちを納得させるためにも、信用に足る根拠が必要不可欠だ」

オリビアは首肯し、

「わかりました。では根拠の一端をお見せします。つきましてはここから南の荒野に足をお運び頂いてもよろしいでしょうか？」
「南の荒野？　そこに何かあるのか？」
「いえ、ここではご迷惑となりますので」
理由も定かでないまま荒野に移動したリオン一行は、ディアナの言葉が正しかったことをその身をもって知ることになる。

冬の嵐を予感させる雷鳴がガリア要塞に降り注ぐ某日。ファーネスト王国、神国メキア、サザーランド都市国家連合の間で軍事協定が結ばれた。

Ⅵ

帝都オルステッド　リステライン城

統轄府を統べる内務卿――シュバルツ・フォン・ハーミット侯爵が皇帝の執務室を訪れると、両手を後ろに組んで窓辺に佇むダルメスを目にした。

ダルメスは黒衣の宰相と呼ばれていたときそのまま、今も全身を黒で覆うローブを身に着けている。皇帝には皇帝に相応しい服装というものがあり、アースベルト帝国の伝統と格式を継承していくためにもおろそかにすることは許されない。

周囲の声もあってシュバルツは、過去二度ほど服装を改めるよう進言した。だが、一度目はくだらないと一蹴され、二度目は虫けらでも見るような視線を浴びせられた。命の危険を感じたシュバルツが、三度目の正直を実行に移すことはない。

「シュバルツ、参りました」

ダルメスの背に向かって恭しくお辞儀をし、呼ばれた理由を告げる。

「例の親書の件でございましょうか」

ダルメスは振り返ることなく、

「察しがいいですね。机の上に置いてあります」

執務机に足を運んだシュバルツは、中央に置かれている親書を手に取った。

「拝見いたします」

シュバルツは手慣れた所作で読み進めていく。親書に限らず外交文書などは得てして迂遠な言い回しのものが多く、行間を読み解く力を要求されることがままある。

翻って手にした親書は拍子抜けするほど平易な文で、読み手の能力を何ら必要としない。にもかかわらずシュバルツは、幾度となく読み返してしまった。

「実に愉快なことを思いつくものだと、シュバルツ侯はそう思いませんか？」

「愉快、ですか……」

ダルメスの表情を窺い知ることはできない。それでもダルメスが笑んでいることをシュバルツは確信した。

ダルメスは衣擦れの音を立てながら、窓辺から執務机へと居場所を変える。シュバルツもダルメスに合わせる形で移動した。

緩慢な動作で椅子に腰かけたダルメスは、「そうそう」とまるで世間話でもするような口調で言う。

「昨夜フローラ中将から神国メキアに送り込んだ〝黎明の騎士団〟が敗北したとの報告を受けました」

咄嗟に言葉を返すことができなかった。黎明の騎士団などと嘯いているが、中身はどこまで行っても化物の集まり。見ているだけで体が震えてくる化物が敗れる光景など、万が一にも想像できなかったからだ。

シュバルツは早くも滲み出てきた額の汗をハンカチで拭いながら、

「黎明の騎士団が五万程度の軍に敗北するなどにわかには信じられません」

「そうですか？　神国メキアには手練れの魔法士が三人いるようですし、余からすれば敗れることもまた想定の内です」

聞き捨てならない言葉に、危うくハンカチを落としそうになった。

「かの国に魔法士が、それも三人もいるのですかっ!?」

「ええ。そこまで驚くことですか？」

「皇帝陛下も無論ご存じのこととは思いますが、魔法士は神の眷属とも呼ばれています。それが三人もいると聞かされれば驚きもします」

素直な感想を口にすれば、ダルメスのひび割れた唇が不吉に歪む。

「神に眷属などいませんよ。また必要もありません。神はそれ自体が完成された究極の存在ですから」

まるで神に会ったことがあるようなダルメスの話しぶりに、シュバルツは少なくない違和感を覚えた。

ダルメスは喉を押し潰すようにして笑い、

「大分話が横道に逸れてしまいました。サザーランドに送り込んだ黎明の騎士団については現在も戦闘を継続しています。なにやら戦略級の兵器を開発したらしく、余の予想を超えて奮戦してるようです」

「戦略級の兵器、ですか……」

シュバルツは自他ともに認める文官であり、戦略級の兵器と言われても正直ピンと来ないが、情報に誤りがなければ、成果をもたらしたのはローゼンマリーの下に送った化物だけということになる。

その化物たちも王国軍を退けることには成功したものの、七割に及ぶ兵を取り逃がしたと聞き及んでいる。

（実際私が思っているほどあの化物は脅威足り得ない、のか？）

しかしすぐにその考えを捨て去った。荒野を埋め尽くさんばかりに立ち並ぶおぞましい化物の姿が、シュバルツの脳裏をかすめたからに他ならない。

「あの国もただ怠惰に甘んじていたわけではなかったということでしょう。それにしても思っていた以上に余を楽しませてくれます。黎明の騎士団を退けた神国メキアに対しては、第二幕の準備を進めようと思っていたのですが、先んじて素敵な招待状を頂いたからには受けて差し上げませんと非礼にあたりますねぇ」

「お受けになるおつもりで!?」

生きた伝説であったコルネリアスや、鬼神と恐れられたパウルを失ったとはいえ、王国軍は未だ抗う力を残している。最近何かと耳にする死神オリビアも無視できない存在だ。

本人を前に口が裂けても言えないが、サザーランドとの密約を一方的に破り戦端を開いたことは、完全に悪手だとシュバルツは思っている。ダルメスの思惑はどうであれ、結果として二大大国が手を結ぶ原因になったことは否めず、しかも、魔法士を三人も擁する神国メキアが加わっている。

神国メキアと蜜月の関係にある聖イルミナス教会も、虎の子である聖堂騎士団を動かすことを躊躇しないだろう。仮定の話をしても詮無きことだが、ラムザが今もって皇帝の座にあったのなら、今日の事態を迎えるには至らなかったはずだ。

無能とのそしりを受けても仕方のないこの状況下で、しかし、当のダルメスは心底わからないといった表情で口を開く。

「逆に聞きます。こちらに都合が良いばかりの条件を拒否する理由がシュバルツ侯にはあるのですか？」

シュバルツは溜まった唾を頬の奥に無理矢理押し込め、

「お叱りを承知で申し上げれば、良い条件とはとても思えません。戦力の集中はそれだけで脅威となるという話を、私は亡くなったオスヴァンヌ殿から聞いたことがあります。まして魔法士が三人もいるという話を聞けば、用兵の何たるかを知らない私の懸念は増すばかりです」

顔に滲む汗を何度も拭いながらそう告げれば、ダルメスは虚を衝かれたような顔でシュバルツを見る。それは時間にして数秒にも満たなかったが、何か致命的な発言をしてしまったのではないかと、生きた心地がしなかった。

「——ああ、なるほどそういうことですか」

言うが早いか、楽しそうに笑い始めるダルメス。シュバルツが大いに戸惑いを覚えていると、小さな笑いを残したままダルメスはさらりと言う。

「観点の相違というやつですね。余は共同戦線を張った彼らに麦の一粒ほどの脅威も感じていないのですよ。なぜなら彼らが百回攻めてきたとしても、余の軍には百回叩き潰すだけの力がありますから」

ダルメスの言う余の軍が、紅や天陽の騎士団を指していないことは明らかだった。同時に未だ己の認識が甘かったことをシュバルツは思い知る。荒野を埋め尽くすように並んでいた化物が全てではなかったのだと。

ダルメスは机上の書類を手に取りながら、

「そういうことなのでシュバルツ侯は誓約書の作成を指示願います。戦いが終わったのちとぼけられても甚だ困りますので」

「かしこまりました。早速作成に当たらせます」

部屋を辞去したシュバルツは、凝り固まった緊張をほぐすべく手近な壁に身を預けて、深く息を吐いた。

（余計なことは考えるな。皇帝陛下より与えられた役割を過不足なくこなしていればそれでいい）

――たとえ皇帝陛下が人外の存在だったとしても。

第十四章 ◆ 最終決戦

I

ダルメスから申し出を受ける旨の回答を正式に得たのち、ファーネスト王国、神国メキア、サザーランド都市国家連合の三国からなる統合軍は、ストニア公国の西に広がる荒野に向けて進軍を開始した。

王国軍――十二万。
聖翔軍――四万。
サザーランド軍――十五万。
合計三十万の大軍勢である。

王国軍の第一陣としてガリア要塞を発したオリビアとフェリックスは、蒼の騎士団を加えた計五万からなる軍勢を率いながら西進を続け、現在はカナリア街道を進んでいた。

「そろそろカナリアの街が見えてくる頃だと思います」

クラウディアが感慨深げに言えば、オリビアも「カナリアの街かぁ」と、どこか懐かしそうな感じで遠くを見つめる。

「カナリアの街で何かあったのですか？」

共に馬を並べるフェリックスの問いに、

「何かあったって言うほどのことはないんだけど……」

言って曖昧に笑うオリビア。彼女の心情をクラウディアは正確に理解していた。

「そうですか……」

フェリックスもそれ以上追及しようとはせず、程なくして第一陣はカナリアの街に到着した。

（以前とは大分様変わりした）

もちろん悪い意味ではない。クラウディアが予想していたよりも街の復興は順調に進んでいるようで、かつての美しい景観を取り戻しつつある。道行く人たちの顔も以前とは比べ物にならないほど生気に満ちているのが印象的だった。

（人間の力というものは凄いものだな）

クラウディアが感心している横で、エリスが周囲を見回しながら口を開く。

「どうやら暴徒とは無縁だったようですね」

「ここは交通の要衝だからな。オットー閣下の指示でそれなりの数の警備兵を配置していたのが功を奏したのかもしれん」

王都から端を発した一連の暴動は首脳部を大いに悩ませたものだが、セルヴィアが三国同盟樹立を早々に布告し、一致団結して帝国に抗することを宣言されると、次第に沈静化していった。

「それもそうですが副王陛下自ら平民たちに希望を示したことが大きいです。平民を代表して言わせていただければ、自分たちの生活が脅かされるとわかった途端、昨日までの正義を悪だと平気で断ずるような人種です。良き風が吹けば良き声で鳴くことを厭いはしません」

痛烈なエリスの皮肉に、クラウディアとしては苦笑するよりほかない。

しばらく道なりに進んでいると、軍列を見守る人々をかき分けるようにして三人の子供が這い出てくる。エヴァンシンが慌てて止めようとするのを、オリビアが手を上げることで制した。

「お姉ちゃん、おいらたちのこと覚えてる?」

真っ先にオリビアに駆け寄ったのは、三人の中でも一番年長の少年――エミルだった。人形を手に持った女の子と、腰のベルトに棒切れを挟んだ男の子も見覚えがある。

オリビアはコメットから颯爽と降り立ち、

「もちろん覚えているよ。みんな大きくなったね」

微笑むオリビアがそれぞれ頭を撫でてやると、エミルは頬を赤らめながらはにかみ、残る二人も飛び上がらんばかりに喜んでいる。

エミルは胸を張り、背中の木剣に親指を突き付けて言った。

「おいらも王国軍に入れておくれよ。お姉ちゃんと一緒に悪逆非道な帝国軍をやっつけたいんだ」

「うーん、それはやめたほうがいいと思うよ」

「なんでさ。これでも結構鍛えているんだぜ」

オリビアはその場に屈（かが）み、鼻息を荒くするエミルの目を真っすぐ見つめた。

「でも死んだらお父さんとお母さんが凄く悲しむよ。それでもいいの？」

真剣な表情でエミルを諭すオリビアの姿に、クラウディアはあの日のことを強く思い出す。これだけは人任せにすることはできないと言ったオリビアと共に、アシュトンの両親が住まう商家を訪れた日のことを――――。

『いらっしゃい』

店に入るとすぐに商品を並べていた女が愛想よく話しかけてくる。しかし、それも始めだけだった。女は徐々に笑みを消し去り、二人の顔をまじまじと見つめてくる。

『あの……』

『もしかしてオリビアさんとクラウディアさんではありませんか？』

名前を言い当てられたことに二人は驚き、互いに目を合わせた。

『なぜ我々の名前を？』

『あらいやだ、私ったら……ごめんなさいね。息子から送られてくる手紙に毎回オリビアさんとクラウディアさんのことが事細かく書かれていたものですから。お二人みたいな美人は王都であってもそうそう見かけませんし、もしかしたらと思ったらつい……』

『ではアシュトン――君のお母様』

言われて見れば、目元がアシュトンと瓜二つ（うりふた）だった。

『――お客さんかい？』

店の奥から顔を覗（のぞ）かせたのは、優しそうな表情をした中肉中背の男。母親は何度も男に手招きしながら、

『あなた、ほらアシュトンがいつも手紙で』

『え？――あ、これはこれは。いつも息子がお世話になっています』

慌てて帽子を脱いだ父親は、深々と頭を下げてきた。

改めて名乗った二人であったが、アシュトンの両親を前にした途端、伝えなければいけない言葉が一向に出てこず、ただ時間だけが無為に過ぎていく。

微妙な空気の中、口を開いたのは父親だった。

『息子に何かあったのですね』

出かかった言葉は、しかし、紡がれることなく霧散（むさん）する。

父親は二人を労わるような眼差しを向け、

『二人の辛そうな顔を見ていればわかります』

『突然何わけのわからないことを言ってるの？　きっと向かいのパン屋に寄り道しているだけよ。あの子はマーサが作るハチミツパンがとても好きだったから。それにしても困った子だわ。久しぶりに帰って来たんだからまずは親に顔を見せるのが――……』

饒舌に話すこの母親は、息子の身に何が起きたのかをすでに察している。

――察していてなお知らない振り。

――現実を頑なに拒否する態度。

クラウディアには母親の心情が痛いほどわかってしまう。なぜなら全て自分が通ってきた、どこまで行っても道化の道だから。

努めて表情を厳しくしたオリビアは、軍靴のかかとをカツンと鳴らすと、堂々たる敬礼を披露した。

『本日はアシュトン・ゼーネフィルダー中佐の戦死をお伝えに参りました』

『いやだわ。天使様のような美人さんがそんな質の悪い冗談を――』

オリビアは表情を崩すことなく、黙って母親を見つめ続けた。

『アシュトンが……あの子がせん、し……？』

放心状態になった母親は、足元をふらつかせながら店の奥へと消えていく。彼女の後ろ姿を気遣うように見つめていた父親は、やがて感情の伴わない笑みを落とす。それは見ているだけで心が張り裂けてしまいそうな笑みで、クラウディアの拳は固く握り締められた。

『兵士になった以上いつかはこんな日が来るのではないかと心のどこかで覚悟はしていました。覚悟はしていましたが……』

オリビアはくしゃりと帽子を握る父親に一歩踏み出すと、懐から取り出したペンを差し出す。彼女が下した決断に、あえて口を挟むつもりはなかった。

『アシュトン中佐の形見です。どうぞお受け取りください』

差し出されたペンを黙って見つめていた父親は、首を小さく振った。

『なぜですか』

困惑を隠さないオリビアへ、父親は慈愛の籠った瞳を向けた。

『それはオリビアさんが息子に送ったものです』

『どうしてそのことを……』

『息子の手紙にそのペンのことも綴られていました。オリビアさんに貰ったことが余程嬉しかったのでしょう。感謝の言葉が長々と綴られていました。だから受け取るわけにはいきません。今まで通りオリビアさんが持っていてください。そのほうがきっと息子も喜びますから』

父親はオリビアの手ごと、ペンを優しく包み込んだ。

『オリビアさん。そしてクラウディアさん。息子のためにここまで足を運んでくださりありがとうございました。息子の人生は決して長いものではありませんでしたが、それでもお二人と共に過ごした日々が息子にとってはかけがえのないものであったと、そう私は確信しています』

息子の形見をオリビアに託した父親。

茫然自失で店の奥へと消えていった母親。

その身を焼き尽くすような光景が、耐え難い痛みとなって胸の奥を焦がしていく。扉を閉める直前に聞こえた父親の慟哭を、クラウディアは一生忘れることはないだろう。

「……父ちゃんと母ちゃんを悲しませたくはないな」

エミルは項垂れてそう呟く。

「だよね。だからその気持ちだけ貰っておく」

コメットに括り付けていた菓子袋を手に取り、オリビアはエミルに渡して告げた。

「これはその気持ちに対するお礼」

「……お菓子だ！」

袋を開けて顔を綻ばせるエミル。二人の子供が華やいだ声を上げた。

「でも……こんなにたくさん貰っていいの？」

「いいの。みんなで仲良く食べて」

「うん！　ありがとうお姉ちゃん！」

子供たちに大きく手を振られながらオリビアは先に進んでいく。今の光景をアシュトンが見たら、きっと目を丸くして驚くに違いないだろうが。

（アシュトンの死が心の成長を促しているのだとしたら――これほど残酷なことはない）

遠ざかるオリビアの背を見つめていると、愛馬であるカグラが嘶いた。

「――ああ、私は大丈夫だ」

クラウディアが手綱を振るまでもなく主人の意を汲んだカグラは、オリビアの後を追うべく蹄を高らかに鳴らした。

Ⅱ

カナリアの街を後にした第一陣はさらに西へ進みながらイリス平原を経由、補給と休息を兼ねてカスパー砦に立ち寄り、滞在二日目に事件は起こるべくして起きた。

マシューから話を聞かされたとき、フェリックスとオリビアはリステライン城の地図を間に挟みながら、今後の方針を練っていた。

「間違いないのですか？」

「元は味方です。さすがに見間違うはずもないかと」

「数は？」

「二万強ってところです」

（確かキール要塞の兵力は八万くらいだったはず……）

第一連合軍との戦いで数を減らしていたとしても、蒼(あお)の騎士団を討伐するには少なすぎると言えた。

「負けるつもりはさらさらありませんが、正直やりたくもありませんな」

言って、マシューは大袈裟(おおげさ)に肩を竦(すく)めてみせた。

フェリックスはオリビアを見る。

「どう思います？」

オリビアは人差し指を頬に当て、

「今さらダルメスが約束を破るとは思えないなー」

「私もそう思います。以前ローゼンマリーにこちらの事情を記(しる)した手紙を送りました。その上でこちらにつくよう無理を承知でお願いした経緯があります」

「ローゼンマリー・フォン・ベルリエッタさんか。懐かしいなぁ……。ま、そういう事情があるなら味方になりに来たってことでいいんじゃない？」

「そう単純であればいいのですが……」

ローゼンマリーは竹を割ったような性格の持ち主だが、同時に打算的な人間であることも知っている。それだけに手放しで喜べる状況とは言えず、彼女の思惑を測りかねた。

「ここで色々と考えても仕方がないし、とにかく会って話をしてみようよ」

「そうですね……念のため蒼の騎士団に迎撃準備をさせておきます」

バイオレットに指示し、フェリックスはオリビアと共にローゼンマリーの下に向かう。

城壁前は殺伐とした空気が流れていた。

「仲良くお手々つないで登場とは余裕じゃないか」

こちらを威嚇するように立ち並ぶ紅と天陽の両騎士団を背に、ローゼンマリーは開口一番戯けて言うが、紅の双眸は少しも笑ってはいなかった。

「よくここにいることがわかりましたね」

「陽炎の情報収集能力を舐めてもらっては困る。それにしても元帝国三将のフェリックス様は、そんなことも忘れてしまったらしい」

見本のような嫌みを浴びせられ、フェリックスは思わず笑みを落とした。

「ここに来たのはそんなことを言うためですか？」

「半分は、な」

「ではもう半分は？」

聞くと、ローゼンマリーはオリビアを睨みつけた。

（やはりそうなるか）

予期した通りの展開に、嘆息するフェリックス。睨みつけられたオリビアはといえば、屈託ない笑顔でローゼンマリーに小さく手を振った。

「ローゼンマリーさん、久しぶりだね。元気そうでよかったよ」

ローゼンマリーは唾を吐き捨てるような舌打ちをし、

「相変わらず能天気な奴だ。オリビアには色々と貸しがある。もちろん覚えているよな？」

問われたオリビアは、口を開くことなくただ笑んでいる。

（これは絶対に忘れている）

オリビアの横顔を見ながらフェリックスはそう思った。

「貸したものはちゃんと返してもらわないと、な」

言うが早く、ローゼンマリーは地面を蹴りつけた――。

「――どういう、つもりだ？」

交差する剣越しにローゼンマリーが語りかけてくる。騎士団からどよめきに似た声が上がった。

「それはこちらのセリフです。自分勝手に話を進めないでください」

ローゼンマリーは妖しく瞳を光らせた。

「あくまでも邪魔をするつもりか？」

「わからない人ですね。ローゼンマリーが知らないこともまだあります。それを聞いてからでも遅くはないでしょう」

「……いいだろう。フェリックスには借りもあることだし今は従ってやる。だが聞くに値しないと判断したら問答無用で続きを再開する」

三歩後ろに下がったローゼンマリーが、ツンと顎を上げて話の続きを催促する。フェリックスはエルハザードを鞘に納め、手紙を送ってからの状況を詳細に語って聞かせた。

「──荒唐無稽な話だってことはこの際置いといて、真の黒幕はダルメスを操る死神ってことでいいのか？」

フェリックスは重く首肯することで、相違ないことを暗に伝える。

「死神ねぇ……」

呟くローゼンマリーは、オリビアに粘りつくような視線を浴びせ、唇の端を歪に吊り上げた。

「負けたなんてざまぁないねぇ。いい気味だ」

「うん、手も足も出なかった」

真剣なオリビアの言葉に、ローゼンマリーは再び舌打ちすると、忌々しげに口を開く。

「あたいの知らないところであたい以外の奴に負けてんじゃねぇよ……まさか二人がかりならその死神に勝てるなんて馬鹿丸だしの計算をしてねぇよな？」

「さすがにそんな計算はしてないけど、わたし一人より勝率が上がるのは確かだから」

「今や人類の命運が彼女の肩にかかっていると言ってもいい。万全な状態で死神に挑むためにも、彼女にかすり傷一つ負わせるわけにはいきません」

決意を込めて言うフェリックスに、だが、ローゼンマリーはせせら笑う。

「正気とは思えん。曲がりなりにも相手は神なんだろう？　どう逆立ちしたって勝てるわけのない戦に付き合うとは、お人好しも度が過ぎやしないか？」

「何度でも言いますが人類の命運がかかっています」

「人類の命運なんて知ったことじゃないし、信念を曲げてまで生き恥を晒すつもりもない」

「なるほど。つまり理屈ではないということですか……。どこまで行っても自分の仇を優先させるということであれば――」

排除もやむなしとフェリックスは柄に手を置く。緊張が一気に高まる中、ローゼンマリーだけは困ったような笑みを浮かべていた。

「覚悟のほどは十分伝わったからそう熱くなるんじゃないよ。相変わらず頭の固い奴だな」

どの口が言うのかと呆れながら、それでもフェリックスが柄から手を離すことはない。

ローゼンマリーは表情を真剣なものへと変え、

「ラムザ陛下は正気を取り戻した。間違いないな？」

フェリックスは口元を引き締めて答えた。

「今はファーネスト王国の賓客という形で遇されています」

「そうか……」

ローゼンマリーはオリビアを鋭く睨みつけた。

「どうやら借りができちまったようだから今回だけは力を貸してやる。ただしっ！　全てが片付いたらあたいと再戦だ。嫌とは言わせねぇぞ」

凄むローゼンマリーに対し、オリビアは身を引きながら頷く。フェリックスは確認の意味でローゼンマリーに問うた。

「今さらですけど本当によかったのですか？」

「本当に今さらだな。見てわかる通りあたいについてきたのは、紅と天陽の騎士団の中でも選りすぐりの馬鹿たちばかりだ。それだけに戦力は期待していい」

ローゼンマリーが肩越しに親指を突きつけて言えば、

「閣下、選りすぐりの馬鹿は余計ですぜ」

大柄な兵士の言葉に続き、騎士団から爆ぜるような笑声が上がった。

「偉大なダルメス皇帝陛下から蒼の騎士団討伐の勅命を受けている。ここまで言えば察しのいいフェリックスならわかるな」

「つまり我々を捜している振りをする、ということですか？」

ローゼンマリーはにたりと笑む。

「馬鹿正直に反旗を翻す必要性がどこにある。二万も動かせば体裁を取り繕うには十分だろう。フェリックスも同じ手法を取ればよかったんだ。今さら言ったところでどうしようもないが」

一時的な感情に身を任せたことは否めないだけに返す言葉もなく、フェリックスが取った行動は、ローゼンマリーから顔を背けることだった。

「ま、それでも愚直さを絵に描いたようなお前だからこそ、あいつらはここまでついてきたんじゃないのか」

弓を番えて城壁に展開する蒼の騎士団をまぶしそうに見上げながら、ローゼンマリーは納得したように一人頷く。

「キール要塞は動かないと断定していいのですね？」

総参謀長であるオスカーがここにいないということは、すなわちキール要塞に残っていることを示唆している。

オスカーがグラーデンの死の真相を知ったとしても、少なからず彼の人となりを知っているだけに、ローゼンマリーの行動を快諾しているとは思えなかった。

「あたいへの忠節と帝国軍人としての矜持の狭間で揺れているが、まぁ問題はない。だがこれだけは覚えておけ。劣勢だと判断すればあたいは容赦なく裏切るということを」

フェリックスは思う。本当に裏切るつもりがあるのならあえて口にする必要などない。

その時がくれば粛々と実行に移せばそれで済むことだ。

「ローゼンマリーも十分お人好しですよ」

フェリックスが苦笑交じりで言うと、ローゼンマリーは今日一番の舌打ちを披露した。


様々な思惑が交錯していく中、時代を象徴する者たちが続々と決戦の地へ集う。

最終決戦の幕が上がろうとしていた。

Ⅲ

光陰暦一〇〇一年。総勢三十万を擁する統合軍は、どこまでも続く赤茶色の大地と、巨大な岩山がそびえ立つ荒野――トライバル荒野の南部に着陣した。

一方の帝国軍も黒色鎧を身に着けた直轄軍を筆頭に、三十万からなる黎明の騎士団を従え、トライバル荒野北部に陣を敷く。

黎明の騎士団の中には元危険害獣である亡獣が多数目撃され、統合軍の動揺を少なからず誘うこととなった。さらには帝国の支配下にあるスワラン、ストニアの両国が軍を発し挟撃の構えを見せたことによって、帝国軍の総兵力は三十六万を超えるところとなり、数の上で統合軍を大きく上回る。

大陸史上最大規模となるこの戦いは、開戦前から死臭で満ち満ちていたと【デュベディリカ大陸史】は伝えている。

決戦前夜――。

天空に浮かぶ星々は神が流した涙だと誰かが言った。

時折吹く風が首筋を通り抜ける度に、大人になりつつある少女の身を縮こませる。

岩山の上で一人星を眺めていたオリビアは、背後から見知った足音が近づいてくるのを耳にし、静寂を乱さない程度の音量で声をかけた。

「軽身術を完璧に身に着けたね」

「それは買い被りというものですが、おかげさまで人が立ち入れない場所でもこうして足を伸ばすことができました。結果として誰よりも先んじて閣下を見つけることができましたし、なにより鼻に纏わりつく死臭もここまでは届きません」

クラウディアの物言いに、オリビアはささやかな笑みを落とす。片膝を立てる姿勢でオリビアの隣に腰を下ろしたクラウディアは、立てた膝に左腕を置いて空を仰ぎ見た。

「――綺麗ですね」

とくに相槌を打つことなく、オリビアは空に向けて左手を伸ばした。物語に出てきた少年がそうしていたように、オリビアもまた星を摑む真似事をしてみせる。

「それはなにかのおまじないですか？」

「違うよ。多くの苦難の果てに星を摑んだ少年が、神様に願い事を一つ叶えてもらうって本を読んだことを思い出したの」

当然オリビアの手の中に星が収まるわけもなく、

「実際はこの通りだけどね」

何もない手をひらひらとさせ、たははと笑った。

クラウディアは瞬きすることなく星々を眺めながら、

「明日はいよいよ決戦です。我々は勝てるでしょうか？」

「もう十分みんなと話し合ったからね。あとはやることをやるだけだよ」

総司令官をブラッドとし、ラーラとリオンが副司令官としてブラッドを補佐することになっている。亡獣が多数いるとわかった以上、サザーランドの戦術が役に立たないことは、オリビアも一部始終を観察していたから知っている。

よって戦いは前時代的なもの。確固たる戦略も戦術も必要とせず、より純粋な力を示した者がそのまま勝者となる。

オリビアの最初の役目は、数の劣勢を補うべく先制の一撃を見舞うことだ。

「それでも不安というものは尽きません。情けない限りです」

心配性のクラウディアらしいと微笑ましく思いながら、オリビアは彼女の不安を取り除くための話題を一つ提供することにした。

「フェリックスも決戦にあたって裏で色々と手を打ってくれたみたいだよ」

「フェリックス殿が……？」

「うん、だからきっと上手(うま)くいくよ」

「十分心強い話ではありますが、我々が戦うのは前面の亡者や亡獣、直轄軍だけではありません。後背に展開するストニアとスワランの両軍も決して無視できない存在です」

「無視はできないけど無視してもいいと思う」

「それは……」

「ええと、つまりバイオレットさんに任せておけば問題ないってこと」

スワラン、ストニア軍の対処はバイオレットに一任している。両軍合わせて四万とのことだが、彼女には二万の兵を預ければそれで十分事足りる。もちろん油断や慢心(まんしん)をすればその限りではないけれど、バイオレットの部隊と交戦した経験から鑑(かんが)みるに、クラウディアの心配は杞憂(きゆう)に終わるだろう。

勝利条件は亡者を操るダルメスと、黒幕であるゼーニアを討ち取ることに尽きる。ダルメスを倒せば亡者は本来の理(ことわり)に戻るはずなので、無理に全滅させる必要はない。

こちらの意図を悟られることなく守りの戦いに徹すれば、十分持ち堪(こた)えることができるとオリビアは踏んでいた。

不安を滲ませるクラウディアへ、

「大丈夫大丈夫。肩の力が入りすぎると勝てる戦いも負けちゃうよ」

努めて明るく言えば、クラウディアは瞼を閉じて微かに笑む。

「ここにアシュトンがいたらきっとこう言うのではありませんか。人類の命運をかけた戦いなのに軽すぎる、と」

オリビアはわけ知り顔で頷き、

「アシュトンならきっとそう言うだろうね。多分大きな溜息つきで」

互いに屈託なく笑った後、クラウディアが真剣な表情でオリビアを見つめた。

「閣下が立ち向かう敵は私などでは計り知れないほど強大な存在。傍にいても邪魔にしかならないことはよくわかっています。私にできるのは閣下の無事を祈ること、ただそれだけ。そんなことしかできない自分がどうしようもなく腹立たしいです……」

握り締められたクラウディアの右手に、オリビアは左手をそっと重ねた。

「頼りないかもしれないけど、期待に応えるようわたし頑張るから」

「私が閣下の副官になってから期待を裏切られたことなど一度もありません。今も昔も私にとって閣下は最高の上官であり……――」

静寂が二人に降り落ちる。

続く言葉を待つオリビアは、綺麗なクラウディアの横顔にほんのりと赤みがさすのを目にする。

冷たい風が再びオリビアの首筋を通り抜けた。

「上官、であり……」

「上官であり？」

「と……」

「と？」

「と……と……と、ともだちですっ」

言って恥ずかしそうに顔を覆うクラウディア。あんまり照れるものだから「あはは」と笑って誤魔化したけれど、すぐにそれでは駄目だとオリビアは重ねた手を強く握る。

クラウディアの身体がびくりと震えた。

「──上官に対して非礼極まる発言をしました。どうか忘れてください」

オリビアは首を振り、

「こんなに嬉しいことを言われたのに忘れることなんてできないよ。だってわたしはずっとずっとずーっと前から、クラウディアを友だち──ううん、親友だと思っていたから」

「親友……？」

呆けた顔をするクラウディアへ、オリビアは覚悟の言葉を伝える。自分のためではなく、ただ友の無事を願って。

「わたしは生きて帰ってくる。だからクラウディアも生きて私を出迎えて」

差し出した小指に、しなやかな小指がそっと絡みつく。言葉は必要なかった。

その後も二人は飽くことなく星空を眺め、思わず首を竦めてしまう風が吹き抜けたのを頃合いに、クラウディアは腰を上げた。

「大分寒くなってきました。そろそろ戻りませんか？」

「わたしはもう少しだけここにいるよ」

「ではこれをお使いください」

クラウディアは身に着けていたマフラーをオリビアの首に手際よく巻くと、自身はトンと軽快に片足を跳ねさせ、次の瞬間には闇へ吸い込まれるように消え去っていく。

「やっぱり完璧な軽身術だよ」

顔を上げたオリビアは空に向かってもう一度手を伸ばし、星を包み込むように指を動かした。手の中に星は――ない。

オリビアは握った拳を胸に押し当て、微笑む。

（願いは叶えてもらうものじゃなく自分の力で摑みとるもの。だからこそ唯一無二の価値がある。そうだよね、アシュトン）

オリビアは首に巻かれたマフラーを口元に引き寄せる。

（あったかい……）

肌を切るような真冬の風も、今のオリビアに届くことはなかった。

Ⅳ

死喰い鳥すら逃げ出す戦場で交錯する生の裂帛と死の豊穣は、現実感を酷く朧げにしていた。

帝国軍と統合軍が横一線で睨み合う蒼天の下、帝国側にそびえ立つ岩山の一つに身を置くオリビアは、在りし日のオットーから貰った懐中時計を押し開く。

(あともう少しか――)

懐中時計を懐に戻したオリビアは、亡者の大軍を見て呆けている妖精に声をかけた。

「どうしたのコメット？」

「僕の名前はシルキーだ！　いい加減覚えろ」

「あはは。ごめんごめん。ボーッとしてたみたいだけどどうしたの？」

「ボーッとなんてしてない。フェリックスからへちゃむくれのお目付け役に抜擢された僕がボーッとするわけないじゃないか」

言い切ったシルキーは、風に乗って亡者の声が聞こえてくると、ビクッと身体を震わせた。

「……もしかして怖いの？」

「ばばばばばかを言うんじゃありませんことよ。華麗なる妖精族のシルキー・エアー様がたかが屍人程度で怖がるわけないじゃありませんかおほほほほほっ」

「……すっごい早口だね。喋り方もなんだか変だし」

「くっ！」

シルキーは桃色の髪の毛を目茶苦茶に掻き毟ると、一転してオリビアをねめつけた。

「へちゃむくれの魔術とやらは本当に使い物になるんだろうな！」

「多分大丈夫だと思うよ」

「多分？　思う？　けっ！　ラサラはへちゃむくれに一目置いているみたいだけど、僕は信用してないから。これっぽっちも信用してないから。ま、役に立たなくても心配するな。そのためにお目付け役の僕がここにいるんだから。僕の妖精魔法を見たら腰を抜かすぜ」

言って、シルキーは意地の悪そうな笑みを浮かべた。

初めて会ってから今日に至るまで、なぜここまで攻撃的に接してくるのかわからない。シルキー自身は知らないことだけど、フェリックスとラサラから面倒を見てやってほしいと頼まれていたりする。

面倒そうだから本人には言わないけれど。

「そろそろ時間だね」

「ふん。お手並み拝見といこうか」

偉そうに腕を組むシルキーを横目に、足を大の字に開いたオリビアは、パンと勢いよく両手を合わせ、練り込んだ魔力と取り込んだ魔素を高密度に圧縮する。重ねた手のひらの隙間から一筋の光が放たれれば、追随するように幾条もの光が解き放たれていく。

最初に生じたのは爪の先程の光玉だった。オリビアが閉じた両手を左右へと開くに従って、光玉は悲鳴のような甲高い音を断続的に響かせる。

自然界では決して見ることのない黒い稲光を内包しつつ、光玉は膨張と明滅を絶え間なく繰り返しながら荒野に巨大な影を広げていく。

「惑星・百色天晶」

オリビアによって創り出された第二の太陽というべき、だが、太陽とは似ても似つかない百色の輝きを放つ光玉は、帝国軍の頭上に向けて重力に導かれるがまま降下を始める。

「おまえ……いったいなんなんだよ」

腰を抜かしたシルキーが震える声で言う。

高らかに鬨の声を上げていたはずの統合軍は、言葉と眼前の脅威を忘れてしまったかのように、幻想的な光景をひたすら見つめていた。

音はなく、あるのは百色の光だけだった。

亡者や亡獣が光の奔流に飲み込まれ、そして跡形もなく消え去っていく。

紅と天陽の騎士団を率いるローゼンマリーが一人自虐の笑みを零していると、かつてオリビアと矛を交えた陽炎のアルヴィンが口を開いた。

「私は未だ思い違いをしていたようです。神話で語られるがごとき光景を、単なる化物風情が作り出せるはずもありません」

「その言いよう、まるでオリビアが神のごときじゃないか」

茶化すように言えば、アルヴィンは恐怖を顔に張り付けたまま笑むという芸を披露する。

「むしろその発言こそ、ローゼンマリー閣下がそれと認めているようなものでは？」

思わぬ反撃を受けたローゼンマリーは、舌打ちと共に拳を強く握り締めた。

（魔術のことはフェリックスから聞いてはいた。だがここまでの威力だと誰が想像できる。単騎で国堕としすら可能と思わせる力じゃないか）

オリビアと決着をつけると息巻いていたかつての自分を、今はひたすら殴ってやりたいと、本気でそう思う。オドの力を十二分に発揮したとしても勝利への道筋は針の穴ほどもなく、片や敗北へと至る道筋は無限に広がっている。

「今はただ彼女のことが恐ろしい。それだけです」

飾らないアルヴィンの言葉がとても好ましく思えた。

「ああ、恐ろしいな。だが恥じることじゃない。恐れは生き抜くための重要な要素だ」

アルヴィンは光玉を見つめたまま、

「――復讐を諦めるつもりはありませんか?」

突然の問いは、ローゼンマリーの心に小さな波紋を起こした。

(復讐、か……)

次元の違う力に臆したわけでも、ましてや恩人をその手にかけたオリビアを許したわけでもない。しかしその一方で、彼女に対する怒りが薄まりつつあるのも自覚している。確かにあったはずの決意は今や行き場を失くし、軸の歪んだ感情を持て余してしまう。

一石を投じた本人は浅く腰を折り、

「一介の陽炎ごときが出過ぎたことを申しました」

気持ちを切り替え、ローゼンマリーは声の調子を一段引き上げた。

「しかしお前もほとほと酔狂な男だ。引き返す機会はいくらでもあったというのに。もはや裏切り者のそしりから免れることはできないぞ」

「私は陽炎としてこの戦いの結末を見定めたいだけです。それはローゼンマリー閣下も同じではないですか?」

含みを持たせたアルヴィンの視線が左へ流れる。最右翼に陣を構えたローゼンマリー軍の隣には、蒼の騎士団が堂々と布陣していた。

ローゼンマリーは鼻を鳴らし、

「この日を迎えた今、誤魔化す必要もなくなった。それだけのことさ」

アルヴィンは納得顔で頷き、次に小さな笑みを落とした。

「それにしても未だ警戒されているようですね」

蒼の騎士団は右側面に重厚な防御陣形を築いている。こちらが少しでもおかしな動きを見せようものなら、蒼の騎士団は一切の躊躇を見せることなく、餓狼のように襲いかかってくるだろう。

人はフェリックスの華麗さばかりに目を引かれるが、彼の率いる蒼の騎士団は死を糧とする比類なき戦闘集団。そこに華麗さなど微塵もない。反旗を掲げるその日まで帝国最強の軍であり続けたことには、それなりの理由がある。

「あいつの立場からすれば当然だ。文句をつける筋合いはないさ」

神々しさと破滅を兼ね備えた光を紅の瞳に焼きつけながら、ローゼンマリーはダルメスとその背後で暗躍する死神に思いを巡らす。

（あんな出鱈目な力を以てしても、一方的に敗北したとオリビアは言っていた。敵は正しく神なのだろう。そんな相手に再び挑もうというのだからオリビアも、そして付き合うフェリックスもまともじゃない。そんなまともじゃない奴らに同調するあたいも大概どうかしている）

徐々に輝きを失う光を見やりつつ、アルヴィンは自戒を込めて呟いた。

「彼女の言葉が真実その通りだとして、我々がやろうとしていることは無意味ではないでしょうか。水が下から上に流れないのと同様に、人間が神に勝つこともまたあり得ません」

「ならここで化物よろしく腐っているか？　退路を自ら断ち切ったのなら、あとは這ってでも前に進み続けるしかないだろう。たとえ泥に塗れることがわかっているとしても」

柄を強く握り締め、歯を凶悪に剝き出し、ローゼンマリーは闘争本能に導かれるがままオドを開放していく。

光が完全に消失すると、本陣から戦いを告げる角笛が鳴り響いた。

V

ブラッドは軍を大きく三つに分けた。

王国軍と蒼の騎士団で構成されたブラッド率いる中央軍。

聖翔軍と紅・天陽の騎士団で構成されたラーラ率いる左軍。

サザーランド軍で構成されたリオン率いる右軍。

戦いの要である魔法士に関しては、各陣営に一人ずつ配置することで、率先して亡獣を狩る困難な役割を命じた。

ブラッドは三つに分けた軍を時計回りに運用することで兵士の疲労を極力軽減し、昼夜問わず動き続ける帝国軍に対抗した。そして戦いは、ブラッドが予想した通りの展開となっていく。

リオンが率いる右軍に配置されたヨハンはといえば、休むことなく魔法を行使しながら亡獣を駆除し続け、さらに移動した先で危険害獣一種に指定される〝氷狐〟の群れが味方を襲っている様を目にし、思わず泥のような溜息を吐いてしまう。

「こっちは体力も魔力も有限なんだ。少しは手加減してくれよ」

愚痴を吐いたところで現状に変化が生じるはずもなく、ヨハンは視界に収めた氷狐に向けて矢継ぎ早に指を弾き鳴らす。その度に氷狐から炎が上がるも、蹂躙を止めるつもりはさらさらないようで、その大半は炎に身を焼かれながらも味方を襲い続けている。

そこに亡者の群れが加わった結果、混沌に混沌を積み重ねたような光景が産み落とされてしまった。

「魔法士様、危ないところをありがとうございました――」

ヨハンは震える声で感謝を述べてくる兵士には目もくれず、

「拾った命を無駄にするな。動ける負傷者を連れてさっさと消えろ」

「は、はっ！」

兵士はヨハンの命令を愚直に実行し、数人の負傷者を連れて去っていく。

「――さて、と」

兵士との短いやり取りの間に大方食事は済んだのだろう。白濁した氷狐の瞳は、今やヨハンただ一人に注がれていた。

「人間は火を獲得して初めて獣と対等に渡り合うことができた。死んでいるとはいえお前らも元は獣だ。獣は獣らしくちゃんと火を恐れたらどうなんだ」

実際軽口を叩けるほどヨハンに余裕があるわけではない。これまで駆除してきた危険害獣二種の亡獣と比べて力は大きく劣るとも、それが群体ともなれば二種以上に大きな脅威となり得る。人間も獣も根幹の部分は一緒だ。

群れの中の一匹がヨハンに向けて疾走を始めると、堰を切ったように群体が押し寄せてくる。

「おーおー、やだねー。死んでいる分際で殺気立ちやがって」

ヨハンは身体強化の魔法〝剛風〟をその身に施す。

無秩序極まる攻撃を巧みな足捌きで躱しつつ、氷狐の脚だけに狙いを定めて切り飛ばしていく。機動力の大半を奪ったところで息を繋いだヨハンは、一瞬の空白を突くように急降下してくる吸血鳥に気付くのが遅れてしまう。

瞬時に思考は生きるための道を模索し始めるが――――。

(――無理だな)

回避の道はすでに断たれ、防御魔法を展開する時間的余裕もない。笑えるほどあっけなく生が終わろうとしていた。

（まだまだやりたいことはいくらでもあるっていうのに）

絶体絶命の状況にあってもなお不敵に笑んでみせたヨハンは、黒い羽をまき散らしながら迫り来る吸血鳥に向けて、左手を突き出す。

思い浮かぶのは、無邪気に笑うアンジェリカの顔だった。

「俺は酷く寂しがり屋でな。悪いが一緒に死んでもらう。とは言っても一度は死んでいるんだ。今さら文句もないだろう」

鋭いくちばしの先端が胸に触れる寸前、吸血鳥のさらに上から巨大な影が降り落ちてくる。ヨハンが影の正体を確かめるより前に、視界は白で埋め尽くされてしまった。

（何が起きている……？）

生存本能の赴くまま飛び退くヨハンの視界に映ったもの。それは吸血鳥を軽々と踏み潰す神々しいまでの巨獣だった。

（こいつは……!?）

全身を覆う新雪のような体毛は気品を漂わせ、王者の風格すら感じさせる。それだけでほかの獣とは一線を画しているが、なによりも亡者や亡獣に共通する腐臭を一切まき散らしていない。

知性を強く感じさせる黄金の双眸(そうぼう)は、ヨハンを威圧するように見つめていた。

（こいつは獣の王か！）

剣に炎を纏(まと)わせて臨戦態勢をとるヨハン。直後、

「慌てるな若造、我らは味方じゃ」

頭上から聞こえてきたのは威厳に満ちた、しかし、明らかに幼子(おさなご)の声。

「味方――だと？」

油断なく顔を上げれば、巨獣の頭の上で仁王立ちする幼女がそこにいた。


「大分戸惑(とまど)っているようだぞ」

「らしいな……それにしても年寄りにこんな面倒ごとを押し付けおって」

百害あって一利なしの戦争に加担している自分がほとほと嫌になる。それでもフェリックスたっての願いを無下にすることはできなかったラサラである。

「人類の命運とやらがかかっているのだろう。我にとってはどうでもよいことだがお主はそうではあるまい」

「くどくど言われんでもわかっておる。だから皆まで言うな」

金剛杵(ヴァジラ)からひらりと降り立ったラサラは、警戒する青年の前に歩み寄り、適度に引き締まった身体(からだ)に目を配(くば)った。

「――ふむ。体の隅々にまで魔力が充足している。才に溺れることなく研鑽を積んでおるのは感心なことだが、それにしても脇が甘い。だから致命的なミスを犯す。わしがおらねば今頃は胸に大きな風穴が空いておったところだぞ」

カカと笑うラサラに対し、青年は警戒を絶やすことなく、

「……なぜ帝国の魔法士が私を助ける？」

「ほう……小僧が口でも滑らせたか？　一応言っておくが今の帝国とは何の関わり合いもない。屍人を操る帝国などなおさらじゃ」

ラサラが眉を顰めて不快を表明すれば、青年は素直に謝罪の言葉を口にした。

「どうやらこちらの情報不足だったようです。大変失礼しました。それと失礼ついでに言いますと、見た目通りの年齢ではありませんね？」

意外な質問を寄越す青年へ、ラサラは軽い睨みをきかせた。

「淑女に対してあるまじき質問ではあるが、一目でそれと見抜いた眼力は褒めてやろう」

「私は魔法よりも女の扱いに長けていますので」

「ふん。それだけの口が利けるならまだやれるな。若造には左の危険害獣共を任せる。視野を大きく広げて対処せよ。魔力もまだ十分に残っている。できぬとは言わせぬぞ」

ラサラの大きな瞳が射貫くように青年を捉える。予想を超える数の亡獣が蔓延っている以上、優秀な魔法士を遊ばせておく余裕はない。

ここで初めて警戒を緩めた青年は、

「まさかここであの口うるさい師匠を思い出すとは思いませんでしたよ」

ラサラは両腕をむんずと組み、顎をツンと上げて言った。

「我が弟子であればその尻をすでに百回は叩いておるところじゃ」

「尻を叩くのはご勘弁を」

青年は軽く頭を下げて謝意を示すと、ラサラに背を向けて大きく息を吐いたのち、西に向かって疾走する。

(師がよほどできた人物だったのか、魔法士特有の驕りも見られない。小僧とはまた違った可愛さがある奴じゃ)

笑んだラサラは、周辺の屍人を一掃した金剛杵に目を向けた。

「やはりお主の声は届かんか?」

「駄目だな。依然として反応が返ってこない。もはや死んでいるのを疑う余地はないだろう。我もそれなりに永き時を生きているがこんなことは初めてだ」

「敵は死を頂きとする神とその傀儡らしいからな。このくらいのことはできて当たり前なのかもしれん」

「神か……」

呟き、そのまま押し黙る金剛杵。西の空から巨大な火柱が上がったのを境に、ラサラは心の奥底に秘めていた疑問を唇に乗せた。

「どうして手を貸す気になった？」

「どうしてもなにもお前が助けてくれと頼んできたのだろう。いよいよ耄碌したか？」

「誰が耄碌ババァだ！」

「………」

金剛杵から生暖かい目を向けられたラサラは、ツツと顔を逸らし、コホンと息を整えて質問を続けた。

「人間を許す気になったのか？」

言うや、金剛杵はてらてらと光る牙を剝き出し、今にも噛み殺しそうな勢いでラサラに顔を近づけた。

「愛しい我が子を殺した人間を許す？　そんな日が未来永劫来ることはない」

「ではなぜ手を貸す」

ラサラは表情を変えることなく、淡々と質問を繰り返す。

「死してもなお辱めを受ける同胞を見過ごすことはできない。単にそれだけのことだ」

時間というものはたとえそれがどんなに忘れがたい記憶であったとしても、意思とは無関係に風化させていく。それでも人間に対する不信が消えることはないだろうが、手当たり次第に憎しみをぶつけることがなくなったくらいには時が経ったのだろうと、顔を背ける金剛杵を眺めながらラサラは思った。

「まぁ理由はどうであれ手を貸してくれるのは助かる。さすがの大魔法士でも今の状況は少々手に余るのでな」

「ふん……しかしここを凌いだとしても大本を叩かなければ意味がない。あやつとガラシャの末裔だけでどうにかなるのか？」

「さて、な……」

漠然と抱えていた不安の終着点は、想定していた最悪を遥かに凌駕していた。

開戦直後にオリビアが行使した魔術の本領を目にした今、ラサラがオリビアやフェリックスと肩を並べて戦うことはない。またその資格もありはしない。ラサラがしてやれることは、二人が生還することを信じ、二人の帰る場所を守るだけである。

金剛杵の頭に飛び移ったラサラは、朱色のマントを颯爽と翻し、勇ましく声を張った。

「行くぞ！」

「偉そうに……」

ラサラと金剛杵は進路上の亡者を派手に蹴散らしながら東へと突き進む。

そして、世界の命運を託されたオリビアとフェリックスは……――。

Ⅵ

魔術をもって帝国軍に先制の一撃を与えたオリビアは、その足で速やかに戦場から退く と、事前に示し合わせた場所でフェリックスと合流した。

「シルキーの姿が見えませんが？」

「それがなんだかよくわからないんだけど、凄く怒りながらラサラのところに戻って行っちゃった」

再会したコメットの首筋を撫でながら答えれば、フェリックスは少しだけ考える素振りを見せたのち、自分の馬にひらりと跨った。

「何にしても戻ってくれたのはありがたいです。すぐに出発しましょう」

それから愛馬を疾駆させること五日。帝国軍の監視網を潜り抜けながら、二人は帝国領の西端に位置する辺境の農村に足を踏み入れようとしていた。

道沿いから少し左に外れた先、深い木々に覆われたトンネルのような坂道を登りきると視界が一気にひらけ、広大な盆地の中に点在する藁葺き屋根の家や田畑が一望できる。

時々辛そうに腰を叩きながら鍬を振る農民や、懸命に手斧を振って薪を作る小さな子供の姿は、どこか悲壮感を漂わせている。

国土の七割が寒地である帝国は作物が育ちにくい。辺境ともなれば状況はさらに過酷で、そこで暮らす人々にとっては今日を生きるだけが全てとなってしまう。為政者が勝手に始めた戦争など、彼らにとっては迷惑以外の何物でもないだろう。

フェリックスが複雑な心境で農村を見渡していると、オリビアが遠慮がちに腕をつついてきた。

「どうしました?」

「ここで休憩するの?」

「いえ、この村には馬を預けに寄っただけです」

「え? 預けちゃうの? なんで?」

「この辺りはまだしも、帝都に近づけば近づくほど見つかる可能性は高くなります」

「ふむふむ。それで?」

オリビアの相槌に、フェリックスは笑いを堪えながら説明を続けていく。

「時間も限られている以上余計な衝突は避けねばなりません。なので、これからは山伝いに進みながら帝都を目指そうと思います。場合によっては馬が足枷となってしまうので」

「なるほどそういうことか。じゃあコメットともしばらくお別れだね」

オリビアがコメットに声をかけると、コメットは寂しそうに小さく嘶いた。項垂れているようにも見え、オリビアに懐いているのがよくわかる一幕だった。

「多少であれば休息も可能ですがどうします?」

「わたしは疲れてないから大丈夫だよ」

「では先を急ぐことにしましょう」

程なくして馬屋を見つけたフェリックスは、飼い葉を与えていた農夫に少し多めの金を渡して馬を預け、二人は早々に村を後にする。

「先程も言いましたが時間的余裕はそれほどありません。ここからは俊足術でいきます」

「わかった」

姿なく、弾くような音だけが東に向かって鳴り響く。

二人が帝都に到着するまで今しばらくの時を必要としていた。

Ⅶ

統合軍　バイオレット陣営

開戦の火蓋が切られてから一週間あまり。

背後から挟撃するべく迫るスワラン・ストニア連合軍に対し、ブラッドから抑え役を命じられたバイオレットは、とある作戦を水面下で進めていた……。

「――敵は誘いに乗ってきたかしら？」

「一度は乗りましたがすぐに引いてしまったとのことです。部隊長の話だとおそらくは罠を警戒したのだろうと」

伝令兵の話を聞いたバイオレットは、開戦当初からの疑念を確信へと変えた。

「やはり本気で戦う気はないようですね……」

「は……？」

「ただの独り言です。気にする必要はありません」

「はっ！　失礼いたします」

伝令兵が立ち去ったタイミングで、前線で指揮を執っていた副官のカサキ少佐が戻ってきた。

「本気で戦いたくはないとはどういうことでしょう？」

バイオレットはカサキを軽く睨みつけた。

「盗み聞きとはあまり感心しませんね」

「盗み聞きなど滅相もございません。ただ人より耳が優れているのが唯一の取り柄でして」

悪びれる様子もないカサキを見て、バイオレットはうんざりしながら答えた。

「どうもなにもそのままの意味です」

「しかし私が見る限り本気で戦っているようですが」

「ならば指揮する人間が非凡ということでしょう。優秀な副官の目を欺くくらいには」

　前半部分はさておき、後半部分は皮肉をたっぷり利かせたつもりだった。しかし、当の本人には全く伝わらなかったらしく、挙句の果てには「それは相当に切れ者ですな」などと、神妙な顔でのたまう叔父を、バイオレットは畏怖を込めた目で見つめた。

「事の是非はともかくとして、後顧の憂いを断つためにも積極的に打って出るべきとの意見が指揮官たちから出ております。直接士気に関わることでもあるので、ここは彼らの意見を積極的に取り入れていくべきでしょう」

　スワラン・ストニア連合軍四万に対して、バイオレット軍は二万と半数にしか満たないが、兵士は全て蒼の騎士団で構成されている。

　剣を交えてそれなりの時間が経過し、数の不利を考慮に入れても攻勢に出ることは十分可能だと、指揮官たちは判断したのだろう。その判断は概ね正しいと言える。

「そういった意見も出る頃だろうとは思っていました」

　バイオレットは感想を述べるだけにとどめた。賛同する意思がないと踏んだらしく、カサキは新たな提案を口にする。

「ではいっそのこと休戦を呼びかけてみてはいかがでしょう。スワランもストニアも所詮は帝国の傀儡。戦いを強要されているに過ぎません。茶番で兵士を損なうこともありますまい」

「その帝国から討伐命令を受けているのです。あなたが同じ立場ならこちらの誘いに乗りますか？」

間違いなく監視の目があろう中で、戦う以外の選択肢が与えられているはずもない。カサキの提案はどこまでいっても相手の事情を無視したものだった。

「では戦術に変更なしということで」

慇懃に言って、幼子のように唇を尖らすカサキ。言葉と態度がまるで一致しないちぐはぐな様子に、バイオレットは思わず吹き出してしまう。

「カサキはこう言いたいのですか？　茶番はさっさと切り上げて亡者や亡獣と一戦交えるべきだと」

カサキは不愉快そうな顔つきでバイオレットを見る。それが収まると今度は左手を筒型にし、その中へ空々しい咳払いをして言った。

「大分欠け落ちたとはいっても、残された牙で喰らいつく可能性は否定できません。ならば余計な刺激は与えず、このまま茶番に付き合うのがよろしいかと存ずる」

お手本のような手のひら返しを見せられ、バイオレットは苦笑するほかない。主家の娘を案ずる気持ちもわからなくはないが、戦場においては無用な気遣いだった。

「この戦いは何かを得るための戦いではありません。これまで通り積極的に打って出ることはせず、守りを固めることが肝要です。今の段階で与えられた役割以上のことをする必要性はどこにもないのですから」

　カサキは承知しながらも、バイオレットから視線を外そうとはしない。

「甘い、と言いたいのかしら？」

「いえ……ただ閣下の温情を逆手に取り、敵が攻勢に転じないとも限りません」

「そのときは――」

　バイオレットは滾る戦意を言葉に宿す。

「蒼の騎士団の恐ろしさを骨の髄まで叩き込めばいいだけのこと。憂える必要などどこにありましょう」

　カサキは右膝を流れるように地面へ落とし、恭しく頭を垂れた。

「閣下の仰せのままに」

スワラン・ストニア連合軍　本陣

「さすがの蒼の騎士団も積極的に仕掛けることに躊躇を覚えるか」

　見当違いを口にするスワラン王国のリベラル・エルトリア元帥に、ストニア公国のセシリア・パラ・カディオ大将は、心の中で重い息を垂れ流す。

　かつてストニア公国は神国メキアに大敗を喫し、軍の象徴たるオーギュスト・ギブ・ランバンスタイン元帥を筆頭に多くの重臣を失った。

　オーギュストに後を託されたセシリアは、ストニア軍を率いる立場となって望まぬ戦場に再び立っている。

　セシリアはたなびくアナスタシア家の軍旗を見やりながら、

「蒼の騎士団を指揮するのは当代随一の名将です。我々の意図を汲んで攻勢に出るのを控えているに過ぎません」

「我々の意図、ねぇ……」

　含みのある物言いに、セシリアは露骨に眉根を寄せた。

「納得の上だと思っていたのは私だけでしょうか？　蒼の騎士団が本気で動けば二倍の兵力差などものともせず、三日を経ずして連合軍は瓦解するでしょう。何度でも言いますが我々が烏合の衆であることを忘れてはいけません」

　リベラルは腕を組んで自嘲の笑みを漏らし、

「今さら烏合の衆であることを否定するつもりはない。だなが、アレが今の状況をよしとするとも思っていないんだよ」

　リベラルの言うアレが、帝国軍から派遣された監視者を指しているのは言わずもがな。漆黒の鎧に身を包む監視者は、今も陣の片隅から薄気味悪い視線をこちらに向けている。

「だからこそそうと悟られないよう立ち回っているのです！」

　文句を口にするセシリアの声は、監視者の目を気にして自然と小声になっていた。

　リベラルは笑みを消すと、真剣な表情を覗かせて言う。

「今の帝国は我らが知っていたかつての帝国とは違う。あの化け物を前にしては逆らう気など爪の欠片ほども起きん。どんな経緯があったにしろ、反旗の旗を公然と振りかざす蒼の騎士団の気が知れない。セシリア殿も同じ気持ちだと俺は思っていたが」

返す言葉がなかった。

蒼の騎士団反逆の報は、旅商人を通じてセシリアの耳に入った。同時にもたらされた奇怪極まる噂話は、帝国の使者が訪れたことで真実だと知る。

そして、実際に化け物を目にした今、脅威は想像を遥かに超えてなお計り知れないものだと痛感した。

（それでも私は……）

リベラルがセシリアに憐みの目を向けてくる。ただそれは自分自身に向けているようでもあった。

「我が王は未だ幼い。国を守るため、今はどれほどの泥水を啜ろうとも生きねばならん。それは偉大なオーギュスト元帥の後を引き継いだセシリア殿も同じはずだ」

「ですがリベラル殿も見たはずです。あの光を」

どこまでいっても相手頼みの戦術を立案したのは、戦う相手がバイオレットと判明したこともあるが、一番の理由は化け物を瞬時に消し去る光景を目にしたから。

神の鉄槌がごとき光に、セシリアは希望を見出したのだ。

「魔法か……確かに魔法士が神の使徒と呼ばれているのがわかるに足る力だった。セシリア殿があの光に希望を見出したのもわかる」

「でしたら――」

リベラルは目だけでセシリアの言葉を遮り、

「だが所詮は使徒止まり。神に勝てる道理はない」

反論できるだけの根拠を、セシリアは何一つ持ってはいなかった。自然と下がった視線は、地面をひたすら見つめるという意味のない行動に徹する。

「今しばらくはセシリア殿の戦術で構わんが、状況に少しでも変化が生じたらその限りではない。またアレが感づいた場合も同様だ。それは承知してもらおう。どうしても納得いかないのであれば好きにするがいい。ただし、スワランとは一切関わり合いがない旨の誓紙は差し出してもらう。異存はないな？」

口調こそ物静かだが、だからこそリベラルの覚悟のほどが伝わった。

「異存は……ありません」

所詮は帝国に命じられただけの希薄な共闘関係。一枚岩でいられるはずもなく、セシリアは言いたいことの全てを押し殺して同意する。

「恨むならこんな時代に生まれ落ちた己の不運を恨むんだな。――まぁ今回ばかりは運に恵まれたのかもしれんが」

捨て鉢のような言葉と自嘲を残し、リベラルはセシリアに背を向ける。セシリアはマントに描かれたスワランの紋章を見つめながら、

（あなたは今だけを見て先を見ていない。あの化け物たちが今後自分たちに向けられるかもしれないと、どうして考えないのです）

異様な寒気を感じたセシリアは、両手で肩を抱き寄せて一人空を見上げる。

（今は希望にすがるよりほかないのです……）

たとえそれが消えゆく蠟燭（ろうそく）のような希望であったとしても。

I

残り香のような光もいつしか消え去り、渓谷(けいこく)は真新しい闇で塗り潰されていく。

本来なら決して手を取り合うことがなかった一人の青年と一人の少女は、今、同じ目的のため共に駆けながら、間もなく帝都オルステッドを射程圏内に収めようとしていた。

（ここを抜ければ帝都は目と鼻の先。いよいよ……）

フェリックスは並走するオリビアを見る。陽炎(かげろう)のような景色の中で見る彼女の表情は、帝都に近づくにつれて硬さを増しているように思えた。

「――この坂を越えれば渓谷を抜けます」

「じゃあ湖の小屋までもう少し……」

玄妙(げんみょう)な殺気を察知し、地面を削りながら俊足術を解除した二人は、殺気に似つかわしくない朗らかな若い男の声を聞く。

「一手」

正面の虚空(こくう)が歪(ゆが)み、無数の白大蛇が二人に向かって殺到する。

フェリックスは白大蛇を搦め捕るようにエルハザードを薙ぎ払い、オリビアは一足飛びに空へ舞う。

「二手」

続く女の声は無機質そのものだった。がしかし、すぐに感情豊かなものへと変容する。

「あェ？」

尋常でない刃風と並行して、両断された死体が血の雨と共に降り落ちてくる。

フェリックスは白大蛇を薙ぎ払った体勢のまま、即座に腰の真裏に手を回す。そして、素早く抜き取ったナイフを闇の一点に向けて投げつけた。

蒼い光を帯びたナイフは闇へと吸い込まれ、砕けた黒仮面が斜面を滑り落ちていく。

黒仮面に描かれた白蛇の模様を目の端に捉えた刹那、

「三手」

死角から伸びるのは、髪の毛一本程度の極細な殺意。だが、届けば確実に致命だとフェリックスの本能が警鐘を鳴らす。

回避は——不要。

風を纏いながらフェリックスの背後を横切ったオリビアが、殺意ごと剣で穿ちながら襲撃者もろとも視界の外へ消えていく。

直後、一瞬にして世界は灰色に染まり、天地が逆転した。

「!?」

まるで金縛りにでもあったように指先一つ動かすことができず、四方八方からの斬撃を誤差なく喰らってしまう。それは体感にして一秒にも満たない出来事だった。

「――ツッ!」

景色が元に戻るのと同時に、フェリックスは膝を落としてしまう。奇妙なのはあれだけの斬撃を浴びたというのに、痛みばかりが鮮明で肝心の出血がないこと。この時点でフェリックスは、オドを介して脳に錯覚させる幻術だと悟るも、脳が誤認だと上書きするのには、どうしても数秒の時を必要としてしまう。

その間隙を縫うように、老熟した声がぬるりと耳に滑り込んできた。

「死手。詰みだ」

未だ身体が思うように動かせないフェリックスに対し、木の幹の反動を利用した襲撃者が飛行状態で襲い来る。雲に紛れてたゆたう真円の光が、突き出された得物が黒刀であることを辛うじて照らし出している。

刃が届くまでおよそ――二秒。

フェリックスは到達時間を予測し、今の状態でもギリギリ攻撃を回避できると判断した。襲撃者は攻撃が必中であることを確信している。隙はそこにある。不利な体勢のまま、それと悟られないようカウンターの一撃を狙う。

無音で迫り来る黒刀。フェリックスは確実に得物を視界に収めながらも、

（――妙だ）

頭の中では襲撃者の言葉が反芻していた。

（あからさまな攻撃予告もそうだが、なぜ殊更に勝利を口にした）

襲撃者にとっては対象を屠ることだけが全て。誇る感情など持ち合わせていない。そのことは誰よりもフェリックス自身がよく知っている。

違和感は時を経ずして一つの解に結実した。

得物は――黒刀にあらず！

エルハザードを直下の地面に深く突き立て、切っ先にオドを練り込む。息を継ぐ間もなく爆散したオドは、フェリックスごと地面を陥没させた。

「ぬッ!?」

その正しさはすぐに証明され、螺旋を描く得物が寸前までいた場所を穿っている。真なる得物は、黒刀の三倍の長さを誇る黒槍だった。最後まで得物が黒刀だと見誤っていたならば、今頃は身体を貫かれていたはず。

この襲撃者はこちらがギリギリで攻撃を躱すことも、カウンター狙いであることも承知の上で、あらかじめオドによる偽装を得物に施していたのだ。攻撃予告も勝利宣言も全てはここに至るための布石に過ぎなかった。

地面を蹴り上げたフェリックスは、エルハザードを垂直に突き上げながら疾空(しっくう)し、胴体を無防備に晒(さら)す襲撃者の心臓を抉(えぐ)り貫(ぬ)く。

勢いそのまま地面に打ち捨てた際、仮面が外れて露(あら)わになった顔を眼下に見た。

（やはりバラシオか……）

懐かしい、などという肯定的な感情は一切芽生えてこなかった。

「——怪我(けが)はありませんか？」

音もなく隣に舞い降りたオリビアへ、フェリックスは視線を交わすことなく問う。

「うん」

フェリックスは息を吐き、闇に向かって高らかに告げた。

「いい加減出てきたらどうです！」

残響(ざんきょう)が渓谷全体に染み渡り、左右の岩陰から二つの影が抜け出てくる。

一人はリステライン城の自室に単身忍び込んだネフェル。そしてもう一人、極限まで鍛え上げられた筋肉を鎧のように纏う老人こそ。

（自らお出ましか……）

フェリックスはオリビアを庇(かば)うように前へ立ち、阿修羅(アスラ)の長たるゼブラを睨(にら)みつけた。

「四身一体を退(しりぞ)けたか。そうでなくてはいかん」

足元で横たわる同胞を気に掛ける様子もなく、ゼブラは軽やかな口調で言う。

「目当てはオリビアですか？」

「何を今さら」

左手を脇に置き、クツクツと笑うネフェル。問うまでもなくわかりきっていたことだが、それでも全身の血が煮えたぎるのを抑えることができなかった。

「いつまでこんな馬鹿らしいことを続けるのです。契約を交わした王も国すらもとうに滅びてしまっているというのに」

「王が死のうが国が滅びようが我らにとっては些末なこと。一度取り交わした契約は履行されるまで続く。それが阿修羅の掟であり真理。よもや忘れたとは言わさぬ」

「そんなものは掟でも真理でもない。それはもはや――呪いだ！」

フェリックスは断ち切るように腕を振るった。

ゼブラは不動のまま、

「言いたいことはそれで終わりか？――しかしよりにもよって不倶戴天の敵である深淵人と共闘するとは。話を聞いたときは半信半疑であったが、今にして思えば腑に落ちぬこともない。才に天地の開きがあろうとも、所詮はあの親にしてこの子というだけのこと」

端々に宿る不明瞭な言葉に、フェリックスの目は自然と細くなる。

「何が言いたいのです？」

「お前の父カサエルもお前ほどではないが阿修羅を忌み嫌っていた。腕も並以下。大した使い道もない。それでも粛清もせず野放しにしていたのはなぜだと思う？」

記憶がある限りにおいて、父が阿修羅を否定する場面に居合わせたことはない。阿修羅式剣術も体術もその多くは父から学んだ。ただ、いつもなにかに苦しんでいる人だったのは強く印象に残っている。

フェリックスは目だけで話の続きを促した。

「お前だフェリックス。阿修羅の最高傑作であるお前の存在があったればこそだ。だが傑出した才能が本格的に芽吹き始めると、奴は金輪際お前には関わるなとぬかしおった。だからこそあの時点で手を打っておく必要があった」

「だから、さっきから何を言っている？」

苛立ちが募る一方で、心臓の音を意識する自分がいる。

不自然に荒くなる呼吸。

身体の違和感を気にする間もなく、ゼブラの口調は滑らかさを増していく。

「我らは暗殺を生業とする者。そして暗殺は己が体を駆使するばかりにあらず。わしの手にかかれば良薬の皮を被った遅効性の毒を作り出すこともできる。薬と毒は表裏一体。たとえば名のある治療師が原因不明の病と断定するほどの、な」

周囲の音は途絶え、ゼブラの声だけが頭の中で反響していた。瞳は瞬きすることを忘れ、身体は何かに怯えたように震えてくる。

違和感が舞い降りた。

視線のみ緩慢に動かすと、自分を見ている少女と目が合う。

「大丈夫、かな？」

違和感の正体は重ねられたオリビアの手だった。血の通った温もりが茫漠としていた意識を確かなものにし、周囲の音が急速に戻ってくる。

視線を元の位置に戻せば、肩を揺らすゼブラがいた。

「貴様ァァァ」

フェリックスはあらん限りの憎悪を込めてゼブラを睨みつける。仮面越しに下卑た笑みが透けて見えるようであった。

「なぜ母まで……母は何も知らなかったッ！」

病床で母に縋りついて泣く妹のルーナと、そんなルーナを枯れ木のようにやせ細った手で撫でながら、妹を守ってやってねと微笑んだ母の姿を思い出す。

翌日、母は眠るように息を引き取った。

「阿修羅に情など不要。愛など不要。磨き上げた技と技術、絶対なる掟があればそれでいい」

混じりけのない殺意が胸の中で急速に膨れ上がっていく。憎しみのままに剣を振るうことを、何よりも心が強く欲していた。

それでも瀬戸際のところで自制を保ち、フェリックスは声を絞り出すようにして問う。

「今、どういう状況か把握しての襲撃か？」

「無論全て把握しておる。我ら阿修羅(アスラ)にはいささかも関わり合いがないということも」

冷ややかに即答するゼブラ。視界の中のネフェルは肩を縮めていた。

「尋ねた私が愚かでした。かつての無知と甘さが父と母の命を奪ってしまった。妹をあんなにも悲しませてしまった。もう貴様たちから目を背けることはしない。ここで全てを終わりにする」

柄(つか)を強く握り締めるも、エルハザードを構えるには至らなかった。その原因となった手首に絡みつく白雪のような手を見つめ、次にオリビアを見る。

オリビアはフェリックスが初めて見る複雑な表情を浮かべていた。

「お父さんとお母さんを殺されたから復讐(ふくしゅう)がしたいの？」

「……やめろと？」

オリビアは小さく首を振り、

「そうじゃないけどわたしのお父さんとお母さんも、あのどぶねずみたちに殺されたらしいの」

「──ッ」

「でもわたしは今のフェリックスみたいに復讐したいっていう気持ちにはなれなかった。

多分二人の顔も覚えていない赤ん坊だったせいもあると思うけど。ええと、何が言いたいかっていうと、あのときのわたしは今のフェリックスみたいに怒るべきだったのかな？」

怒りが急速に冷えていくのをフェリックスは自覚した。両親を殺されたと知っても、怒りを感じることすらできなかった少女の境遇を目の当たりにして。

「その質問に答える術を私は知りません。ただ一つだけ偉そうなことを言わせてもらえるなら、気持ちに正しいも正しくないもありません。ましてや偽った気持ちに心が宿ることもない。それだけは断言できます」

「……なんだか難しい話だね」

困ったように笑うオリビア。

「そうですね……」

フェリックスも小さな笑みで返すが、すぐに表情を厳しくして尋ねた。

「彼らがオリビアの両親を殺害したのは間違いないのですか？」

「うん、嘘は言ってなかったと思う。教えてくれたどぶねずみはここにいないみたいだけど」

「私の両親ばかりでなくオリビアの両親まで……すみませんでした」

オリビアは目を瞬かせて、

「どうしてフェリックスが謝るの？　フェリックスがわたしのお父さんとお母さんを殺し

たわけじゃないでしょう？」

「それはもちろんそうですが……」

「じゃあやっぱり謝る必要なんてどこにもないよ」

その言葉が本心だとわかるだけに、やるせない思いが一層募っていく。本来彼女が得るはずだった無償の愛や温もりは、阿修羅によって根こそぎ奪われてしまった。それは誰にも取り返せないものだけに、フェリックスの怒りは増すばかりであった。

「オリビアは下がってください。二人とも私が一人で相手をします」

「どうして？　一人で復讐したいの？」

「その気持ちがないわけではありませんが、あくまでも今後の戦いを見据えてのことです。なによりも彼らに引導を渡すのは、同じ阿修羅の血を引く私に課せられた使命です」

オリビアは難しい顔で両手を腰に置き、

「使命か。そういうのはほんとよくわからないけど、わたしも今度襲って来たら問答無用でぶっ殺すって伝えてあるし、今さら約束を破る気はないよ」

「どうしても、ですか？」

「どうしても。だからそういうときはこれで決めよう」

ジャジャーンと妙な擬音を発し、オリビアが懐から取り出したのは一枚の金貨。特徴的な図柄なので、エストリア金貨であることはすぐにわかった。

「お互いの意見がぶつかってどっちも引かないときは、これが一番平和的な解決方法なんだって。アシュトンが教えてくれたんだ。表と裏どっちがいい？　あ、絵の描いてあるほうが表ね」

「そんなことで決められても――」

「じゃあわたしは裏ね」

　こちらの話を強引に打ち切って弾かれた金貨は、綺麗な音色の線を引きながら回転を始める。金貨は速度を損なうことなく最後まで小気味よい回転を維持した。

「――裏だね」

　手のひらの金貨をこれ見よがしに見せ、にししと笑うオリビア。

（これ以上は無駄ですね……）

　フェリックスは説得を諦め、ネフェルに視線を向けた。

「では左の男はオリビアに任せます」

　オリビアは両手で大きなバツ印を作り、

「ブブーッ。左のどぶねずみがフェリックス。右の巨大どぶねずみがわたし」

　気の抜けるような口調の中にも強い意思が伝わってきた。

（ネフェルも十分手練れだが、それでもオリビアなら後れを取らないと確信できる。だがゼブラはその限りではない。実力は未知数。余計なリスクは避けたかったが……）

オリビアは視線を一時も外すことなく、

「右の巨大どぶねずみはわたし」

フェリックスは観念し、

「では巨大どぶねずみは任せましたよ」

「うんうん。任せて任せて」

「――興を削ぐ小芝居はそのへんでよかろう」

フェリックスは会話に割って入ったゼブラに尋ねた。

「なぜ今になって真実を明かした？」

ゼブラが自分を次代の長に据えるため画策していたことは知っている。真実を公にしても怒りを買うだけで、実際そうなっている。どう転んでもゼブラが望む結果にはなり得ず、だからこそ不可解さが頭に付きまとう。

ゼブラは黒仮面を外して素顔を晒すと、胸元まで伸びる白髭を撫でつけながら淡々と理由を口にする。

「未だ心が未熟なお前をどこかのタイミングで修羅にする必要があった。九割九分目論見通りであったというのに――」

言葉を切ったゼブラは、オリビアに凍てつく視線を送った。

「深淵人にまんまと邪魔されてしまったわい」

オリビアは自分の顔に人差し指を向け、

「え？　わたし？　わたし何もしてないよね？」

「そうかもしれませんしそうじゃないかもしれません」

笑みと共にそう告げると、オリビアはわからないとばかりに首を傾げていた。

「しかし惜しいのう。実に惜しい。――が」

ゼブラのオドが爆発的に膨れ上がり、野鳥の大群がけたたましい声を上げながら渓谷を去っていく。

「深淵人はお任せしますよ」

飄々としたネフェルの言葉に、

「是非もなし」

ゼブラの双眸から燦爛たる光が放たれた。

Ⅱ

「こちらは時間がありません。さっさと始めましょう」

カチャリと切っ先を向けてくるフェリックスへ、ネフェルは右手を前面に押し出すことで静止を促した。

「今さら……どういうつもりです」

「気にならないか？」

無言が続く。それだけで肯定していることを如実に物語っていた。

「爺様が深淵人と共闘したお前を殺すつもりだったのは間違いない。だがお前も話を聞いてわかっただろう。内心では未練たらたらだ。爺様は誰よりもお前の才に惚れ込んでいたからな。いずれにしてもここで決着がつく。ならばあの二人の結末を見届けてからでも遅くはないと思わんか？——たとえどちらが勝つにせよ」

フェリックスの眉尻がピクリと跳ねた。

「どちらが勝つにせよ？——妙ですね。深淵人を根絶やしにすることが阿修羅の全て。今の発言を聞けば同胞が黙っていないでしょうに」

ネフェルはカラと笑った。

「いつから冗談が上手くなった。その同胞とやらはすでにくたばっただろうが。お前らの手にかかって」

「………」

「解せないって面だな。まぁ実際のところ俺自身よくわからん。わかっているのはあの深淵人を相手にして、俺が生き残る可能性は万に一つもないってことだけさ」

オリビアの戦う姿を実際この目にし、ネフェルは早々に思ったものだ。実力はかつてこの手で葬った母親の比ではない。あれはもはや人の業にあらず、と。

ネフェルはかぶりを振り、

「ま、そういうことだから邪魔にならないところで見学しようぜ」

同意を得ることなく手近の岩に飛び移るネフェル。二呼吸ほどの間を置いて、フェリックスも同じ行動をとった。

ネフェルは一定の距離を置いて対峙する二人を見る。

（俺がわかるくらいだ。初代様の再来と謳われたほどのあなたがわからぬ道理はない。この戦い、いかなる目が出ることやら――）


渓谷を駆けるオリビアを初めてその目にしたとき、ゼブラは彼女を仕留めることができるのは自分だけだと即断した。にもかかわらず部下の攻撃を黙認した理由は見極めるため。全てはその一言に尽きる。

ザッと両足を広げたゼブラは、両の拳を胸の前で突き合わせる。丹田にオドを集中させることで、全身は淡い琥珀色の光を放つ。

（――まずは反応を見る）

トンと軽く足を跳ねさせ、無音でオリビアとの距離を縮めていく。

線ではなく点と点で移動する特殊な歩法は、幻足術〝空蟬〟という。俊足術と双璧を成す武技であり、相手の目からはまるで瞬間移動したように映る。

　どんな強者であれ戸惑いを見せるこの武技も、しかし、オリビアは切っ先をだらりと下げたまま動く気配を見せない。

　動けないのではなくあえて動かない。そうゼブラは判断した。

（――ならば）

　挑発するべくあえて踵の先を必殺の間合いに踏み入れた瞬間、ゼブラを覆い尽くすように漆黒の剣が乱舞する。完成された流水の動きは、第一級の芸術作品を凌駕する美しさを放ち、半ば強引にゼブラの目を奪う。

（素晴らしい！）

　全身の筋肉を躍動させ、斬撃の全てを手甲で弾き落としたゼブラは、オリビアの全身を削り上げるような一撃を放つ。オリビアは拳の軌道に合わせるように上体を反らしながら空に逃れたため、鎧をほんのわずかにかすめた程度の攻撃で終わった。が――。

「――え……？」

　唇から一筋の血が流れ落ちるがまま、オリビアはゼブラを不思議そうに見つめた。

「ちょっとかすっただけだよね？」

「芯を捉えておれば今頃のんびりと会話はできまいよ」

　ゼブラが繰り出した拳はただの拳ではない。いかなる防御をも無視して直接人体に干渉する破壊の極意。たとえ世界最高の名工によって鍛えられた鎧であっても、破壊の極意の前では等しく無に帰す。故に対抗策は回避の一択しかあり得ない。

「ふーん。まともに喰らったらただじゃすまないってことか……」

手の甲でグイと血を拭ったオリビアは、左足を大きく後ろへ引きながら前屈みに頭を下げ、漆黒の剣を左腰にあてがう。

切っ先は前ではなく後ろを向いていた。

（来るか）

ゼブラは漆黒の剣——ではなくオリビアの足を注視した。無形から繰り出される斬撃は、達人などという枠を遥かに飛び越えて脅威だが、それ以上に脅威なのは変幻自在な動きを可能にする足捌きにあるとゼブラは考えている。

その足が三つに重なって見えた瞬間、視界の端から忍び寄る漆黒の剣に、全身の毛が針のように逆立つ。死の一閃を紙一重で回避しながら思うのは、速さこそ俊足術〝極〟と酷使しているが、それにしては静かすぎるということだった。

（これは……）

気づけば手が震えていた。まるでこんこんと湧き出る水のように止まることがない。この世に生を受けて六十五年、ゼブラをして初めての経験だった。

（なるほど。これがそうか……くくくっ）

拳を弾くように握りしめ、強制的に歓喜を断つ。

さらに速度が増したオリビアの斬撃を見切り、手甲で受け流しながら、ゼブラは声帯にオドを収束した。

「喝ッ!!」

至近で咆哮を浴びたオリビアは、彼方へと吹き飛んでいく。

間髪を容れず、先程とは比較にならないオドを丹田に収束すれば、背中の筋肉が激しく隆起し、琥珀の光を纏う四本の腕が伸び出てくる。

完全に腕が伸びきったところで一呼吸つき、闇の先に向かって独りごちた。

「あの程度でくたばる玉ではあるまい」

ゼブラの言葉に応えたかのように、闇を切り裂きながらオリビアが突進する。お互いが死地の間合いに踏み込み続けながら、六つの拳と一本の剣が烈火のごとくせめぎ合う。

互いに引くことのない一進一退の攻防は、ゼブラが早々に切った最後のカードによって状況を一変させた。

――無極一身。

俊足術〝極〟と幻足術〝無上〟の同時発動。初代ゼブラが考案し、それ以降は誰も体得するに至らなかった幻の絶技は、五十年前に先代ゼブラを頭領の座から引きずり下ろし、今、オリビアの反応速度を超えていく。

ゼブラの喉が冷笑を鳴らした。

——風の音を聞く。

呼吸が酷く不安定だった。

身体を動かそうにも神経が一切の命令を拒否している。唯一動かすことが可能だと思われる瞼を開くと、胸に漆黒の剣を突き立てるオリビアと視線が重なった。

速やかに現状を認識するのと同時に、不可解さが鎌首をもたげる。

「六つの拳は全て真芯を捉えていたはず。なぜ肉塊になっていないのだ」

意思とは関係なく、気づけば疑問を口にしていた。

「うん、危険なのは最初に受けた攻撃でわかったからね。当然防御策を講じるよ」

律儀に応じるオリビアに、ゼブラは口の端を僅かに緩めた。

「防御策とは？」

少なくとも戦っている最中にそんな素振りはなく、また隙を与えたつもりもなかった。なによりも生半可な防御策を講じたところで防げるほど破壊の極意は温くない。

「薄い膜をイメージしたオドを体内に張り巡らせた。もちろん一枚じゃないよ。それこそ何重にも膜を張った。戦いの間中ずっと維持しないといけなかったから結構疲れたよ。オドを利用した攻撃なら同じくオドの力で相殺できるとわたしは思った。実際は言うほど簡単じゃなかったけど」

「オドの防御層を幾重にも築くことで最終的に干渉をゼロにしたということか……」

ゼブラは内心で舌を巻くことに事欠かなかった。端倪すべからざるオドの運用技術もさることながら、そんな出鱈目を可能にしてしまうオドの総量そのものに。

化け物と、彼女をそう評したクリシュナの気持ちが今なら理解できる。たとえ事前に理解できていたとしても、結果に違いが生じるとも思えなかったが。

「のんびり会話している時間はないから、これ以上聞きたいことがないならもう終わりにするけどいいかな？」

ゼブラは目を閉じ、静かに告げた。

「──是非もなし」

初めて全力を出せる相手を前にして、あろうことか戦闘に〝楽〟の感情を抱いてしまった。しかも、阿修羅の使命を忘れてしまうほどに。

未熟極まりなく結果も散々たるものだが、それでも不思議と後悔はなかった。

「なんでそんな顔ができるのかわたしにはまるでわからないよ」

意図して意識を切り捨てる間際、困惑するオリビアの声を聞く。

血だまりに身を浮かべるゼブラの死に顔は、どこまでもおだやかなものだった。

歴史の陰で繰り広げられてきた深淵人(しんえんびと)と阿修羅(アスラ)の抗争は、当事者の意向に関わることなく終わりを告げようとしていた。

オリビアとゼブラの決着が明らかになった瞬間、月の光を浴びて肉体大活性(にくたいだいかっせい)を施(ほどこ)したネフェルが、瞬時にフェリックスの背後をとった。

「――卑怯(ひきょう)、だなんて今さら言うなよ」

豪速で振り下ろされた禍々(まがまが)しいまでの黒爪(こくそう)は――虚空(こくう)だけを切り裂いていた。

「言いませんよ。こと戦場においては」

平素な声音と共に頭上から迫り来るのは、肉体大活性を圧倒する力の奔流(ほんりゅう)だった。

ネフェルは静かに笑む。

最後の笑みが何を意味するのか、知る者は誰もいない。

最終章 ◆ わたしの望みは……

Ⅰ

オリビアとフェリックスが阿修羅（アスラ）の襲撃を受けたまさにその頃、トライバル荒野では死の暴風が吹き荒れていた。

オリビアの先制攻撃とラサラを含めた魔法士の活躍もあって、開戦から二週間は一進一退の攻防を続けていた。だが、無秩序に行動していた亡者が次第に統制された動きを見せ始めたことで状況は一変。統合軍は唯一の〝利〟が相殺されたことで、次第に劣勢へと追い込まれていく。

此（こ）の間（かん）ブラッドも座して状況に甘んじていたわけではなく、参謀の任に就くクラレス特尉の助言を基にいくつかの打開策を講じてきたが、そのどれもが改善するまでには至らなかった。

兵の士気、体力だけが一方的に削られていく中での新たな訃報（ふほう）は、今後の戦局を決定づけるもので、その場にいた全員を凍りつかせた。

「アメリア上級千人翔（しょう）が……？」

「最後は亡獣と亡者を多数道連れに爆死したとのことです」

「そんな……魔法士が死んだとなれば士気の低下は避けられないぞ」

「魔法士が四人いたからこそ厄介極まりない亡獣をギリギリのところで食い止めることが可能だったのだ。その一画が崩れたとなれば……」

不安を口にする部下たちの声が、ブラッドの耳朶に絡みついてくる。

アメリアが第二連合軍に属していたときは、プライドの高さを持て余していたものだが、不思議と死ぬというイメージも抱いていなかったので、死を知らされても実感がわかないのが正直な感想だった。

「閣下――」

表情を硬くするリーゼの言葉を早々に断ち切ったのは、これ見よがしに赤縁眼鏡を上げるクラレスだった。

「ここは勝負に出るしかありませんね」

「勝負……とっておきか？」

探るように聞けば、クラレスは少しだけ表情を緩めた。

「無謀に属する類のとっておきですけど」

知り合って間もないが、クラレスの話に誇張がないのは、これまで講じてきたアシュトンばりの策が証明している。

「その無謀な策とやらを聞かせてもらおう」

「今になって亡者が組織立った攻撃をするようになったのは、開戦から一度も動かない漆黒の軍が原因にあると思われます」

「亡者の司令塔と言いたいのか。その根拠は？」

「勘です」

　クラレスは悪びれもせず言い、さらに続けて言う。

「これはある人の話なのですが、死と隣り合わせの戦場では頭ばかりでなく勘を働かせなければ生き残れないそうです。ブラッド総司令も勘のおかげで命拾いをした経験があるのではないですか？」

　ない、とは言えなかった。中央戦線で孤軍奮闘していた頃、得体の知れない何かに突き動かされ、結果として窮地を脱したという経験が覚えている限り二度ある。

「遥か太古の時代、人間は言葉を知らず感覚で通じ合っていたともいいます。言葉を得た対価として感覚が退化したと考えれば、たかが勘だと切って捨てることはできないはずです」

「だからこれ見よがしに亡獣を侍らすあの軍に攻撃を仕掛けろと？　無謀にもほどがある」

「ですから先程そう申し上げたばかりです」

　クラレスの言葉には呆れのふしがある。考えようによってはからかわれているようにも聞こえた。

「どのみちすり潰されていくのは時間の問題。無謀とのそしりを受けようとも実行するしか手は残されていない、そういうことだな？」

　クラレスは肯定も否定もせず、摑みどころのない表情を浮かべた。

「はあ……クラレス特尉の爺様が今も生きていたら、こんな一か八かの策を俺自身の手で実行せずに済んだものを」

　お門違いの嫌みにも動じることなく、クラレスは穏やかに言葉を紡ぐ。

「おじじ様は満足して死んでいったのではないかと私は思っています。なんとなくですけど。今頃はようやく肩の荷が下りたと冥府でのんびり昼寝でもしているのではないでしょうか」

「不甲斐ない俺たちのせいで爺様には最後まで苦労をかけてしまった。せめて冥府くらいではそうあってほしいものだ――リーゼ大尉」

「はっ！」

「これより命令を伝える――」

　ブラッドは軍の再編に着手した。

　左軍と右軍をそれぞれ馬蹄型に再編し中央に展開。亡者を十分に誘い入れたところで左右に分かれ、空いた隙間から中央軍が鋒矢の陣形をもって突撃を敢行する。壁となる亡獣を突破し、漆黒の軍に肉薄する。

一歩も踏み間違えることが許されない且つ博打の要素を多分に含んだ戦術だが、ラーラとリオンは等しく戸惑いの表情を見せるだけで、最後まで異論を口にすることはなかった。

（こちらが潰れるのが先か、オリビアたちの吉報が先か、それとも……）

左軍と右軍は命令を忠実に実行し、やがて中央軍の前に道が開かれる。

「……リーゼ大尉、もし俺に万が一のことがあれば――」

「そのときは私も一緒に死んで差し上げます。少なくとも寂しくはないかと」

微笑みをたたえるリーゼ。そこに負の感情を見出すことはできない。

ブラッドは言いたいことの全てを飲み込み、獰猛さを顔に張り付けてただ一言、「進撃」と告げた。

中央軍に属するクラウディアは、自ら望んで死の最前線にその身を捧げていた。

「これだけの亡獣相手に非力でしかないお主たちは邪魔だ！」

「つまりだな人間、この娘はこう言いたいのだ。ここは任せて先に行けと」

「――ッ。駄犬の分際で勝手に行間を読むんじゃないっ！――行けっ！　喰らいついてでも目的を果たせっ！」

顔を真っ赤にしながら魔法を駆使するラサラと、人語を解する不思議な巨獣の横を走り抜けながら、クラウディアは頷きだけで謝意を示し、元第八軍の面々も後に続く。

息つく間もなく亡獣を突破した先では、武器を手にした亡者が整然と待ち構えていた。

「ちょっと！　武器が使えるなんて聞いてないんだけど！」

悲鳴のような声を上げたのはエリスだった。

「今さらだ。行くぞっ！」

俊足術を発動し誰よりも早く接敵したクラウディアは、心の思うままに剣を振るう。戦いはすぐに混沌を極めた。

「ああもうっ！　斬っても斬っても蛆虫のように湧いてきやがる！」

ルークが亡者の肉片がついた剣を素早く地面に打ち払い、

「口を動かしている暇があるなら――」

「うっさいうっさいうっさい！　偉そうに上官面するなっ！」

「いや、上官だろう」

エリスはルークの冷静なツッコミを聞き流し、亡者の右胸に向けて深く剣を突き立てる。そのすぐ近くではエヴァンシンが肩で息をしながら、仰向けに倒れている亡者にとどめを刺していた。

「――こんなこといつまでも続けられるもんじゃない」

諦めを口にするエヴァンシンを、エリスが口汚く罵った。

「弱い奴が弱音を吐いてそんなに私を笑わせたいのか」

「たとえここを凌いだところで敵は神そのもの。ただでさえ一度は敗北した相手に勝てる保証なんてどこにもないじゃないか」

誰のことを言っているのかは、問わずともわかることだった。顔にかかる血しぶきをものともせず、エリスは凶悪に笑む。

「本当に我が愚弟は笑わせてくれる。神だろうが悪魔だろうがオリビアお姉さまが同じ相手に二度負けることはない」

「誰がそんな世迷言を信じるっていうのさ」

エリスは舞台役者のごとく両手を広げると、恍惚とした表情で言った。

「私が信じている。だって私はオリビアお姉さまを愛しているから！」

槍を縦横無尽に振るっていたフォスターが、こいつとうとう言いやがった的な顔でエリスを凝視していた。

「こんな状況であってもお前たちときたら――」

呆れの途中で一人の兵士が奇妙な報告をもたらした。

「パウル閣下がいます……」

暁の連獅子作戦で散華したパウルがいるわけがない。誰もがそう思いつつも、誰もが兵士の視線の先を無意識に追ってしまう。

亡者の群れから抜け出した亡者が一人、フラフラとおぼつかない足取りでクラウディアたちの下へ歩み寄ってくる。

「——ったく。本当に笑えない」

エリスが吐き捨てるように言う。クラウディアの視界に映るのは、かつてパウルだった者の成れの果てだった。

「皆は下がっていろ。私が相手をする」

パウルに向けて剣を構えると、人では決してあり得ない咆哮が轟き、

「——ッ！」

一瞬にして距離を縮めてきたパウルの袈裟斬りを、クラウディアは間一髪のところで躱す。直前に天授眼を開放していなければ、間違いなく今の一振りで死んでいた。

（パウル閣下も俊足術の使い手だったとは。——だが）

再び俊足術を繰り出すパウルに、しかし、クラウディアは剣を構えることなく迎え撃つ。

（本物のパウル閣下であれば私が躱した直後、即座に二の太刀に繋げていたはず。そこで私の生は終わっていた）

それ故に——。

（こんな無様を晒す者が断じてパウル閣下であるはずがない）

天授眼は時を見る。緩やかに流れる剣の軌跡を完全に見切り、交差法で突き出した剣は寸分の狂いなく右胸を穿つ。黄金の光を放つ瞳と白濁した瞳が交錯し、パウルは操り糸が切れたようにくずおれた。

やるせない感情に無理矢理蓋を落とすクラウディアを、仲間たちが心配そうに見つめている。

「今は前進するのみ」

クラウディアは色のない声で告げると、再び死の暴風にその身を投じた。

Ⅱ

帝都近郊の森に佇む小屋に到着したフェリックスとオリビアは、小屋の番人を務めるシラクの手引きに従って、再び隠し通路に足を踏み入れようとしていた。

「坊ちゃまのご無事をお祈りしております」

フェリックスは差し出された松明を受け取り、真剣な表情のシラクに頷く。

二人は前回と同じ道を辿りながら、苦もなくリステライン城の中庭に忍び出た。夜陰を羽織るリステライン城は、さながら地下牢獄のような陰鬱さで満たされている。

闇に乗じる形で中庭を一気に駆け抜け、図書塔の片隅にその身を落としたところで、フェリックスは隣で眉を顰めているオリビアに声をかけた。

「どうかしましたか？」

「……なんだか変な感じがする」

「変？」

続く言葉を待っていると、オリビアはもどかしそうな表情で言った。

「言葉でどう表現したらわからないけどとにかく変なの」

要領は得ないが彼女の様子から聞き流してよいものとも思えず、フェリックスは一考したのち、オドを放射状に拡散していく。その結果判明したことは、いるべきはずの警備兵がただの一人も見当たらない、という事実だった。

「急に難しい顔をしてどうしたの？」

「周囲に警備兵が一人もいません」

さらに索敵範囲を拡大するフェリックスへ、オリビアが不思議そうに聞く。

「それって重要なことなの？」

「皇帝の居城で巡回する警備兵がいない。これはどう考えても異常ですがオリビアの口振りから察するに、警備兵のことを気にしているわけではないのですよね？」

案の定、オリビアは首を縦に振った。

「この状況、我々の侵入は織り込み済みと考えていいでしょう」

思えば前回も似たような状況だった。殊更に警備兵を配置しないのは絶対の自信の表れなのか、断ずるに足る材料はなかった。

「たとえ見え透いた罠だとしても、わたしたちは前に進むしか選択肢がない。だよね？」

「オリビアの言う通りです。こうしている間も仲間たちが懸命に戦っている。悩んだり逡巡している暇はありません。拙速且つ慎重に進みましょう」

かねてからの手筈通り図書塔からの侵入を果たすべく、頭頂部に設けられたバルコニーに向けて跳躍の姿勢をとっていると、オリビアがすかさず待ったをかけてきた。

「わたしたちの侵入がばれているなら、わざわざ回り道をする必要もないよね？　時間も限られていることだし」

言った彼女が瞳を向けた先は、大宮殿のある方角だった。

「まさか正面から大宮殿に忍び込むと？　さすがにそれは無謀すぎます」

「忍び込んできた敵が堂々と正面から来るとは普通思わない。意外にいけると思うよ」

「不確定要素が多すぎます。賛同はできません」

強く反対を示した途端ニヤリと笑ったオリビアは、

「話がまとまらないね。そういうときは――」

オリビアがごそごそと懐をまさぐり始めたところで、フェリックスは早々に説得することを諦めた。

「わかりました。ここはオリビアの案で行きましょう」

図書塔を離れ、最短距離で大宮殿を目指す。駆けている間も油断なくオドの放射を続けたが、やはり警備兵の一人も感知することなく、程なくして大宮殿の正門に続くアーチ型の石橋をフェリックスは視界の端に捉える。

二人は同時に足を止め、手近な建物の陰に素早く身を寄せた。

篝火に落ちる影と同化するように、漆黒の鎧を身に着けた兵士二人が立っている。さながら幽鬼のような立ち姿は、第八軍との決戦前にダルメスから紹介された直轄軍の将、フローラ・レイ中将と重なった。

罠を警戒するフェリックスの横では、オリビアが背中の得物に手を伸ばしていた。

「こういうとき茶々丸は便利だよねー」

左膝を地面に落としたオリビアは、建物の陰から半分身を乗り出すと、漆黒の兵士に向けて二本の矢を立て続けに放つ。

闇夜の中、二本の矢は正確無比に兵士の額を捉えたかに思われたが……。

「摑んだね……」

「摑みましたね……」

二人の間でどこか間の抜けた会話が繰り広げられる。

あえて言及することを避けていたが、彼女の手にする得物は半年ほど前に正式採用の運びとなったクロスボウ、その試作型で間違いないだろう。正式型には劣るがそれでも威力は折り紙付きだ。

常人の範疇を超えた動きを見せた漆黒の兵士は、摑んだ矢を無造作に放り捨てると、緩慢な動作で鞘から剣を引き抜き、意思をまるで感じさせない足取りで橋を渡り始める。

近づくにつれて浮かび上がる兵士の表情は、フェリックスが顔を顰めてしまうほどの狂気で染まっていた。

（普通じゃない。まさかこれもダルメスの……）

思考の間隙を突くように建物の陰から飛び出したオリビアが、漆黒の兵士の間を疾風の如く駆け抜けた。時を刻まず、狂気の表情そのままに漆黒の兵士は泣き別れていく。

オリビアは剣を小気味よく鞘に納めるその一方で、フェリックスを促すかのように正門へ向けて指を差し示した。

二人が正門に近づくと、不気味な音を響かせながら扉が開かれていく。人の姿は見当たらず、まるで扉自体が意思を備えているかのようだった。

オリビアは扉をちょんちょんと突きながら、

「一応聞くけどこれって帝国の新技術か何か？」

「大宮殿の正門が勝手に開いたらたまったものではありません」

「だとするとこれも魔術の一つ？――でもそんな魔術があったら絶対楽しいからゼットに教わっているし……」

ブツブツと気になる独り言を呟きながらも、オリビアの足は躊躇なく前へと進んでいく。フェリックスも周囲に目を光らせながら慎重に続いた。

静謐漂う巨大な回廊を歩く。ラムザ九世が権威を示すために建設した大宮殿の内部は、闇に彩られていても絢爛さを損なうことはなかった。

頭上は神々の生活を描いたものと思われる天井画で埋め尽くされ、見る者を圧倒する。通路を挟んだ両壁には、歴史的に貴重な絵画が連なるように飾られており、全体で一つの物語を表現していた。

贅の限りを尽くしたこの回廊は主に外交の場として用いられ、また祝宴や舞踏会といった社交界の場としても大いに利用された。

「仕掛けてこないね」

フェリックスは先を歩くオリビアの背中を見つめながら、

「この回廊には貴重な美術品が多く飾られています。さすがに血で汚したくはないのでしょう」

「ふーん」

曖昧な相槌を打つオリビア。彼女の反応と態度から推し量るに、元々美術方面に興味はないのだろう。

回廊を抜けるまで敵が仕掛けてくることはなかった。続く柱の回廊も同様で、さらに抜けた先、フェリックスは左右に分かれる廊下の手前で立ち止まった。

「左を進めば皇帝の居室に繋がる階段があります」

「ダルメスは本当にそこにいるのかな？」

「普通に考えればいるはずですが……」

言ってはみたものの、普通とは程遠いのが今の現状。衛士はおろか城内の警備を監督する立場にある黄金騎士の姿まで見えないのは、あからさまにもほどがある。

オリビアは右の廊下の先をジッと見つめ、

「右に進むと何があるの？」

「右には――」

最後まで話を聞くことなく、オリビアは右の廊下を進み始めた。フェリックスは数歩遅れる形でオリビアについて行く。

「この先は初代皇帝を祀る礼拝堂です。ほかには何もありません」

「でも何かいる。凄く変な感じが伝わってくるし」

図書塔で彼女が同じ言葉を口にしていたことを思い出し、フェリックスは黙ってオリビアの横に並んだ。

二人は無言で歩を進めていく。オリビアが感じているものの正体は依然としてわからないまま、礼拝堂に向かって伸ばしていたオドが反応を示した。

「扉の先に四人の気配。伏兵の可能性があります」

「わかった」

簡素な扉を一枚隔てた先。戦闘態勢で礼拝堂の前室に出ると、予想の斜め上を行く光景が二人を待ち受けていた。

「お待ちしておりました。直轄軍所属、マルティーナ・レイ少佐と申します」

敵である二人を前にして丁寧に頭を下げる彼女の背後には、怪しげな銀の仮面で顔を隠し、身体(からだ)を漆黒の外套(がいとう)で覆った者たちが立っている。

マルティーナと名乗った女は別として、銀の仮面を着けた者たちからは、阿修羅(アスラ)と同じく裏の稼業(かぎょう)を生業(なりわい)とする者の匂いを感じた。

「私が口にするのもおかしな話ですが、この先は初代皇帝を祀る礼拝堂です。前室とはいえ、一軍人や得体の知れない者たちが気軽に立ち入れる場所ではなかったはずですが」

マルティーナはフェリックスの指摘を意に介さず、感情を一切伴わない声で告げた。

「偉大なる皇帝陛下が礼拝堂でお待ちです」

「ダルメスがここに……？」

オドが感知したのはこの場にいる四人で、礼拝堂に人の気配は感じない。だが、フェリックスは知っている。感知能力を駆使しても察知できない男がいることを。

「やっと理由がわかったよ。魔術の組み方がへんてこりんだから変に感じていたんだ」

得心した様子のオリビアは、納得顔で頷いていた。

「どうぞそのままお進みください」

道を空けたマルティーナが、身を低くして二人を礼拝堂へと誘えば、大宮殿の正門と同じように人の手を介さず扉が開く。

二層で構成された礼拝堂に足を踏み入れてすぐ、剣を水平に構える巨大なラムザ一世像の手前、簡素な石造りの祭壇に腰掛ける男が一人。

フェリックスの瞳は自然と厳しいものになった。

「私を打倒しない限りあなたたちが勝利する可能性は万に一つもない。必ず戻ってくると思っていましたよ。――そして初めまして。死神の玩具さん」

露骨に顔を顰めたオリビアは、

「死神の玩具じゃないよ。わたしの名前はオリビア・ヴァレッドストーム」

「名前など個体を示すただの記号に過ぎません。殊更に訂正する価値などありませんよ。それよりもそなたには礼を言わねばなりません。余の期待以上に暴れてくれたおかげで、あのお方から〝魂縛呪の妙薬〟を頂戴することができました。そなたには褒美を与えたいくらいです」

喉の奥を鳴らすダルメスは、いつの間にか手にしている大きな水晶玉をオリビアに放り投げると、楽しそうに話を続けた。

「余の予想を超えて健闘しましたがそろそろ限界のようです」

水晶玉が映し出すのは、遠く離れた決戦場の光景だった。必死の面持ちで戦う仲間たちの姿が走馬灯のように流れていく。息も絶え絶えに血を流すクラウディアの姿が映し出されると、オリビアは耐えるように下唇を噛んだ。

「剣を向けるのも結構ですが、ここは現実を受け入れて余に忠誠を誓う選択も悪くないとは思いませんか？　今この場で忠誠を誓うのであれば速やかに黎明の騎士団を引かせます。条件付きではありますが国の存続も認めてあげましょう。目的の半分は達せられました。残り半分を滞りなく遂行していくためにも、これ以上無駄な血を流すのは余の本意とするところではありません」

フェリックスはエルハザードを引き抜き、無言のうちに切っ先をダルメスへ向ける。ダルメスは小さな溜息を吐きながら頭を振り、

「それがフェリックスさんの選択ですか。相も変わらず呆れるほど頑固ですねぇ。そちらは……どうやら聞くまでもなさそうです」

漆黒の双眸には、強い意志の光が宿っていた。

オリビアは静かに口を開く。

「あなたは無意味な混乱を引き起こした。そんなあなたとの約束に意味があるとは到底思えない。みんながどんなに苦しい戦いを強いられていたとしても、わたしはわたしの成すべきことを成すだけ。選択は間違えない」

「無意味な混乱ときましたか。大局を見ない駒の一つからすればそう映っても仕方のないことですが……」

音もなく祭壇から降り立ったダルメスは、ローブの皺を丁寧に伸ばしていく。そして、オリビアを真っすぐ見据えた。

「一つ問います。人はなぜ戦争をすると思いますか？」

ダルメスの問いは、かつてオリビアがゼットに尋ねた言葉そのままだった。

「……人間は残虐で好戦的で容易く欲に侵される生き物だから。最初は欲するものが小さくても、手を伸ばす距離が長くなればなるほどより大きな欲を得ようとする。権力という蜜を知ってしまった人間は分不相応に欲を求め、その延長線上に戦争がある」

ダルメスは痩せこけた頬を上から下にかけて撫で、

「言葉にまるで重みがない。そなた自身の考えではありませんね。言葉自体も真の一端こそ捉えていますが、あまりに俯瞰的な視点だと言わざるを得ません。——余はこう思うのですよ。人間は半端な知恵を持ってしまったが故に、ほかのどんな動物よりも同族に対して強い恐怖心を抱き、そして時の権力者は大なり小なり恐怖を克服するために戦争を始めると。欲という代物は恐怖に付随するおまけ程度にすぎません。ならばその恐怖を圧倒的に上回る別次元の恐怖を刻みつければ済む話だと、余は考えました」

「それが亡者だと？」

　尋ねるフェリックスへ、ダルメスは神妙に頷く。

「この戦いで世界の人々は未知の恐怖を体に刻みつけることでしょう。それでも馬鹿がつく権力者というものはどこからともなく湧いてくるものです。その度に余の軍が叩き潰す。恐怖を上塗りする。何十回でも何百回でも。争うこと自体が恐怖と直結するその日まで。人が争いの象徴たる武器を自らの手で捨て去ったそのときこそ、余は真の平和の体現者となるでしょう」

　亡者を利用した世界の管理と戦争の根絶。手段はどうしようもなく歪んでいるも、ダルメスの目的が単なる支配ではなく、これまで誰も成し得たことのない世界を創設することだと知って、フェリックスは戸惑いを隠すことができなかった。

「本気でそんなことが可能だと？」

「確かに簡単なことではありません。それこそ気の遠くなるほどの時間が必要でしょう。そして悲しいかな、人間の刻は笑えるほど脆くて儚い」

　まるで他人事のように嘯くダルメス。彼の年齢を考えれば、その治世はよくて二十年といったところだろう。ダルメスの言う新たな世界を創設するにはあまりに時が短く、話しぶりからしても重々承知のはず。

フェリックスがダルメスの真意を測りかねていると、

「たとえば――」

ダルメスはフード越しに自信に満ちた笑みを浮かべ、

「余のみが死の輪廻から外れているとしたらどうです？」

「不死とでも言いたいのですか？　そんな馬鹿げた話は……」

魔法の力によって二百年以上生きているラサラのことが脳裏をかすめ、発した言葉は急速に熱を失っていく。死神の存在とダルメスが口にした魂縛呪の妙薬という不可解な言葉が、今も頭の片隅にこびりついている。

「では再度尋ねましょう。まずはフェリックスさん。余に忠誠を誓いますか？」

「……私が忠誠を誓うのはラムザ皇帝陛下ただ一人」

フェリックスは堂々と誇らしく告げた。

「頑固もそこまでいけば帝国十字剣勲章ものですよ」

溜息交じりに言うダルメスの視線がオリビアに移るや否や、

「誓わない」

フェリックス同様、オリビアも断固とした口調で忠誠を拒否した。

「あなたが指摘した通りさっきの言葉はゼットの受け売り。わたし自身の言葉なんて持ち合わせていない。あなたの話を聞いて、たとえ方法に問題があったとしても、それで世界から戦争がなくなるのならそれほど悪い選択ではないとわたしは思った」

「なるほど。どこかの誰かさんとは違ってそれほど頭は固くなさそうですねぇ。ではなぜ余の手を取らなかったのでしょう？　非常に興味が湧きます」

オリビアはダルメスがしびれを切らすほどの間を置いたのち、

「――浮かんでこなかったから」

「浮かんでこなかった？　何が浮かばないというのです」

ダルメスは眉根を寄せ、苛立ち交じりで聞き返す。

「あなたが作ろうとしている戦争のない平和な未来には、みんなの明るい顔がほんの少しも浮かんでこなかった。だから、それだけでわたしはあなたの全てを否定できる」

どこまでも澄み切ったオリビアの言葉は、フェリックスの胸に心地よい風となって吹き抜けた。

「……理解に苦しみます。が、まぁいいでしょう。玩具というものは壊れることが前提です。あとは冥府で余が平和を成すところを見届けなさい」

黒く鈍い閃光が走る。

閃光の直線上に立ちはだかったフェリックスは、裂帛と共にエルハザードを一閃。衝撃波が吹き荒れる中、後ろに立つオリビアに声をかけた。

「ここは私がやります。今回ばかりは金貨で決めるのもなしです」

「……わかった」

漆黒の剣から手を離し、オリビアは下がっていく。

ダルメスはローブについた埃を不快そうに払いながら、

「余が相手をするのはフェリックスさんだけですか？」

「不満か？」

「とくには。一人でも二人同時でも労力に大した差はありません。ただほんの僅かだとしても、自ら確率を下げるのが腑に落ちないだけです。それもどうでもいいことですが」

直後、床を蹴りつけ左へ飛ぶ。息つく間もなく聞こえてきたのは、背後で何かが破壊された音だった。

ダルメスは手のひらを正面に突き出した状態で、仄暗くフェリックスを見つめた。

「見えているのですか？　それとも勘というやつですか？」

「…………」

「まぁいいでしょう。次でわかることです」

ダルメスに向けて一直線に駆ける。矢継ぎ早に繰り出される衝撃波を最小限の体捌きで躱しながら、フェリックスはオリビアの言葉を思い出していた――。

『ダルメスの攻撃が見えなかったのは、多分ラムザ皇帝に意識の多くを割いていたからじゃないかな？　オドも魔術も根源とするところは同じ。たとえダルメスが何らかの細工を施していたとしても、オドをわたし以上に扱えているフェリックスが見えないはずはないよ。要は正しく認識することが大事だから』

「――どうやら見えているようですね」

ダルメスの声に焦りは感じられなかった。フェリックスは右足を強く踏み込み、死角からダルメスの脳天に向けてエルハザードを叩きつける。

だが、またしても頭から爪先まで覆う透明の盾によって防がれてしまう。が、フェリックスは構うことなくエルハザードを押し込み、盾越しに二人の瞳が重なり合う。

「少々驚きはしましたが、ご自慢の剣もこの盾の前では無意味です。すでに経験済みのことは思いますが」

「――大事なことは正しく認識すること」

呟き、フェリックスは感覚を極限まで研ぎ澄ます。

（――見える。魔力の流れが）

正六面体で構成された盾は上部を起点として魔力が流れ、そして、下に行けば行くほど魔力の層が薄くなっている。

フェリックスは爪先にオドを収束し、鞭のように左足をしならせながら盾の下部を蹴り上げた。盾はガラスが砕ける音を発すると、光の粒となって四散し、枷を解かれたエルハザードを前のめりに振り下ろす。

　ダルメスの顔に驚きが浮かび上がった。

「――正直破壊されるとは思っていませんでしたよ。どうやらフェリックスさんを侮っていたようです」

　ダルメスが切り落とされた右腕を眺めながらそう口にする。痛みこそ感じている様子はないが、その右肩からはおびただしい量の血液が流れ落ちている。

　このまま放っておいても数分あれば、出血多量で命を落とすだろう。

「歪んだ野望はこれで終わりだ」

「終わり……？」

　茫洋とした目で言うダルメスは、だが次の瞬間、フェリックスが思わず身を引いてしまうほどの凄惨な笑みを零した。

「くふふふっ。いいえ、これからが真の平和の始まりです」

　切り落とした右腕の切り口から触手のような物体が無数に飛び出すと、時を同じくしてダルメスの右肩口から伸びた触手と引かれ合うようにして結びつく。

　人知を超えた光景を前に、フェリックスは一歩身を引いた。

「人間ではないのか……？」

「否定はできませんねぇ。元々人間であることにこだわりもありませんが」

完全に繋がった腕を確かめるように動かすダルメスは、爆ぜるように床を蹴る。その速度は俊足術に勝るとも劣らず、フェリックスもまた俊足術を駆使しながら斬撃を浴びせ、ダルメスは短槍をもって応戦する。

ダルメスの槍技は明らかに素人の域を出ていないが、魔術を織り交ぜた連携術はそれなりに厄介で、時間を追うごとに小さな傷が積み重なっていく。

フェリックスもダルメスにそれなりの傷を負わせるも、それなりの傷では無意味なようで、斬りつけた瞬間から傷が塞がってしまう。

このまま続ければどちらに天秤が傾くか、誰が見ても明らかだった。

「もう十分に理解したのではありませんか？　神の力を受けたこの身は生命の理など易々と踏み越えてしまう。抗ってどうするというのです。余に身を委ねればそれだけで安寧の世界が待っているというのに」

語るダルメスの顔は不可解の表情で満ちていたが、次の瞬間にはどこまでも暗く湿り気を帯びた光を瞳に宿し、さらに話を続けていく。

「無能な為政者もそれに唯々諾々と従う者も、それだけで世界にとっては害悪。世界は完全無欠な統治者によって管理されるべきなのです。平和ボケしたラムザにできることではありません」

フェリックスはただ一言、

「決着をつけましょう」

「――望みのままに」

ダルメスは斬撃を加速させた。その全てを躱し、躱し、躱す度に美しく磨かれた床が無残に切り裂かれていく。

フェリックスは後退しながらその時が来るのを辛抱強く待ち続けた。

「決着をつけるのではなかったのですか？」

「………」

「埒（らち）があきません」

短槍を消し去ったダルメスの右手に、濃密な魔力が宿るのをフェリックスは感じた。ダルメスが強力な魔術を行使するとき、僅かだが空白の時間を生じさせ、それが最大の隙となり得る。仕掛けるタイミングは今しかなかった。

俊足術・極（きわめ）を発動したフェリックスは、ダルメスの側面に到達するのと同時に、空白時間ごと斬り払う一閃を放つ。がしかし、ダルメスは自身とエルハザードの間に小型の盾を顕現（けんげん）することで攻撃を防ぐ。これまでの盾とは違い、濃密な魔力が十全に張り巡らされたこの盾は、切り裂く余地がないことをエルハザード越しに伝えてくる。

フェリックスの顔面に、ダルメスの右手が覆い被（かぶ）さった。

「隙を狙っていたのは余も一緒です」

ダルメスの声は勝利を確信している。

フェリックスは顔を覆われたまま、冷静に言葉を紡いだ。

「一式・朧」

陽炎を纏ったエルハザードは、完璧なまでに攻撃を阻んだはずの盾を易々とすり抜け、無防備なダルメスの身体を切り裂いていく。

下半身を置き去りにして吹き飛ぶダルメスの上半身は、ラムザ一世の掲げる長剣に吸い込まれるように突き刺さった。

（皮肉な光景だな）

フェリックスは銅像の前に立ち、剣から逃れようと必死にもがくダルメスを見上げた。

「この程度のことで、不死の力を賜った余がこの程度のことでッ！」

ダルメスは握力をもって長剣を砕き、上半身がどさりと床に落ちる。フェリックスは切り口からのたうつように飛び出てくる触手を踏み潰し、エルハザードをダルメスの眉間に突き立てた。

「眉間を貫かれて即死しない人間はいない。――本当に人間を捨てたのですね……」

「フェリックスよ、今一度考え直せ。仮初の平和じゃない。人々が真に平和を得る機会を、誰もが幸福な世界を永遠に失うことになるのだぞッ！」

「私もオリビアと同様、あなたが作る平和に人々の笑顔を見出すことができない。それにたとえ仮初の平和だとしても、人間でない存在に管理される世界に比べればはるかにまともです。人間のことは人間同士で解決する。そこに神も不死者も必要ありません」

「お前と私の目指すべき理想は同じだったはず」

「同じですが方法があまりにも違いすぎました。ダルメス、あなたと共には歩めない」

「……思えば拒絶されたあの時から運命は決していたのかもしれぬ……誰よりも信頼されているお前が羨ましかった……神と出会って……己の中に巣くっていた衝動を抑えることができなかった……悔いはない」

「ダルメス……」

突き立てたエルハザードを、正中線に沿って引いていく。さらに原形をとどめないほど切り刻んだのち、オドの衝撃波をもって塵芥に帰す。

フェリックスはダルメスの下半身を焼却するオリビアに歩み寄った。

「不死じゃなかったみたいだね」

「そのようです。騙されていたのか、魂縛呪の妙薬とやらが元々人間には分不相応だったのかはわかりませんが……なんにしても目的の半分は達しました。ダルメスが操っていた亡者たちも遠からず活動を停止することでしょう」

礼拝堂を出た二人が目にしたのは、鎧や仮面などはそのままに、肉も骨もない皮だけの死体とも呼べない代物だった。

その場に屈んだフェリックスは、マルティーナであったはずの皮を握り締める。

「――終わらせましょう。全てを」

「うん」

夜はその深度を増していく――。

Ⅲ

礼拝堂を後にした二人が分岐点まで戻ってくると、壁に手をかけながらおぼつかない足取りで歩く黄金騎士団の隊長――エメリヒの姿を目にした。彼がこちらに気づいた様子はなく、問題なくやり過ごすこともできたが、フェリックスはあえてそうしなかった。

「久しぶりですね」

声をかけたことで初めてフェリックスを認識したエメリヒは、一瞬亡霊でも見たような表情を浮かべるも、即座に剣を抜き放った。

「なぜ帝国を裏切ったのです！」

「簒奪(さんだつ)者のダルメスからラムザ皇帝陛下をお守りするためです」

「なっ⁉　それはどういう……」

絶句するエメリヒへ、フェリックスはあえて事情を明かすことにした。彼の様子から察するに、ダルメスによって何らかの術が施されていたのは確かだろう。

　そのダルメスが死んだ今、ほかの黄金騎士や衛士が本来の責務に立ち戻る可能性は高く、無駄な衝突を未然に回避するためである。

「そんな雲を摑むような話を私に信じろというのですか？」

「では問います。城の警備責任者であるエメリヒは、今までどこで何をしていたのですか？　エメリヒばかりではありません。城に忍び入ってそれなりの時間が経過していますが、目にしたのは直轄軍の兵士と素性も知れない者が僅かに数人だけです。警備兵も衛士も黄金騎士の一人すらも出会うことはありませんでした」

　突き付けた言葉に思い当たる節でもあるのか、エメリヒの表情には明らかに苦悩の色が浮かんでいた。

「目的を果たすまで私が歩みを止めることはありません。それでもエメリヒは私の前に立ち塞がりますか？」

「……一つだけお聞かせください。ラムザ陛下は今どこに？」

「賓客として王都フィスに招かれています。身の安全は私が保証します」

　エメリヒは僅かに頰を緩め、

「それを聞いて安心しました。これからどちらに向かわれるのですか？」

　ダルメスの執務室だとオリビアが告げると、エメリヒは初めて彼女の存在に気づいたらしい。油断ない所作でオリビアを眺めていたが、肩当ての紋章に視線が向くと、わかりやすく顔色を変えた。

「彼女はまさか……ッ!?」

「心配いりません。協力者です」

「……わかりました。では執務室までご同行させて頂きます」

フェリックスが予想した通り、ダルメスの執務室にたどり着くまでに、多くの衛士や黄金騎士と遭遇した。エメリヒとフェリックスが肩を並べて歩く姿に皆が息を呑み、二人の後ろを歩く女が死神オリビアだと知れると、リステライン城は蜂の巣を突いたような大騒ぎとなった。

黄金騎士の面々がエメリヒに詰め寄る場面も何度かあったが、その度にエメリヒが睨みを利かせて事なきを得た。

ダルメスの執務室に通じる廊下には三人の足音だけが響いている。視界の先に精緻な紋様が彫り込まれた大扉が見えてくると、エメリヒは壁際に身を寄せて敬礼した。

「案内はここまでとさせて頂きます」

エメリヒに感謝を告げた二人は、ダルメスの部屋の前に立つ。オリビアは両手を扉に置き、ゆっくりと押し開いた。

彼女に続いて部屋に入ったフェリックスは、部屋の隅々にまで視線を走らせるも、死神は言うに及ばず、人ひとりの姿も見かけなかった。

（敵は死を冠する神。見えているものだけが全てと考えるのは早計だが……）

訝るフェリックスを尻目に、オリビアは迷いのない足取りで巨大な本棚の前に立つと、抜く手も見せずに漆黒の剣を五月雨に振るう。

声をかけるよりも早く本棚は派手な音を立てて崩れ落ち、この部屋で初めて目にする光景がフェリックスの目に飛び込んできた。

「まさか本棚の裏に地下室が隠されていたなんて……」

「前はこの先にゼーニアがいたんだよ」

壁のくぼみに置かれた燭台には目もくれず、オリビアは階段を下りていく。決して広くはない階段にもかかわらず、足音がやたらと反響した。

先を行くオリビアの足取りは常に一定を保ち、不安を感じさせなかった。

「しかしこの暗さ、少し妙ではありませんか？」

フェリックスは地下に下り始めてからずっと、自然な暗さではなく作られたような暗さに違和感を覚えていた。

「そう？　わたしはとくに何も感じないけど」

「足音を聞く限りそんな感じですね」

「クラウディアに言わせるとわたしは特別夜目が利くらしいから」

「深淵人(しんえんびと)の目とはそういうものなのですか？」

フェリックスは純粋な興味から尋ねた。

「そんなことわからないよ。ほかの深淵人(しんえんびと)に会ったことなんてないし」

フェリックスが知る限りにおいて、オリビアを除いた深淵人(しんえんびと)は阿修羅(アスラ)によって狩り尽くされている。彼女以外に生き残りがいるとも思えず、迂闊(うかつ)な発言だったと後悔した。

「軽率な発言をして申し訳ありません」

「え？　なんで謝るの？」

オリビアが当惑したように聞く。声の調子からしても、彼女が今の発言をまるで気にしていないことがわかる。オリビアの口から両親の話が出たときも薄々感じたことだが、元々物事にこだわらない楽観的な性格なのだろう。

「ところでフェリックスは大丈夫なの？」

「え？　ええ。今のところ歩くのに支障はありません」

「じゃあフェリックスもわたしと同じくらい夜目が利くんじゃないの？」

フェリックスは苦笑し、

「目は良いほうだと思いますがオリビアほどではありません。目が慣れてくれば多少は見えると思いますが」

「じゃあなんで今は平気なの？」

「オドを利用した術でどうにかなりますから」

フェリックスは曖昧に答えた。一定の間隔で全方位にオドを放射し反射させることで、見えずとも周囲の状況を立体的に把握することができる。

屋内で威を発するこの術は、忌むべき阿修羅式暗殺術の一つだ。

「ふーん。オドにはそういう使い方もあるんだね。今度わたしにも教えてよ」

「今使っているのは暗殺術です。あまりお勧めはしませんが……」

直截なオリビアの頼みに、フェリックスは遠回しに難色を示した。たとえ恩義があるオリビアであろうとも、阿修羅の技や術を後世に残そうとは露ほども思っていなかったからである。

「暗殺術だからお勧めしないの？　フェリックスはおかしなことを言うんだね。だってその術が人間を殺すわけじゃないでしょう？」

その言葉にフェリックスは、思わず足を止めてしまった。

「どうしたの？」

「術が人間を殺すわけじゃない。全くもってその通りです」

笑い声をあげるフェリックスを、振り返ったオリビアが不思議そうに見つめる。思っていた以上に長い階段を下りたその先には、人ひとりがやっと通れるほどの通路が延々と続いていた。

ねっとりと肌にまとわりつくような不快さは増すばかりで、先頭を歩くオリビアからは緊張と警戒の色が滲み出ている。

(圧倒的な実力の差を見せつけた神と再び戦おうというのだから無理もない。その精神力だけでも驚嘆に値する)

二人は黙して進む。足音が時を刻む代わりとなる中で、ようやく闇に慣れた瞳が半球状に広がる部屋を映し出す。

足を踏み入れて間もなく、フェリックスは部屋の異様さに気がついた。

(壁に継ぎ目が全くない。材質も見たことがないものだ)

試しに手近の壁を軽く叩いてみると、くぐもった音が返ってきた。帝国最高の技術を結集したとしても造り上げることは不可能だと思われ、この部屋を造った者が人間でないことを強く突きつけてくる。

今のところ視界に映るのはオリビアだけ。そのオリビアも周辺に目を走らせているが、ゼーニアを捜しているというよりも、何かを見つけ出そうとする仕草に思えた。

(ここにも隠された何かがあるのか?)

フェリックスが静かに見守る中、壁に手を滑らせながら歩いていたオリビアの動きが止まったのは、体感で十分ほどが経過したとき。壁の一点に向けて確かめるように手をあてがうと、抜き放った漆黒の剣を大上段に構え、稲妻のごとき速度で振り下ろす。

直後、鼓膜を貫くような高音を発しながら壁が引き裂かれ、その向こう側に天まで続くかのような階段が延びている。声を失うには十分な光景だった。

漆黒の剣を鞘に納めたオリビアは振り返り、

「多分一歩でも中に踏み込んだら最後、後戻りはできないと思う。――大丈夫かな？」

（ここに至ってまだ人の心配ですか……）

心遣いを嬉しく思いながら、フェリックスは返事の代わりに懐から取り出したものをオリビアに向かって放り投げた。

無難に受け取ったオリビアは、

「これなに？」

と、困惑した表情で尋ねてくる。

「オリビアは甘いものが好きだと聞きましたので」

「え？　これお菓子なの！」

「ええ。とても美味しいとの評判です」

爛々と瞳を輝かせたオリビアが包み紙の一部を剝がすと、中から板状のお菓子が顔を覗かせる。最近帝国で流行りだしたチョコラというお菓子で、甘いものには何かとうるさい執事のクラウが、珍しく太鼓判を押した一品だ。

「ほれものふごくおいひいね。でもばんで――」

「なんで今これを渡すのかと？」

高速で首を振るオリビアを見て、フェリックスは笑いを堪(こら)えることができなかった。

「帝国にはこんなことわざがあります。腹が減っては戦に勝てぬ、と。これが今の質問の答えです」

「つまりゼーニアをぶっ殺す気満々ってことだね」

フェリックスは苦笑で返すより術(すべ)がなかった。

「――美味しいお菓子も食べたことだしそろそろ行こうか」

空間の裂け目を越えていく今の彼女からは、警戒は絶やさずとも過度な緊張は見られない。肩の力も適度に抜けている。

フェリックスも力強く一歩を踏み出し、オリビアの後に続いた。

Ⅳ

白一色に彩られた階段は、闇でも落としたように上がる先から黒く染まっていく。

「これは馬車かな？」

「馬車ではないと思います。ただ車輪らしきものがあるので乗り物の可能性は否定できませんが」

宙に浮かんでいる巨大な鉄の塊を横目に見ながら、フェリックスはオリビアの度重なる質問に対し、その都度憶測で答える。

階段を上り始めてからしばらくして、二人は空中に浮かぶ様々なものを目にした。それは見たこともない巨大な生物であったり、あるいは聞いたこともない音楽を奏でる小さな板であったり、時には人と獣を掛け合わせたかのような悍ましい何かであったり。

総じて言えることはそのどれもが理解の及ばない、少なくとも自分たちの世界には決して存在しないものだということ。

「──どうやら終わりが見えてきたようです」

最後の一段を上るとそこには何もない、ただ白に白を重ねたような空間が広がっていた。果てのなさそうな空間の一点。天を衝くような巨大な黒門と、その黒門の前で佇む存在に、フェリックスの瞳は引き寄せられていく。

「あれが死神ですか？」

「うん」

ゼーニアを睨むように見据えるオリビアは、静かに返事をする。

（どうやら見込みが甘かったようだ）

ダルメスの力から推し量ってなお破滅的な格差があった。ただ目にしただけだというのに粟立つような感覚が身体に染みついて離れない。

かつてないほどの禍々しい気配に汗を滲ませていると、死が囁くような声を耳にする。明らかに従来の言語とは異なっているが、フェリックスには不思議と理解できた。

「ココニ招待シタ覚エハナイガ」

「あなたを滅ぼすために戻ってきた」

「滅ボス？——ワカラン。二人ナラドウニカナルトデモ？　ダルメスモソウダガ第三号の思考ハ本当ニ理解シ難イ」

オリビアは首にかけている宝石の紐を引きちぎり、そして言い放つ。

「前とは、違う」

「違ウ？——ナニモ変ワッタヨウニハ見エナイ。モットモ変ワッタトコロデ所詮ハ劣等種。塵芥ノゴトキ違イナド判別デキルハズモナイ」

人間など歯牙にもかけない言動からしても、いきなり襲ってくることはなさそうだが、それでも最大限の警戒を絶やすことはできない。

「——作戦は？」

問えば、オリビアは手にした宝石を見つめ、

「この紅魔石を触媒にしてわたしのオドを限界以上に高める。全てはそこから」

不純物が一切見受けられない紅魔石は、まるでオリビアの言葉に反応したかのように、手のひらの上で妖しい輝きを放っていた。

「話を聞く限りリスクなしに扱えるような代物とも思えません。オリビアの体に相当な負担を強いるのではありませんか？」

紅魔石を握りしめるオリビアは、静かに微笑(ほほえ)んだ。

（愚問でしたね……）

フェリックスはゼーニアを見やり、

「どの程度足止めすれば？」

「五分。ううん、三分あれば大丈夫だと思う」

「三分ですか……」

「無理、かな？」

心配を宿す瞳を置き去りに、フェリックスは揺るぎない足取りでゼーニアの下へ向かう。柄(つか)の留め具を外し、エルハザードに手をかけながら決意を言葉に変える。

「オリビアが世界の希望なら、その希望を繋(つな)ぐための架け橋として死力を尽くすのみ」

連続で息吹を刻み、オドを身体の隅々まで充足させていく。ゼーニアと真正面から対峙(たいじ)したとき、フェリックスの全身は蒼(あお)の光で満たされていた。

「ホホウ。ソノオドノ輝キ、オ前ハ阿修羅(アスラ)ノ末裔(まつえい)デアッタカ。輝キカラ推シ量ルニ相当ナ使イ手ダ。――ククククッ。仇敵(きゅうてき)同士デアルハズノ深淵人(しんえんびと)ト阿修羅(アスラ)ガ手ヲ結ンダカ。理解不能ダガ実ニ面白イ。ソノ滑稽(こっけい)ナル健気(けなげ)サニ免ジテ今一度ダケ遊ンデヤロウ」

真横に伸ばしたゼーニアの右手に巨大な大鎌が顕現する。身体と同様に黒い靄を放つ大鎌は、触れるだけで全てを無に帰すような気配を帯びていた。

フェリックスは左足を地面に叩きつけるようにして一歩踏み出す。腰を軽く落とし、エルハザードを脇に構える。

ゼーニアに動く気配はなかった。

――俊足術・極ッ!!

空気が弾けた音が拡散し、フェリックスはゼーニアの背後を瞬時に取る。

(依然として動く気配なし。完全に隙だらけだ)

絶好の機会を得たフェリックスは、だがしかし、続けて俊足術・極を繰り出し、ゼーニアから離れた刹那、不吉な音色が鳴り響く。

ゼーニアはその場から一歩足りとも動いていなかった。一撃を放とうとした瞬間、フェリックスは無意識に回避を選択していたのだ。

もし僅かでも回避に抗っていたら、今頃は両断された自分の身体が転がっていたに違いない。

「今ノ初撃デ終ワリト思ッテイタノダガ、ナカナカドウシテヤルデハナイカ」

賛辞の言葉を遥か彼方へ捨て置き、フェリックスは空に向けて俊足術・極を繰り出す。

攻撃起点はゼーニアの頭上。縦回転する勢いでエルハザードを叩きつけるも、気軽な動作で掲げられた大鎌により、攻撃はいとも容易く防がれてしまう。

（空気の微妙な揺らぎでこちらの動きを察知している？）

ここで初めてゼーニアが動いた。マントを翻すような仕草を見せると、常に漂う黒い靄が噴き上がり、まるで意思を持っているかのようにこちらを飲み込む動きを見せてくる。

（この靄に飲み込まれるのは絶対にまずい！）

思考する時間は刹那で、黒い靄から漂うのは凶暴な死の香り。

限られた選択肢の中で導き出した答えは、足の直下に小さな板を具現化することだった。

（間に合えッ!!）

板を蹴りつけた反動で後方へ飛ぶのと同時に、具現化した板は黒い靄に飲み込まれ、シューシューと白煙を上げながらドロドロに溶けていく。

（一瞬の隙も許されない。まさに死の綱渡りか……）

大きく距離をとったフェリックスに向かって、ゼーニアから惜しみない拍手が浴びせられた。

「オドノ極小化ガ著シイコノ世界ニオイテ、オ前ノヨウナ者ガマダイタコトニ驚キダ。我ガ記憶スル阿修羅ノ者タチノ中デモ群ヲ抜イテオル。サテサテ、コレハドウシタモノカ」

わかるくらいにはゼーニアの声が弾んでいた。強者を前にして心躍らせる武辺者は少なからずいるが、目の前に立ち塞がるのは人間でない。

武辺の心など持ち合わせているはずもなく、ゼーニアからすればただの人間も自分も、強さに大した違いはないだろう。ならば思い当たる理由は一つしかない。

「私の魂を捕食したくなったか？　だが自我のある魂は捕食できないはずだ」

「ホウ、ヨク知ッテオルデハナイカ。何ヤラ画策シテイルアノ深淵人カラ聞イタノカ？」

ゼーニアの言いように、フェリックスは目を細めた。

「知っていて見逃すとは意外だな」

「当然ダ。何ヲドウ画策シヨウガ所詮ハ玩具。ソンナ玩具ガコノ上何ヲ成ソウトスルノカ、実ハ楽シミニサエシテイル」

フェリックスはオリビアを見ることなく見る。

彼女に指一本触れさせることなく戦うのは至難なだけに、ゼーニアの言葉は渡りに船だった。

(仮にも死神が人間ごときにつまらない駆け引きをするとは思えない。言動からもそれは明らか。これからはオリビアの身を案ずることなく戦いに集中できる)

丹田に力を込め、フェリックスはエルハザードを雄々しく構える。

ゼーニアは大鎌を肩に置き、

「ソウソウ、魂ノ話ダッタナ。確カニ自我ノアル魂ヲ喰ラウコトハデキナイ。シカシアノ玩具ハコウモ言ッテイナカッタカ？　何事モ例外ハアル、ト」

身体の芯まで凍らせるような高笑いが白の空間を埋め尽くす。先に行動を起こしたのはフェリックスだった。

（死神相手に後の先はない。先の先で戦うのみ）

フェリックスは左足を蹴りつけ、ゼーニアの正面にあえてその身を晒した。

一式・朧――。

現を幻とし、幻を現とする剣技。放つ縦の一閃は大鎌によって難なく止められてしまうも、予想し得る範囲内のこと。朧を纏いながら大鎌をすり抜け再び現を成すエルハザードは、しかし、ゼーニアに届くよりも先に回転する大鎌に弾かれてしまう。

瞬刻の間に大鎌が降り落ちてくるが、冷静さを欠くことなく突き上げたエルハザードを大鎌の切っ先に重ね合わせた。

二式・阿修羅旋風――。

エルハザードから発生した小さな竜巻ともいうべきそれは、ゼーニアの右腕ごと大鎌を吹き飛ばし、流水の動きで攻撃を続行する。

三式・無影無斬――。

影を置き去る剣速をもって全方位から斬撃を叩き込む。

オリビアとの対決時にも放った技だが、今のフェリックスはオドを全開放している。故に技の破壊力は桁違い。ゼーニアは無限の斬撃を無防備のまま浴び続けている。

――――それは極限にまで意識を研ぎ澄ませておかなければ、到底気づくことができない攻撃だった。

(――!?)

足元に小さな波紋が一瞬広がったのを感知し、再び身体が無意識に回避行動へと移行する。真横に蹴り飛ぶのと時を同じくして食獣植物よろしく口を開けた影が、フェリックスがたった今までいた場所を飲み込んでいく。

二式で右腕を斬り飛ばし、三式で斬撃を浴びせたにもかかわらず、平然とした様子のゼーニアを見て、フェリックスは固唾を呑んだ。

「何故ソンナモノガコノ世界ニ存在スル」

「――何のことだ?」

エルハザードを構え直しながら尋ねれば、ゼーニアは明らかに苛立った声を発した。

「ソノ剣ノコトダ。ドコデソレヲ手ニ入レタ」

「……そんなことを聞いてどうする?」

「聞カレタコトダケ答エヨッ!」

猛る言葉に呼応するように、黒い靄が嵐のごとく吹き荒れる。吹き飛ばされそうになる身体を必死に支えながら、背後のオリビアに視線を送った。

見れば吹き荒れる靄の中でも動じず、オリビアの額を中心に緋色の光がほとばしっている。フェリックスは尋常ならざるオドが彼女の中で育ちつつあるのを感じた。

（どうやら順調のようだがそれだけにゼーニアが余計な気を起こさないとも限らない）

フェリックスは時を稼ぐため、言葉を繋ぐ選択をした。

「この剣、エルハザードは皇帝陛下より下賜されたもの」

「エルハザードだと？」

その言葉を境に吹き荒れていた黒い靄が急速に収まっていく。意外なほど強い関心を示したゼーニアの姿に、フェリックスの視線は自然とエルハザードに移る。

（この剣と死神に何か繋がりでもあるのか？）

とはいえ、ゼーニアに語った以上のことは何も知らない。そのゼーニアはといえば、フェリックスの存在を忘れてしまったかのように、何事かをブツブツと呟いている。

微かに聞こえてきたのは〝調律者〟という謎の単語だけだった。

（好機！）

地面を蹴り上げたフェリックスは空を疾走し、エルハザードを垂直に突き立てた。

四式・龍牙烈閃――。

龍の咆哮が雷鳴の如く轟き、蒼き閃光が針のように鋭く深い穴を地面に残す。だがそれは、フェリックスが意図した結果ではなかった。

突き刺さるその寸前まで、エルハザードはゼーニアの直上を捉えていた。ゼーニアの立ち位置に変化は見られず、反撃を受けてこちらが体勢を崩したわけでもない。

(幻術の類か？　ならば幻術ごと吹き飛ばすまでッ！)

着地から予備動作なしにエルハザードを薙ぎ払う。

五式・阿修羅豪旋風――――。

阿修羅旋風の強化版であるこの剣技は、ゼーニアを螺旋状に鋭く回転させながら空高く舞い上げた。渦の中では真空の刃がゼーニアを切り裂いていく。

すかさずフェリックスは身体を弓なりに反らし、投擲の構えに移行。右腕はエルハザードごと蒼き光を放ち始めた。

六式・天双砕――――。

解き放たれたエルハザードがゼーニアの腹部を穿つ。天を砕くような残響が尾を引く中で、突き出した右腕を強く後ろへ引けば、放物線を描いたエルハザードが再びゼーニアの胸部を穿ち、フェリックスの手に戻る。

胸部と腹部に穴が空いたゼーニアは、フェリックスが一度の瞬きを終えたときには再生を果たし、腕も元通りとなっている。

(これが死神……)

ゼーニアは力量の違いを見せつけるかのように、ゆっくりと地上に降り立った。

「――興ガ冷メタ」

端的な言葉の中に苛立ちの感情が垣間見える。危険を知らせる警鐘が頭の中でうるさいくらいに鳴り響いていた。

(恐れるな。先手を取り続けろ)

己を鼓舞し、再び五式・阿修羅豪旋風を繰り出すが、

「ソレハスデニ見タ」

背後から死に引きずり込むような声が届く。目の前のゼーニアが残像だと知ったときは全てが遅かった。回避する間もなく強烈な一撃を背中に受け、フェリックスの身体はなす術もなく彼方へ吹き飛ばされてしまう。

(咄嗟にオドの防壁を張らなければ死んでいたな……)

たわむ視界の先では、当然のようにゼーニアが待ち構えていた。

抗いがたい痛みというものは身体を委縮させる。これは全ての人間に共通して言えることだが、フェリックスは痛みを意図的に切り離す術を心得ている。

左手に圧縮したオドの塊を地面に叩きつけ、自身の身体を砲弾のように弾き飛ばす。勢いそのまま空に逃れるフェリックスを、ゼーニアは予備動作なしに猛追してくる。

空中で身体を半回転させたフェリックスは、足元に具現化した板を蹴りつけ、大鎌を振りかぶるゼーニアにあえて肉薄した。

七式・阿修羅百光撃――。

百の乱れ突きをすれ違いざまに放つも、ゼーニアは大鎌を高速回転させることで、その全てを防ぎ切ってしまう。

しゃがむように着地し、顔を上げたフェリックスが見たもの。それは空間を覆い尽くさんばかりの大鎌だった。

「派手ニ舞イ踊レ」

大鎌が殺到する。フェリックスは三度阿修羅豪旋風（アスラごうせんぷう）を放つが、数十本の大鎌を吹き飛ばす程度の威力しか得られなかった。

（三度も放てば当然か）

俊足術を小回り重視の〝颯（はやて）〟に切り替え、暴虐に荒れ狂う大鎌を弾（はじ）き返していく。だが、大鎌の攻撃は苛烈を増すばかりで終わりが見えない。次第に呼吸は乱れていき、呼吸の乱れはオドの制御に直結する。

「ソロソロ限界ノヨウダナ」

フェリックスの身体に大小様々な傷痕が積み重なっていく。間もなく訪れるであろう致命的な未来に、しかし、どうすることもできなかった。真綿で首を締められるかのごとく退路が徐々に断たれ、やがて周囲は隙間なく大鎌で埋め尽くされてしまう。

頬を伝う汗がポタリと落ちる。

ゼーニアは超然とした態度でフェリックスの正面に降り立つと、挑発するように両手を広げてみせた。

八式・阿修羅空撃(アスラくうげき)────。

「──ッ!?」

技を繰り出すより早くフェリックスの右腕を摑(つか)んだゼーニアは、立てた人差し指をゆっくり左右へ振った。

「ソノ剣ハ貰(もら)ッテオク。詳シク調ベル必要ガアルノデナ」

摑まれた右腕からくぐもった音が響く。痛みは地を這(は)う蛇(へび)のごとく右鎖骨まで走り、手から滑り落ちたエルハザードが乾いた音を鳴らす。

「デハ頂クトシヨウ」

黒い手が眼前に伸びたまさにその時、魂を怖気(おじけ)させるほどのオドを感じ、唇は自然と綻(ほころ)んだ。

「待ちくたびれましたよ」

ゼーニアの側頭部に強烈な蹴りが突き刺さり、フェリックスの視界からゼーニアが消え失せる。

「持ち堪(こた)えてくれてありがとう。ここからはわたしがやる」

「頼みます」

眩(まばゆ)い銀の光を放つオリビアに向けて、フェリックスは短い言葉を送った。

何事もなかったかのように歩み寄るゼーニアに対し、オリビアも合わせ鏡のごとく同じ行動を取る。距離が限りなく縮まったところで、示し合わせたように互いの足が止まった。

「仕込ミハ終ワッタヨウダナ。ソレニシテモ」

オリビアの額に視線を向け、ゼーニアはせせら笑う。

「マサカソレヲモッテ〝違ウ〟ト？　ソウダトシタラトンダ拍子抜ケモイイトコロダ」

「ゼットと違って本当によくしゃべるね」

オリビアは予備動作なしにゼーニアを蹴り上げた。垂直に吹き飛ぶゼーニアを追いかけ、追いつくのと同時に無窮（むきゅう）の斬撃を浴びせていく。

ゼーニアは大鎌で斬撃をいなしながら、

「前言ヲ訂正シヨウ。確カニ以前トハ違ウ」

ボロ負けしながらも戦った経験と対ゼーニアを想定した訓練のおかげで、ある程度は手の内を予測して動くことができる。

「人間は成長するんだよ」

薙ぎ払われた大鎌の上から漆黒の剣を重ねるように叩（たた）きつけ、反動を利用してゼーニアの頭上を飛び越える。そのまま身を捻（ひね）りながら無防備の背中を強か（したた）に蹴りつけた。

線を引くように地面へ直進するゼーニアに向けて、オリビアは烈火弾を立て続けに放つ。爆炎を纏うゼーニアは地面に激突する直前、時間が停止したかのようにピタリと止まり、つま先を軽やかに地面へ落とす。

オリビアが地上に降り立つ頃には、炎は跡形もなく消え去っていた。

「人間風情ガ短期間デ、我ガ認識デキル成長ヲスルハズモナイ。説明セヨ」

「ゼットと訓練した」

誇らしく告げれば、ゼーニアが吐き捨てるように言う。

「説明不足モ甚ダシイ。イカニ至高ノ存在ニ教エヲ受ケタトコロデタカガ知レテイル」

「ゼットは言った。守るべきものができたとき、人間は限界以上の力を発揮すると。そして今のわたしは両手で抱えきれないくらい守りたい人たちができた」

「ツマリ理由ニモナラン理由デソノ力ヲ得ルニ至ッタト？」

頷くことで肯定すると、ゼーニアは肩を揺らした。

「ソモソモクダラン戯言ヲ、ゼットガ口ニスルハズモナイ」

「あなたはゼットのことを何も知らない。だからそんなことが言える」

「永遠ヲ共ニ歩ンデキタゼットノコトヲ何モ知ラナイ？　ソレハ何ノ冗談ダ」

「時間なんて関係ない。それをこれから証明する」

水平に掲げた漆黒の剣に指先を滑らせ、〝次元者喰い〟の真言を刀身に刻み込む。時を置かず稲妻のような痛みが全身を駆け巡り、オリビアの顔は苦痛で歪んだ。

始まる崩壊の調べを身に滾る莫大なオドで緩和しながら、同時に微細の極致とも言えるオドの制御を行いつつ、対ゼブラ戦でも使った俊足術〝極崩し〟を発動した。

気配を置き去りに、無音でゼーニアの懐に入り込む。時間差のない一閃はゼーニアの右腕を斬り飛ばし、続けて放つ二閃目は、ゼーニアが飛び退いたことで不発に終わった。

ゼーニアは斬り落とされた右腕には目もくれず、

「人間ハドコマデイッテモ学習シナイ生物ダ。何度腕ヲ切リ落トシタトコロデ――……!?」

言いかけて、ゼーニアは右腕を凝視する。ゼットと同じくのっぺらぼうなので感情を読み取るのは難しいけれど、動揺しているのは雰囲気から伝わってきた。

「――何ヲシタ?」

「………………」

「何ヲシタト聞イテイルッ！」

声を荒らげるゼーニアに、あくまでもオリビアは冷静な声で告げた。

「教えると思うの？」

「下等生物ガ……調子ニ乗ルナヨッ！」

前触れもなくオリビアの身体は、巨大な黒の球体に捕らわれた。ゼーニアが左手を握ると、球体は重厚な音を拡散させながら徐々に凹んでいく。オリビアは球体を乱れ斬るも、

傷一つつけることができなかった。

球体越しにゼーニアの声が届く。

「一分モアレバ球体ゴトオ前ハコノ世界カラ消滅スル。諦メロ」

「諦める選択は――」

息を深く吸い込むオリビアは、両腕を高らかに上げながら漆黒の剣を逆手に持ち、

「ないッ！」

球体の底部に激しく突き立てた。

切っ先から黒き閃光が放たれ、球体が砕け散るのと同時に跳躍する。すぐに迎撃態勢をとるも、しかし、ゼーニアはどこにも見当たらない。

油断なく自由落下にまかせていると、横回転しながら無音で迫る大鎌を視界の右端に捉えた。上体を弓なりに反らすことで大鎌を紙一重で回避し、不利な態勢そのままに瞳が映す次なる光景は、両手で大鎌を構えながら刻々と迫り来るゼーニアの姿だった。

（もう躱すことはできない。なら――）

時間が許す限りに身を傾け、すれ違いざまにオリビアの左肩はえぐられていく。紅魔石の恩恵を受けた防郭楼越しでも耐えがたい痛みに、殺しきれない声が外に漏れ出てしまう。

地上に降りたオリビアが上空を見上げれば、右足を失くしたゼーニアが黒い靄を周囲にまき散らしていた。

ゼーニアにはなくオリビアにあるもの。ゼットに叩き込まれた戦いのセンスと確固たる覚悟が、結果としてオリビアにより大きな〝利〟をもたらした。

片足で地上に降り立ったゼーニアは、

「ナゼ修復シナイノダ……——!?　マサカアレヲ深淵人(しんえんびと)ニ教エタノカッ!?」

ゼーニアがオリビアを、正確にはオリビアの持つ漆黒の剣を激しく睨(にら)みつける。はっきりと敵意を感じた瞬間だった。

「裏切ッタノカァァァ……ッ!!」

ゼーニアの咆哮(ほうこう)は、果てを感じさせない空間を禍々(まがまが)しいまでに捻(ね)じ曲げていく。今こうしている間もオリビアの身体(からだ)は常人では到底耐えられない痛みに侵されていた。

(体はもってあと数分といったところ。紅魔石の効果もそろそろなくなる)

オリビアは流れ続ける汗を断ち切るように俊足術・極崩(きわめくず)しを発動した。

「矮小(わいしょう)ナ人間ナドニ肩入レシオッテ!　コウナッタラ貴様ノ首ヲゼットニ突キ付ケ、裏切ッタコトヲ後悔サセテクレルワッ!」

前後左右上下、次々と場所を変えながら激しく交わされる剣撃は、残響の余韻(よいん)すら残す暇を与えず、尽きることのない衝撃波が拡散していく。右腕と右足を失ってなおそれを感じさせないゼーニアの動きは、驚嘆を軽く超えていた。

(だけど戦い自体は素人。付け入る隙は十分にある)

実際、虚実を織り交ぜたオリビアの攻撃に対応しきれていない。ゼーニアの身体に少なくない斬撃も与えている。

（でも届かない。まだまだ届かない）

剣が弾かれたのと同時に大鎌から放たれた衝撃波は、オリビアを易々と吹き飛ばした。

（ッ！　持っていかれる――）

オリビアは咄嗟に舌の先を噛み切ることで、なんとか意識を繋ぎ止めた。膝を抱えて身体を回転させながら勢いを殺し、右足が地面に接するのと同時に俊足術・極崩しを発動。無限の剣撃を再開させる。

一見すると五分の戦いを演じているように見えるが、ゼーニアにはまだまだ余裕がある。翻ってオリビアは紅魔石という時間の縛りがあり、体力も限界に近い。なにより一瞬でも気を抜けば、痛みで気を失ってしまいそうだった。

（本当にゼーニアに勝てるの？）

脳裏を過る負の感情を、オリビアは口の中に溜まった血と一緒に吐き捨てた。

（弱気になってどうする。ゼットは勝てるって言った。ゼットは絶対に嘘をつかない。ならば力の引き出し方がまだまだ甘いんだ。訓練を思い出せ！　より速く！　より強くッ！）

自らの血でけぶる視界の中で、オリビアの斬撃は頂点を極めていく。がしかし、それでもゼーニアに致命の一撃を与えるには至らず、斬撃を躱すために立ち位置を変えた瞬間、筆舌に尽くし難い痛みがオリビアの身体を駆け巡った。

（こんなときに……ッ！）

オリビアが見せた隙はそれでも一瞬のことだった。が、この戦いに限っては敗北を決定づける礎となってしまう。しかも、大鎌でなく足刀を繰り出してきたことがあまりにも予想外すぎて、回避が致命的なまでに遅れてしまった。

足刀がオリビアの顎を跳ね上げ、脳が激しく揺さぶられる。意思から外れた両膝がガクリと地面に落ちた。

「喰ライ尽クシテクレル」

ゼーニアの声が不協和音のように響く中で、指一本すら動かすことがままならないオリビアは、ゼーニアの大鎌が振り下ろされたことを辛うじて認識する。

（お願いだから動いてッ！）

だが、切なる願いは届かない。不吉を掻き鳴らす大鎌がオリビアの右首筋に触れたその瞬間――ゼーニアの身体が突然視界から消え失せた。

「ここからは二人でやります」

声に導かれるように、オリビアは正面に立つフェリックスを見上げた。なんだかわけもなく嬉しさが込み上げて、自然に顔がほころんでしまう。

「笑っているときではありません」

「そうだね。でもなんだか嬉しくなっちゃって」

フェリックスはゼーニアが吹き飛んだ方向を見やりながら、

「右腕は使い物になりません。情けないことに今の私ができるのはオリビアのサポートに徹することだけです」

「うん、それだけでもかなり助かるよ」

「――来るぞ」

大鎌を前に構え、地面すれすれに飛びながら兇然と迫り来るゼーニアに対し、オリビアとフェリックスはそれぞれ剣を構えて迎え撃つ。

地面と平行して薙ぎ払われる大鎌を躱した二人は、即座に俊足術・極を繰り出し、左右からの同時攻撃を始めた。フェリックスはオリビアが攻撃から攻撃に移る刹那の間を埋める立ち回りを演じているが、それでも一歩届かない攻撃に気ばかりが焦ってしまう。

漆黒の剣を乱舞する。

「足りない！」

漆黒の剣を乱舞する。

「足りないっ！」

漆黒の剣を叩きつける。

「全然足りないッ!!」

いつ終わるとも知れない応酬が続く最中、オリビアの胸元に何度目かの大鎌が迫る。この攻撃を避けるのは容易かった。地面を舐めるように大鎌を潜り抜けた先、視界に映し出された新たな大鎌の存在に、オリビアは総毛立つ。

「させるかッ！」

攻撃がオリビアに届くよりも早く、フェリックスの剣が大鎌を叩き落とした。

「失セロ下郎ッ！」

衝撃波をまともに浴びて吹き飛ばされたフェリックスは、身体を何度も地面に叩きつけられながら——その動きを止めた。

「アアアアッッ!!」

限界を超えて漆黒の剣が咲き乱れる。瞳から黒光の線を流しながら、漆黒の剣は加速に加速を極めていく。

人の領域から遥かに逸脱した力は身体の崩壊を助長し、やがて外見に変化をもたらす。その最たるものが鼻から流れ落ちる黒い血だった。

（ここだッ！）

ゼーニアが刺突を避ける行動をとった刹那、身体が僅かに揺らぐのをオリビアは見逃さなかった。身体に無茶な捻りを加えながら刀身を斜め下に寝かせ、すくい上げるようにして大鎌を宙へ弾き飛ばす。跳ねるように身体をのけ反らせて尻餅をつくゼーニア目がけて、全身からほとばしる叫びと共に漆黒の剣を振り下ろした。

ゼーニアは咄嗟に漆黒の剣を摑(つか)んで攻撃を防ぐが、オリビアは構うことなく全身全霊をもって押し込んでいく。

（――――もう少し、あとほんのもうちょっとなのに……ッ！）

刃先が一瞬だけ頭部に触れたのを境(さかい)に、漆黒の剣は徐々に押し返されてしまう。再び押し込むだけの力がどうしても足りない。

均衡は残酷な音と同時にあっけなく崩れ、漆黒の剣は上空で空(むな)しく弧(こ)を描きながらオリビアの背後に突き刺さる。残されたのは粉々に砕け散った紅魔石だけ。

見下ろすゼーニアと見上げるオリビア。立場は完全に逆転した。

（必ず帰るって約束は守れなかった。ごめんね、クラウディア。ごめんね、みんな……）

無慈悲に迫る大鎌をただ眺めることに終始するオリビアの耳が、共に戦ってきた男の声を、死んだと思い意識から無理矢理外した男の声を聞く。

「百式・神殺し」

白い輝きを放つフェリックスの剣がオリビアの頭上を掠(かす)め、無防備だったゼーニアの身体を貫いた。そして――――。

「え……なに？」

オリビアの瞳に映るのは、白い靄を纏(まと)う美しい女。女はゼーニアの頬に左手をすり寄せ、慈しむように抱き寄せる。

さながら絵物語のような光景に茫然としていると、女はオリビアを見て優しく微笑んだ。

「サァ今ノウチニ……」

「ヤハリ調律者ガ潜ンデオッタカッ！　エエイ離セッ！　離サヌカッ！」

女を振り解こうと必死にもがくゼーニアの怒声で我に返ったオリビアは、残された全ての力を注ぎ込み、手にした漆黒の剣を真一文字に振るった。

意味不明な言葉と黒い靄をまき散らしながらゼーニアが消え去ると、巨大な黒門が激しい音を立てながら崩れ落ちていく。

女も風景と同化するように消え去り、白の空間は元の静けさを取り戻した――。

Ⅵ

全てにおいて限界を超えていたオリビアは、その場に大の字で倒れ込んだ。

（――あの女の人は誰だったんだろう？）

今しがた見た不思議な光景を思い出していると、満身創痍のフェリックスが足をふらつかせながら歩み寄ってきた。

「死んだのかと思ったよ」

フェリックスは苦笑し、

「勝手に殺さないでください。——ついにやりましたね」

「最後はあの人のおかげだけど。あの人は誰だったの？」

「あの人？　あの人とは誰のことでしょう」

差し出された手に掴まったオリビアは、立ち上がって今一度周囲を見渡すも、やはり女の姿は影も形もない。

「フェリックスには見えてなかったってこと？　だってフェリックスの剣からこうモアモアーって出てきたんだよ」

オリビアは身振り手振りを交えて伝えるも、フェリックスは困惑するばかり。反応からしてフェリックスには見えていなかったみたいだけど、自分の頭を疑うにはあまりにも女の姿は鮮明だった。あの女がゼーニアを押さえつけてくれなければ、今頃は見たこともない冥府とやらで、フェリックスと再会していたはずだ。

オリビアは落ちているフェリックスの剣をジッと見る。

(——ま、いいか)

首を傾げるフェリックスの背後で異変が起こるが、オリビアにとっては慣れ親しんだ異変だった。空間に裂け目が生じ、逆巻く嵐のような風景を背に黒い影が伸び出てくる。

オリビアが反応するよりも早く自分の剣を拾ったフェリックスは、オリビアが止めるよりも早く黒い影に斬りかかり、剣は甲高い音を響かせながら空高く舞い上がった。

「――ッ！」

「ドコヲ攻撃シタイノカ視線ガ露骨ニ訴エテイル。踏ミ込ミモ甘イ」

「なッ……!?」

「フェリックス、ゼットだよゼット！」

「は？――え……？」

オリビアはフェリックスを押し退けて、ゼットの胸に勢いよく飛び込んだ。

「ゼーニアを倒したよ！」

「――ヨクヤッタ」

久しぶりに頭を撫でられ、オリビアの頬が自然と緩む。

ゼットは呆けるフェリックスに言った。

「彼女ト少シ話ガアル。先ニ仲間ノ下へ送リ届ケテヤロウ」

戸惑うフェリックスの返事を待つことなく、ゼットはフェリックスの腕を摑んで姿を消す。それから十秒も経たないうちにゼットは戻ってきた。

「話ってなに？」

「オ前ノオカゲデゼーニアノ暴挙ヲ阻止スルコトガデキタ。訳アッテ直接手ヲ下スコトガデキナカッタノデナ。改メテ礼ヲ言ウ」

「え？　あ、うん……でも自分のためにしたことだし……」

ゼットから初めてお礼を言われて気恥ずかしさを感じたオリビアは、返事がしどろもどろになってしまった。

「ゼーニアヲ退ケタオ前ニハ、ソレニ応ジタ対価ヲ得ル権利ガアル。オ前ハ対価トシテ何ヲ望ム」

「それってつまり……ゼットがわたしの望みを叶えてくれるってこと？」

ゼットは首肯する。全く予期していなかった、まさに降って湧いたような話に、しかし、オリビアの唇は滑らかに動く。

「たとえばずっとずっとずーっと、ゼットの側にいたいって言ったら？」

黙って姿を消したゼットに再会できれば、初めはただそれだけでいいと思っていた。だけど実際に再会して、そして訓練を重ねていくうちに欲が出てしまった。また一緒に暮らしたいと、そう思うようになってしまったのだ。

オリビアの問いかけに、ゼットは迷う振りを見せずに即答する。

「ソレヲオ前ガ望ムノデアレバ」

ゼットは嘘をつかない。本当に望みを叶えてくれるだろう。これで以前と同じようにゼットと暮らすことができるのだ。迷うことなんて何もないはず。

（わたしは迷ってるの？　なんで？）

迷いの原因がわからず、考えれば考えるほど深みにはまっていく。わけもわからず苛立ちを感じて頭を掻き毟っていると、足元で何かが落ちた音が響く。それを目にした瞬間、迷いの原因をはっきり認識した。

引き寄せられるように膝を落とし、落ちたそれを拾って握り締める。

「……本当に何でも望みを叶えてくれるの？」

ゼットはオリビアの質問には答えず、

「何ヲ望ム」

立ち上がり、オリビアは強い眼差しでゼットを見上げる。

「わたしの望みは――――」

エピローグ◆新たなる旅立ち！

「わざわざ見送りに来てくれてありがとう」

笑顔でそう口にするオリビアの瞳には、様々な表情をした仲間たちが映っていた。オリビアの前に進み出た青年が溜息交じりのぼやきを口にする。

「普通こういうときくらいは多少なりとも寂しい顔をするもんだっていうのに……」

そう言いながら手渡されたのは、竹を編んで作られた箱だった。上蓋を開けて見れば、長方形にカットされたパンが綺麗に並んでいる。

「あはっ。特製マスタード入りパンだね。一番の大好物だよ」

ゼットに望みを叶えてやると告げられたとき、オリビアは目の前で照れたように頬を掻く青年――アシュトン・ゼーネフィルダーを生き返らせてほしいと頼んだ。

号泣しながらアシュトンに抱き着くクラウディアを見て、オリビアは自分の選択が間違っていなかったことを確信した。

ちなみにアシュトンが生き返ったことで、蜂の巣をぶっ叩いたような大騒ぎとなった。

そして、当然アシュトンを連れ帰ったオリビアに質問が殺到することになる。

ゼットに頼んでアシュトンを生き返らせてもらったことを告げれば、みんなは顔を面白いくらいに呆けさせた後、神だから奇跡の一つや二つ起こせるのだろうと納得して今に至っている。

でも実際はそんな簡単な話ではなかった――………。

『……アシュトンを生き返らせてほしい』

『ソレガオ前ノ望ミカ？』

オリビアは力強く頷いた。

『ソノ望ミ、叶エヨウ』

たちまち周囲は眩いばかりの光で満たされる。程なくして光が途絶えたことを肌で感じ、瞼をゆっくり開くと――アシュトンが宙に横たわる形で浮いていた。

『アシュトン！』

とっさに両手を伸ばしてアシュトンを抱き寄せたオリビアは、胸に強く耳を押し当てて心臓の鼓動を確認する。

（……小さい。けど確かに心臓の音が聞こえる）

オリビアはアシュトンをそっと地面に寝かせ、ゼットに抱き着いた。

『ゼットありがとう！　ほんとにほんとーにありがとう！』

言葉にしきれないほどの感謝を伝えるも、ゼットの口は閉ざされたまま。明らかに様子がおかしかった。

『ゼット……？』

ゼットは小刻みに身体を震わせ、そのまま後ろへと倒れていく。オリビアは慌ててゼットの身体を支えた。

『突然どうしたの⁉　大丈夫⁉』

ゼットが身体をふらつかせることなんてただの一度もなかっただけに、オリビアは焦りに焦ってしまった。

ゼットはオリビアの支えをやんわりと拒否しながら、

『問題ナイ。単ナル力ノ使イスギダ』

『え？　力の使いすぎって……もしかしてアシュトンを生き返らせたから？』

『一度枯レタ命ノ器ニ再ビ命ヲ満タスタメニハ、九九九ノ工程ヲ踏ム必要ガアル。一筋縄デハイカナイ』

『そんな……』

ゼットは万能な存在だと勝手に思い込んでいた。力を行使するには相応の対価が必要だという当たり前の前提すら忘れて。自分の勝手な願いがゼットをここまでの状態に追い込んだことを知り、オリビアは心底恐怖した。

『ゼット死んじゃうの？』

オリビアが震える声で尋ねれば、

『死ニハシナイ。タダシバラク眠リニツク必要ガアル』

『しばらく眠るってどれくらい？』

『少ナクトモ百年ノ眠リガ必要ダ』

死なないと知ってホッとしたのも束の間、百年と聞いてオリビアは絶句した。

『……ごめんなさい。わたしが無茶なお願いをしたばっかりに……』

拭っても拭っても溢れ出てくる涙を、ゼットは指で優しくすくい取りながら、

『オ前ハ母親ニヨク似テイル』

ゼットの口から出た思いがけない言葉は、オリビアを大いに驚かせた。

『わたしのお母さんを知ってるの？』

『知ッテイル。友達ダカラナ』

『え？……じゃあ前に言ってた一人だけいた友達って、それってわたしのお母さんのことだったの!?』

『オ前ト同ジデ実ニ観察シガイノアル娘ダッタ』

『そうなんだ……』

自分を育ててくれたゼットが自分の母親と友達だった。両親に対して未だ関心を抱けないオリビアだが、それでも何かを思わずにはいられない。

だけど、今はほかのどんなことよりもゼットの身体が心配だった。

『イツマデモソンナ顔ヲシテハ美人ガ台無シダ。——皆モオ前ノ帰リヲ待チ望ンデイル』

ゼットが作り出した鏡の中では、仲間たちが拳を突き上げて歓喜の声を上げている。その光景に安堵する一方で、ゼットが常に纏っている黒い靄は、これまで見たことがないくらい薄くなっている。

ゼットの身体から氷がひび割れるような音が何度も響き、その度にオリビアの胸は張り裂けそうになった。

『オ前ハモウ一人デハナイ。多クノ友ガオ前ノ人生ヲ実リ多キモノニシテクレルダロウ。私ノコトハ忘レロ』

『忘れることなんてできるわけないッ!! だってわたしはゼットが——ッ!?』

言葉を止めたのはゼットの抱擁だった。別れを予感させる匂いがオリビアを哀しいまでに包み込む。

『私ハ死神デオ前ハ人間。道ガ交ワルコトガアッテモソレハ泡沫ノ夢ノゴトシ。互イニ歩ムコトナド決シテデキハシナイ』

オリビアからゆっくり離れたゼットは、鏡とは反対の方向に指を差し示し——。

『——……え?』

『サァ皆ガ待ツトコロヘ』

『……これ返す。ゼットの左腕なんでしょう？』

オリビアは漆黒の剣を差し出すも、ゼットは受け取りを拒否した。

『いいの？』

返事の代わりに軽快な音が鳴り響き、ゼットの背後に黒い渦が出現した。

『コレニテ全テノ観察ヲ終了トスル。サラバダ。――オリビア』

オリビアの叫びは稲光を発しながら渦巻く轟音によってかき消されてしまう。ゼットの身体が完全に吸い込まれたのと同時に、白の空間は再びその静けさを取り戻した。

涙で濡れた瞳を閉じ、オリビアは漆黒の剣を強く胸に抱きしめる。

『病気になったときずっと側にいてくれてありがとう。獲物の取り方を教えてくれてありがとう。本をいっぱいくれてありがとう。色んなことを教えてくれてありがとう。強く鍛えてくれてありがとう。わたしを育ててくれてありがとう。いっぱい、いっぱい、ありがとう』

それがゼットへの別れの言葉となった――。

「オリビア大丈夫か？」

見れば、仲間たちが心配そうな目を向けている。そこにはジャイル・マリオンの姿もあった。

「ジャイルも生き返って良かったね」

ジャイルはサッと片膝を折り、

「これも隊長のおかげです」

「除隊したんだからもう隊長じゃないよ」

「除隊しようがしまいが私にとっては永遠の隊長であり、二つ目の命を与えてくれた神でもあります」

キラキラと目を輝かせるジャイルに軽く引きながら、

「まぁジャイルが生き返ったのは想定外なんだけど」

ゼットが言うには、ジャイルの魂がアシュトンの魂を守るように寄り添っていたらしく、簡単に言ってしまえば巻き込まれる形で生き返ったのが事の真相だ。話を聞いたときには驚いたけど、なんだかジャイルらしいとオリビアは思ったものだ。

「そんなぁ……」

ガックリと肩を落とすジャイル。そんなジャイルの首に腕を回して強引に引き寄せたのは、他ならぬエリスだった。

「わ、た、し、のオリビアお姉さまにケチをつけようって言うの?」

「そんなわけないだろう。隊長には感謝しかないさ」

「ならよし!」

　エリスは満面の笑みでジャイルの髪を乱暴に撫でる。オリビアはこの場に集まった者たちそれぞれと別れの挨拶を交わし、地面に置かれている荷物を背負った。

「じゃあこれから世界を見てくるね」

　言ったオリビアに手を差し伸べてきたのは、親友のクラウディアだった。

　彼女は少しだけ恥ずかしそうな表情を浮かべ、

「オリビア、元気で」

「うん、クラウディアも元気でね。——でもなんだか階級で呼ばれないと凄く変な感じ。背中がむずむずしてくるよ」

「実は私もだ」

　ジッと目を合わせた二人は、微笑みながら両手で握手を交わした。

§

「じゃあまたねー」

　オリビアは二度三度と大きく手を振ると、足取りも軽く立ち去っていく。姿が見えなくなるそのときまで、ただの一度も振り返ることはなかった。

「あっさり行ってしまったな……」

「でかい図体してなに感傷的になってるのよ。やることは山ほどあるんだからいい加減さっさと治しなさいよね。あんたのきったない体をオリビアお姉さまが直々に治療したってだけでもむかっ腹が立つっていうのに」

ガウスは思い切り渋面を作り、

「エリスお前なぁ。一応俺は上官なんだけど？」

「一大決戦のときでさえ呑気に寝ていた人間を上官扱いしてほしいと？　わかった。それほど言うのなら存分に上官扱いしてあげる」

「わかったわかった。俺が悪かったから」

ガウスが深い溜息を吐きながら肩を落とす横で、エヴァンシンが遠い目をしていた。

「随分と寂しそうじゃないか」

「ルーク兄さんは寂しくないんですか？」

「今生の別れというわけでもないからな」

「そうかもしれませんがそれでもやっぱり寂しいですよ……」

ルークはニヤリと笑い、

「なら精々パン屋のあの娘にでも慰めてもらうんだな」

「なっ!?　なななんでルーク兄さんがそのことを!?　もしかしてオリビア閣下が口を滑らせたのですか!?」

「オリビア閣下は関係ない。兄に隠し事はできんということさ」

見送りに出ていた者たちが、それぞれオリビアのことを口にしながらガリア要塞に戻っていく。アシュトンが完全に見えなくなったオリビアを見送っていると、クラウディアが遠慮がちに話しかけてきた。

「行ってしまったな……」

「ええ。実にオリビアらしいあっけらんかとした別れです」

束の間の沈黙が流れ、クラウディアは言いにくそうに口を開く。

「本当はアシュトンも一緒に行きたかったのではないか？　無理をしているのではないか？」

「していませんよ。ダルメスが起こした今回の騒乱で、ファーネスト王国にとどまらずどこの国も混乱の極みにあります。僕がどの程度役に立てるかはわかりませんが、これからは国の復興に力を尽くしたいと思います。自分のやりたいことはそれからです」

「そうか……生き返ってもアシュトンはアシュトンなのだな」

「なんですかそれ」

二人は霞のような笑みを交わし、クラウディアは所在なげに空を見上げる。

視界に映る若々しい花々は、本格的な春の到来をアシュトンに予感させた。

「――そ、それでな、アシュトン。その……それでな」

「僕はッ！」

突然声を張り上げたアシュトンに、クラウディアの身体がびくりと跳ねる。アシュトンはクラウディアに視線を向けることなく言葉を続けた。

「僕は子供の頃から本当に大事なものが見えていなかったりします。そのおかげで選択を間違えることが多々ありました」

クラウディアは困惑の色を顔に滲ませながらアシュトンを見つめる。

「そうなのか？」

「ええ。でもオリビアのおかげで今回ばかりは間違えずに済みそうです」

深呼吸したアシュトンは、クラウディアの左手をそっと握った。

「アシュ、トン……!?」

「お願いですから手を放さないでください」

「——私……でいいのか？」

クラウディアの声は微かに震えていた。だから、アシュトンは強い思いを言葉に乗せて伝える。

「あなたでなければ駄目なんです」

「……仕方のない奴だな」

クラウディアがはにかんだ笑顔を見せてくる。その透き通るような青い瞳は涙で潤んで

いた。

一つの戦争は終わりを告げ、デュベディリカ大陸に平和がもたらされた。だが、平和は新たな騒乱を生む温床ともなり得る。これまでの歴史が散々に証明してきたことだ。人はその善悪にかかわらず、争いなくしては生きられない業をその身に背負っている。

地上においてもっとも知的であるがゆえに愚かさが極まった種——それが人間である。

「ま、それでもしばらくは平和そうだから、今のうちに世界を思いっきり見て回らないと。まずは美味しいものがたくさん食べられる場所だよね」

鳥たちが大空という五線譜に美しい旋律を乗せていく。

少女の新たな旅が今始まろうとしていた。

あとがき

この物語を書き始めるにあたり、アシュトンは最初から死ぬことが決まっていました。たとえフィクションであっても戦争を描く以上死は切り離せなく、物語の主軸に位置するキャラだとしても、そこから外れるのは酷く不自然だと感じてしまうからです。若者が戦争に無理矢理駆り出され、無慈悲に命が奪われる。その象徴とも呼べる存在がアシュトンでした。

一方で彩峰は、紆余曲折があっても最後はハッピーエンドで結ばれる物語が好きです。戦争が終結してもアシュトンが死んだままでは、オリビアもクラウディアもこれから続く長い人生において真に笑うことはできないのでは？　との考えがラストに近づくほど強くなり、当初のプロットを破棄してこのような形に収まりました。賛否両論あるとは思いますが、これが一番よい着地点だったと、そう思っていただければ幸いです。

この物語はまごうことなくオリビアの英雄譚であり、同時にひとりの少女が様々な人間と触れ合うことで心の成長を描いていく物語でもありました。軍隊という特殊な環境下においてもオリビアがオリビアのままであり続けられたのは、彼女を支える人たちの存在が大きかったのはあえて語るまでもないでしょう。

オリビアの成長を端的に表すエピソードとして、２巻と今巻で再会した子供たちとのやりとりがあります。２巻ではアシュトンに半(なか)ば強制される形でクッキーを配るオリビアですが、今巻では一緒に帝国軍と戦うと口にする子供を優しく窘(たしな)めたのち、その気持ちに対するお礼として、持っていた全てのお菓子を渡しました。

他者を思いやる心を得る対価としてアシュトンの死が必要だったとすれば、クラウディアが心中で吐露(とろ)した通り残酷なのかもしれません。それでも折れることなく前に進み続けたオリビアは、実に主人公らしい主人公だったと思います。

ちなみに残したいくつかの謎に関しては、あえてそのままとしました。全てを明らかにしては想像の余地なくつまらないとの考えが根底にあるからですが、オリビアが帰らずの森を出てから王国軍に志願するに至ったくだりについては、外伝という形でいつかお届けできればいいなと思っています。

最後に謝辞を。

遅々(ちち)として原稿が進まないなか、辛抱強く待ってくれた担当編集の樋口(ひぐち)様。最後まで素敵なイラストを描いて下さったシエラ様。そして、このシリーズに関わってくれた全ての関係者様に深く感謝申し上げます。

第１巻が刊行してから５年と７ヵ月。完結まで続けることができたのはひとえに読者様のおかげです。本当にありがとうございました。

彩峰　舞人

死神に育てられた少女は
漆黒の剣を胸に抱く
彩峰先生、
「死神に育てられた少女は漆黒の剣を胸に抱く」
完結 おめでとうございます！
コミカライズの松風先生、担当の樋口さん、
そして何よりこの作品を支えてくださった
読者の皆様、ありがとうございました!!
cierra
The Little Girl Raised by Death
Hold the Sword of Death Tight

作品のご感想、
ファンレターをお待ちしています

あて先

〒141-0031
東京都品川区西五反田8-1-5 五反田光和ビル4階
ライトノベル編集部
「彩峰舞人」先生係／「シエラ」先生係

死神に育てられた少女は漆黒の剣を胸に抱く Ⅶ〈下〉

発　行　2024年2月25日　初版第一刷発行

著　者　彩峰舞人
発行者　永田勝治
発行所　株式会社オーバーラップ
〒141-0031　東京都品川区西五反田 8-1-5
校正・DTP　株式会社鷗来堂
印刷・製本　大日本印刷株式会社

Printed in Japan　ISBN 978-4-8240-0681-3 C0193